고전에 빠지다
사랑을 붙잡다

일러두기

이 책에서 자주 인용한 『삼국사기(三國史記)』와 『삼국유사(三國遺事)』, 『고려사(高麗史)』의 한글 번역은 국사편찬위원회 홈페이지와 아래의 번역서들을 참고하였고, 난해한 옛말은 현대어에 맞게 바꾸었다.

이민수 옮김, 『삼국유사』(을유문화사, 1999), 강인구 외 4인 옮김, 『삼국유사』(이회문화사, 2003), 신태영 옮김, 『원문과 함께 읽는 삼국유사』(한국인문고전연구소, 2012); 이강래 옮김, 『삼국사기』(솔출판사, 1997), 박장렬, 김태주, 박진형 옮김, 『원문과 함께 읽는 삼국사기』(한국인문고전연구소, 2012); 동아대학교 석당학술원 역주, 『국역 고려사』(경인문화사, 2011).

고전에 빠지다

사랑을 붙잡 다

윤혜신 지음

사람의무늬

차례

III. 외부의 방해물: 방해물에 분산되는 열정

IV. 외부가 된 내부, 뫼비우스의 띠: 의심하는 사랑

내부의 열정과 외부의 방해
혹은 그 반대

사랑은 그저 향기로운 것인 줄 알았다. 아침에 눈을 떠 흰 꽃잎에 맺힌 이슬에 미소 짓고, 진주알같이 영롱한 클래식이나 '유 콜 잇 러브 You Call It Love'나 '마이 데스티니My Destiny' 같은 배경음악에 커피를 마시며 살포시 내려앉은 눈꽃처럼 웃으면서 사랑을 속삭일 줄 알았다. 그런 사랑이 내 인생을 구원하리라 믿었다. 학창 시절엔 '사랑하는 사람과 함께하는 삶은 얼마나 좋을까' 상상하며 황홀함에 젖어 들곤 했다. 그런데 세월이 흘러 연애를 시작하고는 종로 담벼락에 머리를 찧기까지 했으니, 이 무슨 일인가. 상큼하고 산뜻하던 분홍빛 꿈은 크고 작은 갈등으로 어느새 얼룩져 있었다. 아, 사랑은 고린내 나는 양말보다도 지독한 것이었다. 지긋지긋한 고통을 구현하고 있었다. 흔들리는 내면을 틈 타 유혹의 말도 뱀처럼 다가왔다. 속으로 '진짜 사랑도 아닌 주제에. 너나 잘하세요'라고 뇌면서 눈물 콧물 젖은 얼굴을 손등으로 쓱쓱 닦고 냉정을 찾고자 조상님들의 사랑 이야기를 읽기 시작했다. 사랑은 보편적 문제이니 과거의 사랑이라고 해서 힌트를 얻지 못할 까닭은 없으리라. 대체 인간에게 사랑은 무엇이며, 성공한 사랑은 어째서 어떻게 성공한 것인가? 조언이든 교훈이든 얻고 싶었다.

워낙 개인적 문제인지라 사랑 때문에 덧난 상처를 누군가 치료해 주기를 기대하기는 어렵다. 나 아닌 다른 사람이 나의 깊은 내면에 들어오기도 어려울 뿐 아니라, 들어온다 해도 내게는 맞지 않는 개똥철학을 늘어놓기 십상이라 역효과를 일으키기 쉽다. 사랑의 상처를 스스로 치료하는 과정에서 우리 고전 속 사랑 이야기들을 읽다 보니, 나를 비롯하여 사랑 때문에 상처 받고 심지어 인생을 말아먹고 있는 안타까운 이들을 조금이나마 위로하고 싶은 마음이 들었다. 잠깐의 사탕 발린 위로가 아니라 역사적 증거를 내보이며 곁에서 깊이 공감하고 싶었다. 사랑이 물건이라면 저 멀리 내던지고 싶을 때 가까스로 평정심을 붙들고 옛사람들의 사랑을 읽어 내려가며 틈틈이 이 원고를 써왔다. 지금은 흔적조차 희미하게 남아 있는 곳이지만, 작품과 관련 있는 지역을 찾아 그들의 사랑을 되새겨 보기도 했다.

사랑을 색깔로 표현한다면 부드러운 핑크빛부터 진지한 보랏빛까지 그 스펙트럼이 다양할 것이다. 사랑마다 취향이 있고 스타일이 있으며 멋이 있고 맛이 있다. 고전 작품에서 이 같은 특색을 읽어 내면서 즐거웠을 뿐 아니라, 관찰의 힘으로 사랑의 현상을 보는 시각을 교정할 수 있었다.

사랑에 대한 사람들의 관심은 끝이 없다 보니 이에 부응하여 사랑의 서사도 끝없이 만들어져 왔다. 최초의 문학 장르인 신화로부터 현대의 TV 드라마, 영화, 연극 등 각종 대중문화 장르에 이르기까지 사랑은 끊임없이 재생되고 재해석되어 왔다. 사랑에 관심이 없는 사람이 있을까? 사랑에 무관심하다는 소위 초식남이나 건어물녀도 사랑에 대한 나름의 철학을 가지고 심적 자세를 취할 수밖에 없다. 사랑은 인간의 삶에서 떼어 낼 수 없는, 대인 관계에 기반한 심리적 활동이기 때문이다.

그중에서도 특히 성애(性愛)적 교제에 대한 관심이 지대하다. 엄청난 쾌락을 안겨 줄 것으로 기대하기 때문이다. 어린 시절 금지된 쾌락, 미래로 연기된 향유가 상대방을 통해 실현되리라는 기대감에 마음이 부풀어 오른다. 이러한 조건에서 사랑의 서사는 첫 봉오리를 틔운다. 여기에 낭만적 환상이 첨가되면 상대를 갈급히 기다리게 된다. 심리 전문가들에 따르면, 사랑의 기본은 환상이라고 한다. 자기 안의 갈급함이 사랑의 환상을 초대하는 것이다. 그렇다고 이것이 거짓이라거나 힘이 없다는 뜻은 아니다. 오히려 인간만의 고유한 특성을 보여 주는 심적 기제다.

우연인지 필연인지 욕망을 자극하는 상대를 만나게 되면 자기 존재를 향한 열정이 더욱 피어오른다. 가슴 떨리는 사랑의 순간이 다가와 마음속에는 온갖 다채로운 사랑의 꽃이 피어나며 그 꽃들은 행복한 한숨과 애상을 뿜어낸다. 이때의 감정과 정서는 워낙 독특한 것이라 사랑의 서사는 멈출 줄 모르고 꽃봉오리를 연속적으로 틔운다. 이렇게 모든 사랑은 보물 상자를 발견한 듯 떨리는 마음으로, 열정적으로 시작한다.

문학사의 사랑 이야기들을 살펴보면 시작은 비슷해도 전개, 과정, 결과는 같지 않다. 처음부터 끝까지 사랑의 열정이 유지되는 사례는 극히 드무니, 사랑은 모두가 원하면서도 유지하기 참으로 어려운 것이다. 하지만 어렵기에 사랑은 더욱 소중히 여겨졌으며, 사랑의 서사는 언제나 그 사연을 말하고 싶어 한다. 때문에 사랑은 서사적 성격을 띨 수밖에 없다. 그 표현은 어떻겠는가? 워낙 독특한 감정 상태에 처하게 되므로, 일상 언어보다 절실하고 미적이며 감수성이 뚝뚝 떨어진다. 사건과 현상을 바라보고 포착하는 시각도 예민하다.

사랑은 보통 사적인 일, 개인의 일로 치부되어 왔다. 사랑은 사적 영역에서 비롯되지만, 사랑을 대하는 심리적 자세*는 사회·역사적 특성, 문화적 담론, 세계관, 성의식과 윤리관의 영향을 받는다. 사람은 선험적으로 주어진 언어와 담론을 떠나지 못하기에, 우리가 사랑 때문에 행복하고 사랑 때문에 고통 받는 데는 개인적 고유한 특성만이 아니라 사회의 담론 또한 관여하고 작동한다. 이런 이유로 연인의 심리적 자세는 사회의 성격을 보여 주는 자료가 되며, 간접적으로 그 사회를 이해할 수 있는 좋은 단서이자 지표가 된다.

또한 사랑은 하나의 중요한 사건이고, 시간적으로는 처음, 중간, 끝이 있는 서사적 성격을 갖기에 서사 장르로 쉽게 정착할 수 있었다. 따라서 서사를 분석하면서 사랑의 성격, 사랑의 특성을 좀 더 객관적으로 알 수 있을 것이다. 그리고 이 과정에서 사랑에 대한 시각을 돌아볼 수 있으리라. 아울러 한국인의 사랑, 애정 문화에 대해 생각해 보는 기회가 될 것이다. 다른 문화권의 독자에게는 한국 문학과 문화를 이해하는 좋은 매개가 되리라 본다.

고전 서사에 나타나는 한국인의 사랑을 통시적으로 살펴본 결과,

---

* 이 글에서 심리적 자세는 욕구(need), 요구(demand), 욕망(desire), 관점(perspective), 시선(gaze)을 범칭하는 용어로 사용하였다.

사랑의 유형 및 구조가 각기 다르다는 것을 알았다. 신화시대의 사랑*은 프로토타입prototype의 사랑으로, 현대의 사랑과는 꽤 거리가 있지만 사랑의 기본 요소, 본질적 국면을 담고 있다. 이 시대의 사랑은 사랑의 요소를 조직하고 형성해 가고 있어 호기심을 일으킨다. 신화 주인공의 사랑은 신성계(神聖界), 신의 의지[神意]와 관련되어 있다. 신성을 증명한 인물, 신이 파견한 자 또는 신이 선택한 자가 사랑의 상대가 된다. 또한 두 사람의 범위를 넘어 사회로까지 사랑의 힘이 미친다. 워낙 큰 영향을 미치기 때문에 현대인의 상식으로는 믿기 어렵지만, 동아시아의 이상적 가정 관념이 담긴 '가화만사성(家和萬事成)'이라는 말이 떠오른다. 신화적 사랑이 두 사람을 넘어 사회에도 영향을 미치는 것을 보면 당대에 사랑이 얼마나 힘찬 활동으로 여겨졌는지를 짐작할 수 있다.

신화 이후 문학작품에는 신과 인간이 연결되어 있으며 인간의 사랑에 신이 관여한다는 믿음이 약화되어 있다. 물론 사랑을 마음대로 할 수 있는 것은 아니지만, 적어도 신은 더 이상 관여하지 않는 것으로 설정되어 있다. 사랑은 점차 연인 대 방해물의 구도로 제시된다. 이해를 위한 한 방편! 구조를 분석해 보자. 사랑하는 주체를 기준으로 사랑의 구조를 내부와 외부로 나눌 수 있으니, 두 사람의 열정이 내부가 되고 사랑의 방해물이 외부**가 된다. 작품을 들여다보면 내

---

* 불교가 일반화되기 이전 시대를 신화시대라고 하겠다. 이 시대의 서사에는 신과 인간이 연결되어 있다는 사상이 깔려 있고, 이것이 신화에 반영되어 있기 때문이다.

** 내부와 외부 개념은 사랑에 작용하는 힘을 구조적으로 이해하기 위해 필자가 만든 편의적 개념이다. 칼로 무를 자르듯 가시적으로 나눌 수 있는 개념이 아니며, 사랑에 작용하는 내부의 힘과 외부의 힘 중 어느 편이 더 우세한가를 판단한 논리상의 개념이다. 참고로 II부에서는 내부의 열정이 우세하여 방해물을 극복하는 사랑 이야기를 주로 다루었고, III부에서는 내부의 열정보다 외부 방해물의 힘이 더 세서 사랑을 엔트로피 상태에 빠뜨리는 이야기를, IV부에서는 내부의 의심이 외부의 방해물처럼 작동하는 이야기를 다루었다.

부의 열정과 외부의 방해물이 길항관계를 이루면서 사랑의 유형을 만들어 내고 있다. 두 사람의 열정은 외부의 방해물에 영향을 받는다. 열정은 방해물을 극복하기도 하고, 방해물로 인해 열정이 와해되기도 한다.

흥미롭게도 후대로 갈수록 외부의 방해물보다는 내부의 방해물이 더욱 강력하게 나타났다. 사랑의 궁극적인 방해물은 오히려 내부에 있었던 것이다. 내부의 외부화 혹은 외부의 내부화로 내부와 외부는 뫼비우스의 띠처럼 구분하기 어렵게 된다. 사랑의 힘은 곧 두 사람이 연합하는 정신력으로 외부의 방해물을 극복하는 동력이었는데, 어느덧 내부는 사랑을 방해하는 외부의 방해물처럼 작동하여 사랑에 균열과 불안, 두려움, 의심을 발동시킨다. 사랑하는 관계에 균열과 의심이 생기면 자연히 사랑은 이어지기 어렵게 된다. 이 유형의 사랑에서 남녀의 시선은 서로 다른 방향을 향하게 되고, 이내 사랑은 방관되거나 의심되었다.

사랑의 방해물이 된, 마치 외부처럼 작동하는 내부 유형의 사랑 이야기는 어떻게 자기 안에 만들어진 외부를 극복할 것인가가 사랑의 진로를 결정하는 관건이 된다. 어떻게 어떤 힘으로 내부 안에 자리한 방해물을 제거할 것인가? 다시 말해 의심과 불안을 어떻게 전환해 낼까의 문제다. 의심과 불안이 사그라지지 않는 한, 사랑은 진척되지 않을 것이고, 사그라져야 사랑이 진로를 찾을 것이다. 후대 작품일수록 주인공은 자신이 상처 받을까 지레 겁을 내고 사랑을 느끼면서도 의심과 불안을 멈추지 못한다. 이에 남녀 주인공이 의심과 불안을 어떻게 사랑으로 전환해 가는지를 주의 깊게 살펴보았다. 이 과정은 여러모로 향유할 만하였으며 유익한 결과를 얻을 수 있었기에 동시대를 살아가는 친구들과 이 과정을 공유해 보고자 한다.

글에서 다루는 시대의 차이가 천 년 이상이다 보니 자칫 지루하거나 산만해질 우려가 있어 목표를 정했다. 첫째, 사랑의 유형화 작업을 시도했다. 방해물과 사랑의 길항관계를 중심으로 사랑의 유형을 나누었다. 둘째, 사랑이 기본적으로 정신·심리 활동이므로 작품에 표현된 남녀 주인공의 심리적 자세를 이해하려 했으며, 그 심리적 자세가 당시 사회의 역사·문화적 담론과 관계된 부분이 있으면 더욱 깊이 살펴보았다. 이상의 목표를 채워 가면서 현재 우리의 사랑이 어떠하여야 사랑의 기쁨을 누릴 수 있을지 힌트를 얻고 유용한 관점을 가질 수 있으리라 기대하면서 이 글을 완성했다.

국제 층위의 담론에서는 한국 문화의 특수성이 읽힐 수도 있으리라. 방해물의 성격이나 이를 극복하는 연인의 방식 혹은 와해되는 사랑의 저변에 깔린 시선과 시각에서 당대의 문화적·지역적 특수성^{locality}을 추론할 수 있다.

이 책에서 다룰 작품은 다음 기준으로 선택하였다.

한국의 고전 서사 장르에 나타난 사랑 이야기

사랑 이야기의 성격이 서사 장르와 친화적이므로 서사 장르를 선택했다.

역사적 특성이 드러나는 사랑 이야기

통시적이고 역사적인 변화를 살펴보기 위해 세기별로 당대의 방식과 정신을 담은 대표 작품을 선택했다.

성애에 기반한 사랑 이야기

종교적 사랑 이야기나 동성 간 이야기는 제외했다. 가령 승려 노힐부득, 달달박박과 낭자의 만남처럼 수도하는 남녀 이야기나 두 여인의 동지애 사상에 근거한 「방한림전」* 등은 사랑은 범주가 달라 다루지 않았다.

인격을 가진 두 주체의 양방향적 사랑 이야기

고전 서사에는 인간이 아닌 존재와 인간이 교혼(交婚)한 이야기가 다양하게 전한다. 인간계를 벗어난 곳, 알 수 없는 계(界)에서 온 주체를 문학 연구사에서 사용해 온 개념으로 바꿔 보면 비일상적 존재, 신이한 존재, 기이한 존재, 이물(異物)이 된다.

의식과 무의식, 정신의 문제를 다루는 정신분석학 개념으로 이 주체를 이해하자면, 언어로 포착되지 않는 실재계$^{the\ real}$가 인간의 심리에 반영된 상상적 존재다. 자크 라캉의 이론에 따르면, 우리가 어떤 존재를 이해하려고 할 때는 언어화되면서 이해되는 부분과 함께 언어화되지 않는 부분이 남는다. 이 남은 부분이 심리적으로 두려움의 대상이 되고 불안을 일으켜 트라우마를 일으킨다. 이 남은 부분이 실재계이며, 문학작품에서 이는 상상적으로 혹은 무의식적으로 설계된다. 예를 들어 남쪽 연못의 용의 아이를 가진 과부 이야기나 지렁이의 정기로 임신한 처녀의 이야기 등은 실재계를 상상적으로 반

---

* 평생 남장을 한 채 살아가는 여성 한림학사 방관주는 영의정의 딸 혜빙 소저와 결혼하는데, 두 사람의 관계는 지음(知音), 요즘 말로 하면 '소울메이트'라 할 수 있다.

영한다. 그러나 이 같은 범주의 사랑 이야기는 두 주체의 성격이 일반적인 사랑과 달라 다른 시각으로 다루어야 할 것이기에 이 책에서는 제외하였다. 여기에서는 인격을 가진 두 주체가 사랑하되, 양방향적 수수 관계가 어느 정도 드러나 있는 이야기를 대상으로 삼았다. 각 장 말미에 비교하면서 읽을 만한 작품과 관련 유적지를 제시하여 독서의 즐거움을 더하고자 했다. 관련 유적지를 찾아보면 재미있을 것이다.

사랑 이야기는 동서고금에 넘쳐나 이제 그만 쓰여도 될 성싶어도 인류가 존재하는 한 사라지지 않을 것으로 보인다. 과거에만 쓰인 것이 아니라 앞으로도 쓰일 미래적 서사이다. 사랑으로 인해 고통 받을지라도 그에 대한 관심을 끊을 수 없는 존재인 만큼, 우리는 차분히 사랑의 서사를 돌아볼 필요가 있다. 과거 우리 조상들이 남긴 사랑의 서사는 현대의 우리가 만들어 가는 사랑의 서사에 때로 조언이나 힌트를 주기도 하고 새로운 시각을 열어 줄 좋은 참고문헌이 되어 주기도 할 것이다. 작품을 천천히 음미하며 공감할 기회를 제공하고자 텍스트를 충분히 인용하였다. 작품과 분석, 재해석의 과정을 즐기길 바라면서 서장을 넘긴다.

I.

내부와 외부
그 이전
:
사랑의 프로토타입

문학사에서 최초의 서사인 신화(神話), 최초의 사랑 이야기도 신화에 나
온다. 좋고 나쁘고를 떠나 '최초'라는 사실에서 프로토타입prototype이 되
는 신화적 사랑은 '사랑'이라는 이름의 독특한 정신활동에 대한 기본적
입지점을 제공한다. 우리에게는 낯선 사랑의 방식이지만, 사랑의 요소
가 두루 포착된다.

사실 신화 속 사랑은 피식 웃음이 나올 정도로 당황스럽다. '이런 사랑
이 어딨어?' 하며 싱거운 웃음이 절로 날 정도로 두 사람의 사랑은 우

주적 지원을 받으면서 원활히 진행된다. 배우자가 나타나기를 기원하면 운 좋게도 천생연분이 나타나며 어렵지 않게 서로를 알아본다. 이러한 만남에서 사랑을 훼방하는 방해물은 거의 없다. 오직 사랑에 대한 기대, 소망, 성취만 있을 뿐이다.

신화적 사랑에도 사랑 특유의 심리가 없지 않다. 사랑을 갈구하는 긴급한 갈증, 상대가 필요하다는 심리적 요청이 사랑의 기본 전제이며 이 시대의 사랑에서도 드러난다. 주인공이 아무리 비범하고 신성한 자일지라도 혼자서는 온전하지 않은 비완결적 존재로, 사랑의 상대가 있어야 했다. 상대의 부재(不在)를 극복하고자 상대의 존재를 요청하며 이로써 완결적 상태를 지향하고자 했다.

신성한 두 사람이 결혼하게 되면 당사자와 그 가정만이 아니라 사회, 세계에 결합의 영향력이 미친다. 이 시대의 사랑은 개인과 사회에 긍정적 결과를 미치는 것으로 귀결된다. 결핍되고 무질서했던 세계는 새로운 질서로 창조되고 이로써 새 시대가 열리며 세상은 완결적 질서 아래 평온해진다. 이것이 신화적 '창조'이고 두 사람이 사랑을 해야 하는 목적이다. 따라서 이 사랑은 개인을 넘어선다.

고대 신화에서 사랑을 나눈 커플로 웅녀과 환웅, 유화와 해모수, 박혁거세와 알영, 김수로왕과 허왕후, 삼을나와 세 왕비 등을 대표로 들 수 있는데 이들은 모두 신성계(神聖界)^{sacral region}의 신성한 인물이다. 사랑에 이르는 구체적인 과정, 특징은 커플마다 같지 않으나, 신화적 사랑으로서 공유하는 본질은 같다. 두 사람은 신성계의 자질을 확보한 신성한 자들로 신의(神意)에 따라 만남이 이루어지며 이어 새로운 질서가 창조된다. 사랑을 통한 창조는, 그들의 자손이 새로운 나라를 세우는 사건으로 나타나거나 나라의 질서가 새롭게 보완·갱신되는 결과로 제시된다. 두 사람의 만남도 역사적 사건이요, 그 결과도 역사적 사건이다.

1세기의 김수로왕과 허왕후

예정된 사랑, 완결된 사랑

가야국의 역사를 기록한 「가락국기(駕洛國記)」에 전하는 김수로와 허
왕후의 사랑 이야기는 신화적 사랑의 면모를 잘 보여 준다. 그 사랑
의 논리를 해치지 않고자 작품을 따라가면서 분석하였다.

신하 구간(九干) 등이 아침에 조회할 때 김수로왕에게 아뢰기를
"대왕이 하늘에서 내려오신 이래로 아직 좋은 배필을 얻지 못하셨
으니 청컨대 신들의 집에 있는 처녀 중에서 가장 예쁜 사람을 골라
서 궁중에 들여보내어 배필이 되게 하겠습니다."
라고 하였다.

김수로는 고대국가 금관가야의 왕이다. 다른 고대 신화에서 건국주가 하늘에서 지상으로 내려온 것처럼, 그 역시 하늘에서 지상으로 파견되었다. 이야기는 신성한 왕에게 걸맞은 왕후가 없는 것을 안타까워 한 신하들이 직접 왕의 배우자를 찾아보겠다고 나서는 데서 시작된다. 좋은 배필을 널리 알아보겠다는 뜻과 노력이 얼마나 고마운가? 그런데 김수로는 마다한다.

> 왕이 말하기를
> "짐이 여기에 내려온 것은 하늘의 명령이니 짐에게 짝을 지어 왕후를 삼게 하는 것 역시 하늘의 명령일 것이니 경들은 염려 말라."
> 라고 하였다.

'하늘의 명령에 따르겠으니 왕후 찾는 일을 걱정하지 말라'는 김수로의 결연한 의지. 천생연분을 기다리겠다… 아, 천생연분이 대체 어디에 있느냐고 반문할 사람이 있을 것이다. 현대인 중에 하늘이 보내줄 배우자를 기다리는 사람이 과연 몇이나 될까? "천생연분? 배우자는 노력해야 얻을 수 있지!" 이 말이 현대를 사는 우리에게는 더 그럴듯하게 들리지 않을까? 그러나 신화에서의 사랑은 신의(神意)가 인간의 사랑을 이끌고 있다.

> 드디어 왕은 신하 유천간(留天干)에게 명하여 가벼운 배[輕舟]를 이끌고 준마(駿馬)를 가지고 망산도(望山島)에 가서 서서 기다리게 하고, 신귀간(神鬼干)에게 명하여 승점(乘岾)으로 가게 하였다.

김수로왕은 무슨 직감에서인지 신하를 어디론가 보낸다. 하늘에서 내려온 왕이니 보통 사람보다 뛰어난 감각이 있었을 게 분명하다. 신화에서 하늘에서 내려온 자는 신성계와 교류하고 소통하는 존재라 비범한 자, 신성한 자로 인식되었다. 김수로왕은 신하에게 배와 말을 준비시켜 특정 장소에 대기하게 하였다.

> 돌연 바다의 서남쪽에서 붉은 돛을 단 배가 붉은 기를 달고 북쪽을 향해 오고 있었다. 유천간 등이 먼저 망산도 위에서 횃불을 올리니 곧 사람들이 다투어 육지로 내려 뛰어왔다.
> 신귀간은 이것을 보고 대궐로 달려와서 그것을 아뢰었다. 왕이 그 말을 듣고 무척 기뻐하여 이내 구간을 보내어 목련(木蓮)으로 만든 키를 바로 잡고 계수나무로 만든 노를 저어 그들을 맞이하게 하였다.

김수로왕의 예상대로 누군가 출현하였다. 신하 유천간은 반가운 마음에 횃불을 올렸고, 이를 신호로 배에 타고 있던 사람들은 앞다투어 내렸다.
김수로왕의 또 다른 신하 신귀간은 분주히 왕에게 알렸고 왕은 환영 의전물을 갖추어 도래인(到來人)을 맞을 준비를 한다. 본 적도 없고 정보도 모르는 사람에 대한 환영 준비를 하는 것을 보면 '외부인의 도래'를 긍정적으로 해석했다는 뜻이 된다. 이때 목련 키와 계수나무 노를 들게 했다고 하니, 이들 나무는 평범한 나무는 아닌 게다. 여하튼 그들은 이제 만날 참이다.

> 곧 모시고 대궐로 들어가려 하자 왕후가 이에 말하기를
> "나는 너희들과 본래 모르는데 어찌 감히 경솔하게 서로 따라가겠

는가?"

라고 하였다. 유천간 등이 돌아가서 왕후의 말을 전달하니 왕은 그렇다고 여겨 유사(有司)를 이끌고 행차하여, 대궐 아래로부터 서남쪽으로 60보쯤 되는 곳의 산 주변에 장막을 쳐서 임시 궁전을 설치하고 기다렸다.

쉽게 이루어질 것 같은 만남이었건만, 고비를 겪는다. 첫인사 방식에 대한 두 사람의 생각이 달랐다. 만나긴 만나되 '어디서 어떻게' 만날지에 대한 의견이 같지 않았다. 아, 예나 지금이나 대인 관계가 어려운 건 서로 상식이 다르기 때문일 때가 많다.

김수로왕의 신하들이 도래한 여성을 기뻐하며 즐거이 맞아들여 대궐로 모시려 들썩이자, 그녀는 따끔한 말을 던져 상황이 전개되는 것을 정지시켰다. '서로 모르는 처지에 다짜고짜 어디로 가자는 것인가?' 하는 그녀의 뜻에 김수로왕도 수긍하고 준비를 달리하였다. 만날 장소도 대궐 아래 산 주변에 임시 궁전을 만들어 새롭게 준비했다. 이로써 맞을 준비는 허왕후의 뜻에 대응하여 이루어졌다. 한편 그녀는 무엇을 하고 있을까?

왕후는 산 밖의 별포(別浦) 나루에 배를 대고 땅으로 올라와 높은 언덕에서 쉬고, 입고 있던 비단바지를 벗어 폐백으로 삼아 산신령(山神靈)에게 바쳤다.

허왕후는 도래인의 입장에서 지역에 편입하고자, 지역 산신에게 자신의 존재를 아뢰는 의례를 올렸다. 이런 의례는 신과 인간의 관계를 긴밀하게 인식했던 시대에 당연하고 필수적인 문화적 장치였다. 당시 사람들은 '의례'를 통해 신과 자신, 신과 사회가 연결되어 있음을 느끼고, 돈독히 하면서 자기 정체성을 확인하고자 했다. 이처럼 신, 신성, 신의가 유의미하게 인식되던 사회에서 의례는 믿음과 사상 체계를 표현하는 문화적 매체로서 필수적이었다. 각 절차에는 신과 관련된 의미가 부여되어 있다. 허왕후는 통과의례적 의식을 자발적으로 수행하였다.

> 그 밖에 따라온 신하 두 사람의 이름은 신보·조광이고, 그들의 아내의 이름은 모정·모량이라고 했으며, 노비까지 합해서 모두 20여 명이었다. 가지고 온 금수능라(錦繡綾羅)와 의상필단(衣裳疋緞)·금은주옥(金銀珠玉)과 구슬로 된 장신구들은 이루 기록할 수 없을 만큼 많았다.

허왕후는 신하와 노비를 이끌고 비단, 보석, 장신구를 잔뜩 싣고 왔다. 풍요로움이 넘친다. 이는 드라마나 영화에 등장하는 협찬 상품처럼 화려함을 뜻하는 것만이 아니라, 신화적 세계관이 지향하는 생명력, 풍요를 뜻한다. 허왕후라는 도래인이 상징하는 바를 물질로 보여주는 은유적 표현이다.

이 무렵 유물이 전시된 박물관에 가보면 예쁜 유리 목걸이들이 눈길을 끈다. 이 화려함과 부요함은 사치가 아니라 신성성(神聖性)이라는 신적 정신성을 담보하고 상징하는 물질이었다.

> 왕후가 점점 왕이 있는 곳에 가까이 오니 왕은 나아가 왕후를 맞아서 함께 유궁(帷宮)으로 들어왔다. 잉신 이하 여러 사람은 섬돌 아래에 나아가 뵙고 곧 물러갔다. 왕은 유사에게 명하여 잉신 내외를 인

도하게 하고 말하였다.

"사람마다 방 하나씩을 주어 편안히 머무르게 하고 그 이하 노비들은 한 방에 대여섯 명씩 두어 편안히 있게 하라."

난초로 만든 음료와 혜초(蕙草)로 만든 술을 주고, 무늬와 채색이 있는 자리에서 자게 하고, 옷과 비단과 보화도 주었고, 군인을 많이 모아서 그들을 보호하게 하였다.

산신령에게 알리는 의례를 마친 허왕후가 왕이 있는 곳으로 와 그들은 드디어 만난다. 서로 알지도 못했던 사람들의 운명적 조우는 현대적 시선에서는 정말이지 의아하고 아이들 장난처럼 여겨진다. 그러나 신화시대에는 기꺼운 만남이었던 것이다. 왕후가 왕에게 다가가자 왕은 나아가 왕후를 맞았다. 그리고 천을 둘러 만든, 그들의 만남을 위한 궁으로 함께 들어갔다. 배우자로 받아들이고 사랑을 느끼는 조건이 현대와는 사뭇 다르다. 신이 파견한 사람이기에 이전에 서로 본 적이 없음에도 상대를 일생의 배우자로 전폭적으로 수용하고 있다. 허왕후를 따라온 신하들에게도 풍성한 대접을 베푼다. 음료와 술, 쉴 곳, 재산을 주고 신변을 보호해 주었다. 아, 난초 음료와 혜초로 빚은 술이라니 향긋할 것 같다.

이에 왕이 왕후와 함께 침전(寢殿)에 있는데 왕후가 조용히 왕에게 말하였다.

"저는 아유타국(阿踰陀國)의 공주로 성은 허(許)이고 이름은 황옥(黃玉)이며 나이는 열여섯입니다. 본국에 있을 때 금년 5월에 부왕과 모후께서 저에게 말씀하시기를, '우리가 어젯밤 꿈에 함께 하늘의 상제(황천상제)를 뵈었는데, 말씀하시길 가락국의 왕 수로(首露)라는 자는 하늘이 내려보내서 왕위에 오르게 하였으니 곧 신령스럽고 성스러운 사람이다. 나라를 새로 다스림에 있어 아직 배필을 정하지 못했으니 경들은 공주를 보내서 그 배필을 삼게 하라 하고, 말을 마치자 하늘로 올라가셨다. 꿈을 깬 뒤에도 상제의 말씀이 아직도 귓가에 남아 있으니, 너는 곧 부모를 작별하고 그곳을 향해 떠나라'라고 하였습니다. 저는 배를 타고 멀리 증조(蒸棗)*를 찾고, 하늘로 가서 반도(蟠桃)**를 찾아 이제 아름다운 모습으로 용안(龍顏)을 가까이하게 되었습니다.”

도래한 여성이 자신의 정체를 밝히고 있다. 하늘의 상제가 고국을 떠나라 해서 짝을 찾아왔다는 사연이다. 신기하게도 만나기 전에 배필이 어디에 있는지, 누구인지 알고 있다. 만나기도 전에 상대를 알았다는 거다. 그녀는 표류하다 파도에 밀려온 게 아니라 자신의 소명을 확신하면서 왔다! 신기한 일이다.

왕이 대답하기를
“나는 나면서부터 자못 성스러워서 공주가 멀리서 올 것을 미리 알고 있어 신하들이 왕비를 맞으라는 청을 하였으나 따르지 않았다. 이제 현숙한 공주가 스스로 왔으니 나로서는 매우 다행한 일이다.”
라고 하였다. 드디어 그와 혼인해서 함께 맑은 밤 이틀을 지내고 또 하루 낮을 지냈다.

---

* 찐 대추로 신선이 먹는다고 한다.
** 3천 년마다 한 번씩 열매가 열린다는 신선세계의 복숭아.

왕도 허왕후의 놀라운 말에 걸맞은 답을 한다.

"나도 내 배우자가 멀리서 올지 알고 기다렸소."

만나기 전부터 기다려 왔다니 기대감과 정성 어린 성의가 느껴지는 말이다. 특히 원문을 보면 김수로왕은 자신을 겸칭하여 '묘궁(眇躬)'이라고 하였다. 묘궁은 미소(微小)하여 낮은 몸이라는 뜻이다. 김수로왕은 신성한 자로 널리 추앙되었음에도 여전히 겸손을 유지하고 있다.

두 사람은 바로 혼인을 하고 사흘을 같이 지냈다. 그 시절의 풍속으로 보인다. 맑은 밤[淸宵]이라는 표현은 이 만남의 상태와 성질을 기술한다. 산뜻하고 신선한 느낌이 든다.

> 이에 나라를 다스리고 집을 정돈하며, 백성을 자식처럼 사랑하니 그 교화(敎化)는 엄숙하지 않아도 위엄이 있고, 그 정치는 엄하지 않아도 다스려졌다. 더욱이 왕후와 함께 사는 것은 마치 하늘에게 땅이 있고, 해에게 달이 있고, 양(陽)에게 음(陰)이 있는 것과 같았고 그 공은 도산씨(塗山氏)가 하나라 우임금을 돕고, 요임금의 딸들*이 순임금과 혼인하여 요씨(姚氏)를 일으킨 것과 같았다.
>
> 그해에 왕후는 용맹한 남자를 낳는 꿈**을 꾸고 태자 거등공(居登公)을 낳았다.

하늘과 땅, 해와 달, 양과 음이 대응하면서 조화를 이루듯, 김수로와 허왕후는 환상적인 조화를 이룬다. 둘의 만남이 발산하는 시너지는

---

* 아황(娥皇)과 여영(女英).
** 곰의 꿈을 꾸었다고도 번역하나 강인구 외 4인(『삼국유사(三國遺事)』 I ~IV, 이회문화사, 2003)의 번역을 따랐다.

두 사람을 넘어 사회와 국가에 동반상승의 영향력을 미쳤다. 두 사람이 서로 의지하면서 새로운 질서를 창조해 가는 삶이 얼마나 평온하고 자연스러운 질서를 이루는지!

신의 뜻과 인간의 삶이 연동된다고 믿는 시대의 사랑은 사랑을 개별 인간에게서 발견하기보다는 신의에 따르는 것으로 대신한다. 신의는 두 사람에게 모두 긍정적인 것으로 해석되었고 신적 가치로 사회를 충만히 만들었다. 이 시대의 사랑에는 틈과 결핍, 불안이 없다. 중국의 도산씨, 요임금의 딸들이 왕을 도운 옛 에피소드를 빌려 허왕후가 김수로왕을 도와 나라를 잘 다스린 공을 표현하고 있다. 그들은 자손도 어려움 없이 두었고 잘 살았다. 그러나 이들도 인간인지라 죽음을 맞는다.

> 영제(靈帝) 중평(中平) 6년 기사 3월 1일에 왕후가 죽으니 나이는 157세였다. 온 나라 사람들은 땅이 꺼진 듯이 슬퍼하고 구지봉(龜旨峰) 동북 언덕에 장사하였다.

영제 중평 6년은 계산하면 서기 189년이다. 허왕후는 157세로 생을 마쳤으며 수로왕이 하늘에서 내려왔던 구지봉에 묻혔다 한다. 남편이 태어난 곳에 부인을 묻었다. 남편과 부인, 그리고 탄생과 죽음을 하나로 연결시켰던 당대의 관념으로 보인다. 만물이 연결되어 있다는 것은 문명 초창기에 일반적인 생각인 것이다. 그들의 사랑이 사회에 영향을 미쳤던 것처럼 죽음을 애도하는 이는 가족만이 아니었다.

드디어 왕후가 백성을 자식처럼 사랑하던 은혜를 잊지 않고자 처음 와서 닻줄을 내린 도두촌(渡頭村)을 주포촌(主浦村)이라 하고, 비단바지를 벗은 높은 언덕을 능현(綾峴)이라 하고, 붉은 기가 들어온 바닷가를 기출변(旗出邊)이라고 하였다.

예나 지금이나 사람은 소중한 일은 기억하고 재생하고 싶은 법. 백성들은 왕비를 잊지 않기 위해 기념이 될 만한 것을 찾아 재생한다. 그녀가 처음 왔던 곳, 산신에게 의례를 올리던 언덕, 붉은 깃발을 흩날리며 들어오던 바닷가에 새로 이름을 붙이고 그녀와 그녀의 도래를 기념했다. 마치 오늘날에도 사랑을 하게 되면 특별한 장소들이 기억할 가치를 갖게 되는 것처럼.

> 왕은 이에 매양 외로운 베개를 의지하여 몹시 슬퍼하다가 10년을 지내고 헌제(獻帝) 입안(立安) 4년 기묘 3월 23일에 죽으니, 나이는 158세였다. 나라 사람들은 부모를 잃은 것처럼 슬퍼하는 것이 왕후가 죽은 날보다 더하였다.
> 마침내 대궐 동북쪽 평지에 빈궁(殯宮)*을 세웠는데, 높이가 1장이고 둘레가 300보였다. 거기에 장사 지내고 수릉왕묘(首陵王廟)라고 하였다.

왕비의 죽음에 왕은 몹시 슬퍼했다. 그도 10년 뒤 158세의 나이로 세상을 떴다. 계산해 보면 김수로왕이 세상을 뜬, 헌제 입안 4년은 서

---

* 상여가 나갈 때까지 왕의 관을 두던 곳.

기 199년이다. 김수로왕과 허왕후의 사랑은 1~2세기*에 비정된다. 이 사랑 이야기에 드러나는 종교적 기표들은 불교 도입 이전, 천신의 힘을 더욱 진실하게 믿었던 상고대 샤머니즘 신앙에서 비롯한 것들이다. 하늘이 예비한 배우자가 분명히 있다고 믿었던 정황이 이 사랑 이야기에 드러난다.

이 사랑의 특징을 정리해 보자. 첫째, 하늘이 보낸 배우자라는 천생연분 사상에 근거하여 배우자를 기다리는 믿음이 있었다. 이 믿음에 답을 하듯, 허왕후가 적시적소에 나타났고 김수로왕도 그녀의 도래를 이미 알고 있었다. 미리 짜인 각본처럼 두 사람이 만났을 뿐 아니라, 그들은 만나기 전부터 기다려 왔고 우주적으로 만남이 예정되어 있었다.

완벽한 각본에 따른 사랑 같지만, 특유의 심리 상태가 구비되어 있다. 주인공은 사랑의 상대를 만나야 하는 필연성이 고조된, 결핍의 상황에 처해 있었다. 작품의 내적 논리에 따르면 김수로왕은 신성한 자이지만, 그 자체로 완결된 존재는 아니었다. 그에게는 배우자가 필요했다. 배우자의 자리를 채워야 하는 상황은, 개인과 사회의 결핍이자 문제적 상황이었다. 사랑 특유의 '긴급한 갈증'이 작품에 표현되고 있다.

---

* 「가락국기」는 고려시대인 1000년대에 기록된 바, 1200년대에 저술된 『삼국유사』에 기재되어 전한다. 혹 이 두 사람의 사랑 이야기를 1세기의 산물로 믿기 어렵다는 의견이 있을 수 있다. 금관가야가 42년에 건국되었다고 알려졌고 이에 대응하는 유물들이 해당 지역에서 발굴되고 있으니, 최소한 왕과 왕후가 있었을 것이며 최초의 왕과 왕후에 대한 담론이 유의미하게 전승되었기에 지금까지 이들의 이야기가 전달될 수 있었다. 금관가야의 존재만이 아니라 서사문학도 역사적이다. 서사문학의 경우, 서사가 전개되는 논리 곧 서사 논리가 있다. 이 서사 논리는 한 저술가가 무작정 만들 수 있는 것이 아니라 역사적 산물로서 역사적 특성을 가지고 있다. 바로 이들 사랑의 성격은 이 서사의 역사적 성격과 위상을 증거한다.

이 사랑의 두 번째 특징은 두 사람이 대등한 위상을 유지한다는 점이다. 허왕후는 상대가 자신을 온전히 받아들일 때까지 대등한 심리적 위상을 유지한다. 여기에 두 사람 사이에 밀고 당기는 길항의 심리가 묘사되어 있다.

어찌 김수로왕이 허왕후를 소중히 여기지 않았으랴. 그러나 허왕후는 아무리 상대가 호의적이고 우호적인 상황이어도 일방적으로 진행되도록 관망하지 않았다. 김수로왕이 자신의 계획대로 신하들에게 허왕후를 모시도록 하자 그녀는 질문을 던졌고, 이 질문은 진행되고 있는 관계에 쉼표 상태, 휴지(休止)를 만들었다. '아직 서로 모르는 사이인데 어찌 감히 경솔하게 서로 따라가겠는가' 하는 물음은 김수로왕으로 하여금 그가 어떤 행동을 해야 할지 생각하게 만들었다.

허왕후가 필연적으로 김수로를 찾아왔지만 보자마자 따르지 않은 것은 따라가지 않겠다거나 신의 의지에 대한 저항이 아니라 사랑하는 사람에게 자신의 의미를 확인해 보는 과정이다. 만남의 방식에 있어 이견을 제시하는 허왕후의 모습은 독특하다. 이내 곧 순종하는 자세가 아니다. 자존감을 확인해 보려는 이 제스처는 연인들이 서로 밀고 당기는 심리를 상기시킨다. 이러한 허왕후의 행동은 이 사랑 이야기가 예정된 사랑을 향한 몰입적 복종, 전적인 칭찬과 찬사로만 만들어진 서사가 아님을 보여 준다.

상대를 향한 호의보다 언제나 우선하는 사실은 상대도 나와 같이 자신의 뜻을 가지고 있으며 이는 동등한 수준에서 존중되고 배려되어야 한다는 점이다. 허왕후의 말은, 자기 존재를 인정하고 그리하여 그에 걸맞은 예의를 갖추어 달라는 김수로왕에 대한 요구이다. 사랑하는 관계에서는 늘 요구하고 요구받는 상황이 발생한다. 어떤 대상이나 물건을 정말 원한다기보다는 요구를 통해 상대의 사랑을 확인하고 싶어 한다. 이러한 요구는 자기 존재에 대한 열정이며, 여기서 실제 느끼는 욕구를 제하면 욕망이 드러난다고 하지 않았는가. 이는 관계의 위상(位相)에 정통한, 자크 라캉을 대표로 하는 정신분석학의 논리다.

김수로왕은 허왕후의 뜻에 부합하는 대응방식을 고안해 냈다. 그는 신하를 이끌고 행차하여 대궐 아래에 임시 궁전을 설치하고 기다렸다. 이 정도면 두 사람 사이의 의사소통이 양방향을 지향하면서 원만히 이뤄지고 있다 할 수 있겠다.

셋째, 두 사람의 사랑은 자발적 순종에 근거한다. 김수로왕은 배우자 문제에 있어 신하들의 간택이 아닌 하늘의 명을 기다렸고, 허왕후도 하늘의 명으로 배우자를 찾아 바다를 건너왔다. 하늘의 명이 있었다 하나 이 만남을 당연한 것으로 여기고 따른 것은 당사자들이었다. 하늘의 권위를 인정하고 상대를 배우자로 받아들이는 행위는 자발적인 순종으로 이루어진 것이다. 이들의 심리적 태도는 억압된 순종이 아니다. 신화적 세계관에서 사람들은 신의 의지를 믿었고, 이에 순종했음을 알 수 있다.

위에서 논한 첫째, 셋째 특징은 신화적 세계관에 근거한 사랑의 특징이며, 둘째 특징은 사랑의 보편적 조건이다. 사랑이라는 활동에서 상대의 존재는 필수적인 만큼 상대는 어떤 자리를 차지할 수밖에 없다. 상대의 입지, 자존감을 존중하는 김수로왕의 모습은 사랑의 기본조건에 대해 시사하는 바가 있다.

김수로왕과 허왕후의 사랑은 서사문학사 초기의 프로토타입으로, 후대의 사랑이나 외국 신화의 사랑과 견주어 볼 기준을 제시하였다. 한국인의 사랑은 이렇게 시작하였다.

이야기가 전하는 문헌과 관련 서사

이 이야기는 『삼국유사』 권2, 기이(紀異) 제2 「가락국기」에 전하고 있다. 허왕후가 바다를 건너 금관가야에 상륙한 도래담은 『삼국유사』 권3, 탑상(塔像) 제4 「금관성 파사석탑(金官城 婆娑石塔)」에도 나온다.

신의 의지와 명령에 따라 여성이 바다를 통해 도래하여 왕비가 된 에피소드는 한반도 지역 고대신화에서 하나의 서사적 문법이었다. 같은 구조의 '삼을나(三乙那)와 세 처녀 신화'가 있다. 작품은 『고려사(高麗史)』 57, 지리 2 「전라도 탐라현(全羅道 耽羅縣)」에서 인용하였다.

삼을나와 세 처녀 신화

태고에 이곳에는 사람도 생물도 없었다. 세 명의 신인(神人)이 땅으로부터 솟아 나왔는바 맏이는 양을나(良乙那), 둘째는 고을나(高乙那), 셋째는 부을나(夫乙那)라고 하였다. 이 세 사람은 먼 황무지에서 사냥을 하여 그 가죽을 입고 그 고기를 먹고 살았다.

하루는 보아한즉 자색 봉니(封泥)를 한 나무 상자가 물에 떠 와서 동쪽 바닷가에 와 닿은 것을 보고 곧 가서 열어 보았다. 상자 속에는 돌함과 붉은 띠에 자색 옷을 입은 사자(使者)가 따라와 있었다. 돌함을 여니 그 안에서 푸른 옷을 입은 세 명의 처녀와 각종 망아지와 송아지 및 오곡(伍穀) 종자가 나왔다.

그 사자가 "나는 일본의 사신인데 우리나라 왕이 이 세 딸을 낳고 말하기를 '서쪽 바다 가운데 있는 큰 산에 신의 아들 세 명이 내려와서 장차 나라를 이룩하고자 하나 배필(配匹)이 없다'고 하면서 나에게 명령하여 이 세 명의 딸을 모시고 가게 하여 이곳에 왔습니다. 당신들은 마땅히 이 세 명으로 배필을 삼고 나라를 이룩하기를 바랍니다"하고 말을 마치자마자 홀연히 구름을 타고 가버렸다. 세 명은 나이에 따라서 세 처녀에게 장가들었다.

샘물 맛이 좋고 땅이 비옥한 곳을 택하여 활을 쏘아 땅을 점치고 살았는데 양을나가 사는 곳을 첫째 도읍, 고을나가 사는 곳을 둘째 도읍, 부을나가 사는 곳을 셋째 도읍이라고 하였으며, 이때 처음으로 오곡을 심어서 농사를 짓고 망아지와 송아지를 길러서 날로 번창해졌다.

이 사랑과 관련된 유적·유물

김수로왕의 능으로 알려진 수로왕릉(경남 김해시 서상동)과 허왕후의 능으로 알려진 수로왕비릉(경남 김해시 구산동)이 대표적이다. 아울러 허왕후와 일행이 가락국에 도착한 후, 바다의 은혜에 감사하는 의미로 지었다는 해은사(경남 김해시 어방동)도 들러 볼 만하다. 김해문화관광 홈페이지(www.gayasa.net)를 통해 금관가야 문화재 정보를 더 얻을 수 있다.

수로왕비릉의 파사석탑. 색과 결이 독특했다.

1세기의 유화와 해모수
남신의 선택, 여신의 수용

고구려의 유화와 해모수의 사랑은 신화시대 사랑의 공통적 특징을
유지하면서도 사랑을 실행해 가는 과정에서 다른 단면을 보여 준다.
김수로와 허왕후가 사회의 규범과 의례를 따르고 상제가 예정한 인
연에 순종하는 자기 의지에 따라 혼인했으며 혼인생활도 조화로웠던
반면, 유화와 해모수의 사랑은 현대인의 시각에서는 그들을 부부라
고 할 수 있을지 의아스러울 만큼 사뭇 일방적이다.

김수로와 허왕후가 배우자로서 정신과 육체를 조화롭게 공유한 반
면, 유화와 해모수의 사랑은 남신이 힘으로 여신의 육체를 신성 담
론하에서 일방적으로 소비한 서사다. 겉보기에 두 사랑은 다른 사랑
같아 보이지만, 기본 원리는 공통적이다. 신의 의지가 개인 의지보다

우선하고 최고 권위로 통하던 사회에서 이들의 사랑은 신의(神意)의 실현과 밀접한 관계가 있다.

고조선, 고구려, 부여 등 북부 지역의 신화에서는 성관계 후 혼인생활이 지속되지 않는 예가 많으며, 가야, 신라, 탐라 등 남부 지역의 신화에서는 의례를 거쳐 혼인이 이루어지고 혼인생활도 지속되는 편이다. 물론 남부 지역 신화에 서술성모(西述聖母), 여성 거인같이 배우자 없이 여신이 단독적으로 창조 활동을 벌이는 예도 있으나, 혼인하는 경우에는 부부로서 생활을 지속하는 것으로 나타난다.

고구려 건국 시조인 동명왕(東明王)의 신화에서 유화와 해모수의 사랑이 언급되는데, 현재 확인 가능한 한, 이 신화를 기록한 최초의 문헌은 중국 왕충(王充, 27~100?)의 『논형(論衡)』이며, 최초의 유물로는 광개토왕비(414)를 들 수 있다. 이후 이 서사는 고구려 건국 담론으로 구비 전승되어 이규보(李奎報, 1168~1241)의 『동국이상국전집』 3권 고율시(古律詩) 「동명왕편(東明王篇) 병서(幷序)」에 전한다. 이 기록에 따르면, '지난 계축년(1193) 4월에 『구삼국사(舊三國史)』를 얻어 「동명왕본기(東明王本紀)」를 보니 그 신이(神異)한 사적이 세상에서 얘기하는 것보다 더했다'고 전한다. 이규보는 기존의 『구삼국사』에 비해 김부식(金富軾, 1075~1151)의 『삼국사기』의 고구려 조는 그 내용이 소략하다고 비평하였다. 이규보의 언급을 참고하여 볼 때, 고구려 신화 담론이 후대에 구비 전승되었고, 한편으로는 기록되었음을 알 수 있다.

현재 볼 수 있는 작품 중에서는 이규보의 「동명왕편」이 유화와 해모수의 사랑을 여러 에피소드를 동원하여 가장 구체적으로 기술하고 있다. 이 작품은 운율적 시를 먼저 제시하고 필요 시 해설을 붙이는 방식으로 구성된다. 해설을 덧붙이고 상상을 보태는 과정에서 시대를 소급하는 오류를 보이지만, 기본 구조와는 무관하다.

천제자, 즉 천제(天帝)의 아들인 해모수는 자신의 질서를 지상에 세울 후사(後嗣)를 잇기 위한 목적으로 혼인하고자 한다. 신화적 사랑에서 사랑의 목적은 후사와 무관하지 않았던 정황을 보여 준다. 유화는 후사를 잇기에 적합한 여성으로 보여진다. 신이 여성을 선택하는데 선택은 일방적으로 이루어지고 여성은 이 선택을 피하지 못한다. 이 일방성은 당대 풍속의 종교적·인류학적 의미*로 설명되기도 하지만, 서사의 측면에 국한해서 볼 때 선택의 일방성과 영향력은 내내 지속된다. 남성은 여성을 일방적으로 선택하고, 여성은 이를 수용할 수밖에 없었던 고대국가의 사회문화적 흐름이 드러난다. 우리나라 외에 이웃나라 일본과 중국의 고대 서사를 살펴보아도 여성이 남성을 배우자로 선택하는 경우는 찾기 어렵다.

중매 없이 혼전에 성관계를 가진 것 때문에 해모수는 유화의 아버지 하백에게 비난을 받지만, 사위로서 합당한 능력이 있음은 인정받는다. 하백과 해모수의 신적 능력을 증명하는 경쟁에서 드러나는 것은 해모수의 혁혁한 신적 자질로, 사실 유화를 향한 사랑과는 무관하다. 해모수는 관계를 가진 후, 후사를 기대하며 결혼 전의 위치로 돌아간다. 이 같은 남성의 무책임한 단독 회귀는 여성과 여성 가문의 입장에서는 난처한 일로, 그 책임은 여성에게 돌아가고 있다. 이제 유화는 해모수의 왕비로 여겨지지만, 남편 없이 아들을 낳고 살아간다.

동명왕 신화에서 일방적인 사랑의 목적은 후사를 잇는 데 있다고 해

---

* 신이 여성을 선택하는 신화적 주제는 그리스 신화에서도 자주 보이며 일방성은 폭력이라기보다 여성으로서 자긍심을 가질 피선(被選)이라고도 해석한다. 신화적 세계관에서 성 결합은 단지 두 생식기관의 결합을 넘어 상징성을 가지기 때문에 생명력을 증진시키기 위한 방편, 성공적 과업 수행 등을 기원하는 상징적 의미를 갖는다. 한편 남성신은 하늘에, 여성신은 땅에 있다는 설정이 반영된 것이라고 보는 견해도 있다.

도 과언이 아니다. 자손을 보기 위한 혼인 이후 두 사람의 교류는 없다. 다만 그들의 자손 주몽이 그들의 혼인을 증명하듯 해모수를 대리하여 세상에 신적 질서를 펼친다. 유화와 해모수의 만남은 여성의 육체를 매개로 자손을 두려는 남성신의 의지에 의해 이루어지나 일시적이다. 안정된 결혼생활로 이어지지 않았으나 이는 고대국가 이전과 건국 무렵의 신과 인간의 관계, 남녀 관계가 반영된 것이다. 이후 해모수와 유화는 물리적으로 만나지는 않지만, 주몽을 중심으로 관계가 지속된다. 유화는 해모수와의 만남과 주몽의 출산이라는 사건으로 자기 정체성을 구성하게 된다.

이제 「동명왕편」을 보자. 긴 작품이라 두 사람의 사랑과 관련된 부분을 중심으로 인용하였다. 참고로 인용문에서 「동명왕편」의 본문은 큰 글자로, 이규보가 부연하여 해설한 부분은 작은 글자로 나타내었다. 이 책의 목적은 서사 속에 나타난 사랑의 국면을 살피는 데 있으므로 「동명왕편」이 역사적 사실인지 아닌지를 고증하거나 어구마다 자세한 해설을 하지는 않았다. 작품의 특성상 논의가 장황해지기 때문에 여기서는 사랑 이야기에 집중하였다.

해모수의 아버지 천제는 부여의 도읍지를 옮기게 한다. 그 지역을 기반으로 해모수에게 새로운 나라를 세우게 하려는 의도였다. 하늘의 명령을 들어 온지라 부여왕 해부루는 수도를 옮긴다. 이어 신화 특유의 상상력에 의거하여 하늘로부터 지상으로 내려와 통치하는 해모수의 형상이 표현된다. 해모수가 지상에 내려오는 모습을, 과거 조상님에 뒤질세라 상상력을 동원해서 그려 보자.

처음 공중에서 내려오는데 자신은 다섯 용의 수레를 타고 따르는 사람 백여 인은 고니를 타고 털깃 옷을 화려하게 입었다. 맑은 풍악 소리 쟁쟁하게 울리고 채색 구름은 뭉게뭉게 떴다.

한나라 신작 3년인 임술년에 천제가 태자를 보내어 부여왕의 옛 도읍에 내려와 놀았는데 이름이 해모수(解慕漱)였다. 하늘에서 내려오는데 오룡거(伍龍車) 타고 따르는 사람 1백여 인은 모두 흰 고니를 탔다. 채색 구름은 위에 뜨고 음악 소리는 구름 속에서 울렸다. 웅심산(熊心山)에 머물렀다가 10여 일이 지나서 내려오는데 머리에는 오우관(烏羽冠)을 쓰고 허리에는 용광검(龍光劍)을 찼다.

천제자로서 해모수의 신성한 풍모가 하늘, 공중, 공기와 관련된 소재로 여유롭게 기술되고 있다. 신으로서 해모수의 풍모가 유유자적한 풍요로움 속에 배어난다. 그는 하늘에서 바로 지상으로 내려오지 않고, 산에서 10여 일을 머물다가 내려왔다. 이는 신화적 문맥에서는 자연스러운, 일종의 신성성을 상기시키는 장치였을 것이다. 신화에서 산은 신이 내리는 곳이기 때문에 신성한 장소였다. 참고로 시대적 배경이 되는 신작(神雀)은 전한(前漢) 선제(宣帝)가 기원전 61~58년에 사용한 연호이므로, 신작 3년은 기원전 59년이다.

옛날부터 천명을 받은 임금이라면 하늘이 준 것이 아니라고 어떻게 시비하겠는가. 대낮 푸른 하늘에서 내려온 것은 옛적부터 보지 못한 일이다. 아침에는 인간 세상에서 살고 저녁에는 천궁으로 돌아간다.

아침에는 정사를 듣고 저물면 곧 하늘로 올라가니 세상에서 천왕랑(天王郞)이라 일컬었다.

내 옛사람에게 들으니 하늘에서 땅까지의 거리가 이억만 팔천칠백팔십 리란다.
사다리로도 오르기 어렵고 날개로 날아도 쉽게 지친다. 아침저녁 임의로 오르내리니 이 이치 어째서 그러한가.

해모수는 지상에 내려왔으나 계속 머무르지 않고 하늘에 올라갔다가 내려오고 다시 돌아가는 순환적 생활을 한다. 평범하지 않은 행위와 행적은 그가 신적 존재임을 드러낸다. 서사적 구성에서 그의 신적 능력이 제시된 대목이다. 신화적 문맥에서 그의 이러한 행적은 신성하고 경이로운 것으로 받아들여졌을 것이다.

성 북쪽에 청하가 있으니

청하(靑河)는 지금의 압록강(鴨綠江)이다.

하백의 세 딸이 아름다웠다.

맏이는 유화(柳花)요, 다음은 훤화(萱花)요, 끝은 위화(葦花)이다.

압록강 물결 헤치고 나와 웅심 물가에서 놀았다.

청하에서 나와서 웅심연(熊心淵)가에서 놀았다.

쟁그랑 딸랑 패옥이 울리고 부드럽고 가냘픈 모습 아름다웠다.

자태가 곱고 아리따웠는데 여러 가지 패옥이 쟁그랑거리어 한고(漢皐)와 다름없었다.

처음에는 한고 물가인가 의심하고 다시 낙수의 모래톱을 연상하였다.

어느 날 해모수는 세 여인, 하백의 딸들을 청하 물가에서 우연히 보게 된다. 청하에서 웅심연으로 옮겨 놀았다는데 해모수가 하늘에서 내려와 열흘 정도 머물었던 산이 웅심산이었으니 웅심연은 그곳에 있는 못이리라. 그렇다면 세 여인은 해모수의 세력이 미치는 지경(地境)에 머물렀다는 뜻이 된다. 당연히 해모수의 눈에 띨 수밖에.

해모수의 눈에 비쳤을, 연못가에서 노는 여성들의 모습이 아름답게 묘사되어 있다. 처녀들의 장식품, 패옥이 바람에 휘날리는 소리가 알록달록 귀엽게 들리는 듯하다. 압록강은 백두산에서 시작하여 남쪽으로 흐르는 강으로 중국과 북한의 경계를 이루고 있다. 역사적으로 숱한 사연을 낳은 강으로, 강 주변에 고구려 고분만 12,000개가 넘으니 유구한 지역임을 짐작할 수 있다. 또 압록강에는 200개가 넘는 섬이 있는데, 물속에 잠겼다가 나타나곤 하는 섬이 적지 않다고 하니 신비스러운 느낌을 준다.

한고는 주(周)나라의 정교보(鄭交甫)라는 남자가 초(楚)나라에 가는 길에 한고대(漢皐臺) 아래를 지나다가 구슬을 찬 두 여자를 만나 구슬을 청하여 얻었다는 고사에서 반영한 것이다. 낙수(洛水)는 복희씨(伏羲氏)의 딸 복비(宓妃)가 낙수에 빠져 죽어 신이 되었다는 고사에서 취한 것이다. 이들 옛 이야기는 동명왕 신화 당시의 묘사라기보다는 후대에 입으로 전해지면서 덧붙은 수사적 장식이다.

왕이 나가서 사냥하다 보고 눈짓을 보내며 마음을 두었다. 곱고 아름
다운 것을 좋아함이 아니라 참으로 뒤이을 아들 낳기에 급함이었다.
왕이 좌우에게,
"얻어서 왕비를 삼으면 후사를 둘 수 있다."
하였다.

해모수가 여성을 보는 시선이 드러난다. 아름다운 여성에게 눈길을
주나 이때 아름다움의 의미는 성적 쾌락을 환기하는 것이 아니라 자
신의 후사를 이어 줄 여성으로 바람직한 상대라는 기호가 되고 신
화적 가치를 형성한다. 해모수는 여성을 통해 후사를 얻어야 했고,
이는 신화적 세계관에서는 당연히 실현되어야 할 주요 과업이었다.
그래서 해모수가 한 말이 "(여인을) 얻어서 후사를 둘 수 있겠군"이었
다. 그러나 그는 어떻게 접근해야 할지 몰랐다. 다만 여성을 통해 후
사를 얻고 싶은 마음만 급했다. 조급한 마음으로 허둥대는 그의 인
물 형상에 웃음이 나온다.

세 여자가 왕이 오는 것을 보고 물에 들어가 한참 동안 서로 피했다.
장차 궁전을 지어 함께 와서 노는 것을 엿보려 하여 말채찍으로 한
번 땅을 그으니 구리집이 홀연히 세워졌다. 비단 자리를 눈부시게
깔아 놓고 금술잔에 맛있는 술 차려 놓았다.
과연 스스로 돌아 들어와서 서로 마시고 이내 곧 취하였다.

그 여자들이 왕을 보자 곧 물로 들어갔다. 좌우가,
"대왕은 왜 궁전을 지어서 여자들이 방에 들어가기를 기다렸다가 못 나가게
문을 가로막지 않으십니까?"

하였다. 왕이 그렇게 여겨 말채찍으로 땅을 긋자 구리집이 갑자기 이루어졌는데 장려(壯麗)하였다. 방 안에 세 자리를 베풀고 술상을 차려 놓았다. 그 여자들이 각각 그 자리에 앉아 서로 권하며 마셔 크게 취하였다.

세 여성은 모르는 사내가 다가오자 물의 신 하백의 딸답게 물속으로 잘도 숨었다. 그러나 한번 피한 것으로 끝이 아니었다. 해모수는 신하들의 계략에 따라 하백의 딸들을 꾀기로 하고, 딸들은 여기에 넘어간다. 남녀평등의 관점에서 보면 일방적이고 비윤리적인 계략이지만 신화적 인물의 의도는 현대의 우리가 이해하는 것과 다르다. 단순히 폭력적 관계로 종결된 사건이 아니라 신화시대의 이상을 구현하기 위한 과정의 일환이었다.

　　왕이 그때 나가 가로막으니 놀라 달아나다 미끄러져 자빠졌다.

　　왕이 세 여자가 크게 취할 것을 기다려 급히 나가 막으니 여자들이 놀라 달아나다가 맏딸 유화가 왕에게 붙잡혔다.

결국 왕의 전략에 딸들이 넘어가고 그중 유화가 왕에게 붙잡혔다. 참으로 일방적인 행동이다. 여성의 의사보다 신의가 앞서고 있다. 많은 현대인에게 불만스러운 장면이리라 생각된다. 어릴 적 이 신화를 접하면서 가련한 유화의 처지에 놀라 손가락을 입에 물고 '아이고'를 외친 적이 있다. 그때는 신화적 세계관이 현대와 다르다는 사실을 전혀 인지하지 못했다.

하백이 크게 노하여 사자를 시켜 급히 달려가서 고하기를

"너는 어떤 사람이기에 감히 경솔하고 방자한 짓을 하는가."

회보(回報)하기를 "나는 천제의 아들입니다. 높은 문족과 서로 혼인

하기 청합니다."

하늘을 가리키자 용수레가 내려오니 그대로 깊은 해궁에 이르렀다.

하백이 크게 노하여 사자를 보내어 고하기를,

"너는 어떠한 사람이기에 내 딸을 잡아 두는가?"

하였다. 왕이 회보하기를,

"나는 천제의 아들인데 지금 하백에게 구혼하고자 합니다."

하였다. 하백이 또 사자를 보내어 고하기를,

"네가 만일 천제의 아들이고 내게 구혼할 생각이 있으면 마땅히 중매를 시

켜 말할 것이지 지금 문득 내 딸을 잡아 두니 어찌 그리 실례가 심한가?"

하였다. 왕이 부끄러워하며 하백을 뵈려 하였으나 궁실에 들어갈 수 없었다.

그래서 그 여자를 놓아 보내고자 하니 그 여자가 이미 왕과 정이 들어서 떠

나려 하지 않으며 왕에게 권하기를,

"만일 용거(龍車)가 있으면 하백의 나라에 이를 수 있다."

하였다. 왕이 하늘을 가리켜 고하니, 조금 뒤에 오룡거(伍龍車)가 공중에서

내려왔다. 왕이 여자와 함께 수레를 타니 풍운이 홀연히 일어나며 하백의

궁에 이르렀다.

하백이 왕에게 이르기를

"혼인은 큰일이라 중매와 폐백의 법이 있거늘 어째서 방자한 짓을

하는가."

하백이 예를 갖추어 맞아 좌정한 뒤에 이르기를,

"혼인의 도는 천하의 공통된 법규인데 어찌하여 실례되는 일을 해서 내 가
문을 욕되게 하는가?"

하였다.

하백 역시 신이기에 자기 딸에게 닥친 위험을 즉각적으로 감지했다.
혼인의 예의를 갖추지 않은 해모수를 나무랐다. 다행히도 해모수가
치한은 아닌지라, 수계(水界)로 장인 하백을 만나러 간다. 이 당시에
도 이미 결혼은 가문의 큰일로 여겨졌던 것이다.

딸을 결혼시키는 아버지가 사위의 능력을 가늠해 보려는 심리는 예
나 지금이나 마찬가지인가 보다. 하백과 해모수가 진짜 상제의 자손
인지를 시험해 보자고 하고 해모수는 이에 응한다. 신들은 어떻게 능
력을 판별할까.

"그대가 상제의 아들이라면 신통한 변화를 시험하여 보자."
넘실거리는 푸른 물결 속에 하백이 변화하여 잉어가 되니
왕이 변화하여 수달이 되어 몇 걸음 못 가서 곧 잡았다.
또다시 두 날개가 나서 꿩이 되어 훌쩍 날아가니
왕이 또 신령한 매가 되어 쫓아가 치는 것이 어찌 그리 날쌘가.
저편이 사슴이 되어 달아나면 이편은 승냥이가 되어 쫓았다.
하백은 신통한 재주 있음 알고 술자리 벌이고 서로 기뻐하였다.

하백이 먼저 변신하여 잉어, 꿩, 사슴이 되었다. 이에 해모수는 천적
이 된다. 이는 자신의 우위를 상징하는 것으로, 수달이 되어 잉어를
잡고 매가 되어 꿩을 쫓았으며 승냥이가 되어 사슴을 쫓았다. 단 한

번도 실수를 하지 않았으니 사위의 통과의례는 성공적이었다. 해모수는 자신의 신성한 능력을 충분히 보였고, 하백은 사위의 능력에 기뻐한다. 그들은 술자리를 벌이고 기뻐하였다.

만취한 틈을 타서 가죽 수레에 싣고 딸도 수레에 함께 태웠다.
그 뜻은 딸과 함께 천상에 오르게 하려 함이었다.
그 수레가 물 밖에 나오기 전에 술이 깨어 홀연히 놀라 일어나

하백의 술은 이레가 되어야 깬다.

여자의 황금비녀로 가죽 뚫고 구멍으로 나와서
홀로 적소를 타고 올라서 소식 없이 다시 돌아오지 않았다.

하백이,
"왕이 천제의 아들이라면 무슨 신통하고 이상한 재주가 있는가?"
하니, 왕이
"무엇이든지 시험하여 보소서."
하였다. 이에 하백이 뜰 앞의 물에서 잉어로 화하여 물결을 따라 노니니 왕이 수달로 화하여 잡았고, 하백이 또 사슴으로 화하여 달아나니 왕이 승냥이로 화하여 쫓았고, 하백이 꿩으로 화하니 왕이 매로 화하였다. 하백은 참으로 천제의 아들이라고 생각하여 예로 혼인을 이루고 왕이 딸을 데려갈 마음이 없을까 두려워하여 풍악을 베풀고 술을 내어 왕을 권하여 크게 취하자 딸과 함께 작은 가죽 수레에 넣어 용거에 실으니 이는 하늘에 오르게 하려 함이었다. 그 수레가 미처 물에서 나오기 전에 왕이 술이 깨어 여자의 황금비녀로 가죽 수레를 뚫고 구멍으로 홀로 나와서 하늘로 올라갔다.

한편 사위의 능력에 기뻐하면서도 행여 딸이 버려질까 염려하는 부모의 마음이 하백의 행동에 나타난다. 그는 해모수가 혼자 귀환할 것을 염려하여 유화를 같이 보내고자 해모수가 술 취한 틈을 이용한다.

그러나 해모수는 유화와 돌아가지 않고 홀로 태양 곁의 붉은 기운의 구름을 타고 하늘로 돌아갔다. 왜 그랬는지는 나타나 있지 않으나, 하백의 가문으로서는 홀로 남은 유화를 보고 싶지 않았을 것이다. 해모수와 그녀를 같이 올려 보내고자 하백이 은밀히 계획까지 세웠으나, 해모수는 홀로 하늘로 올라갔다. 여기서도 그의 행적은 일방적이다. 아마도 후손을 부인에게 양육하게 할 계획이 아니었을까. 서사논리에 따르면 그러하다.

여성이 신이나 신물과 혼인하는[神婚] 이야기는 다른 문화권의 고대 서사문학에도 종종 나타난다. 물이나 천체의 빛과 같은 자연의 힘 혹은 용과 같은 신적 이물과 우연히 접하여 임신하게 되는데, 이러한 여성은 혼자 사는 예가 허다하다. 여성들은 그 삶을 감수하였다. 신화적 세계관의 문맥에서는 신의 천상(天上) 복귀가 무엇을 의미하는지 어렵지 않게 이해되었을 것이다. 신이 복귀할지언정, 그의 질서는 지상에 남게 된다.

> 하백이 그 딸을 책망하여 입술을 잡아당겨 석 자나 늘여 놓고 우발수 속으로 추방하고는 오직 비복 두 사람만 주었다.

> 하백이 그 딸에게 크게 노하여,
> "네가 내 훈계를 따르지 않아서 마침내 우리 가문을 욕되게 하였다."
> 하고, 좌우를 시켜 딸의 입을 옭아 잡아당기어 입술의 길이가 석 자나 되게

하고 노비 두 사람만을 주어 우발수 가운데로 추방하였다. 우발은 못 이름인데 지금 태백산(太白山) 남쪽에 있다.

해모수가 혼자 올라가자 화가 난 하백은 유화에게 책임을 물어 벌을 내린다. 유화는 가문을 욕되게 하였다는 이유로 추방되었다. 그녀가 변호할 기회는 전혀 없었다. 이는 유화의 행동거지와 소속 집단인 가문의 정체성이 동일시되고 은유적으로 연결되어 있음을 뜻한다. 유화는 하백 가문의 규칙을 그르쳤기에 벌을 받았다. 그들이 물의 신인 만큼 유화는 수계로 추방되었다.

어부가 물속을 보니 이상한 짐승이 돌아다녔다. 이에 금와왕에게 고하여 그물을 깊숙이 던졌다. 돌에 앉은 여자를 끌어당겨 얻었는데 얼굴 모양이 심히 무서웠다. 입술이 길어 말을 못하므로 세 번 자른 뒤에야 입을 열었다.

어사(漁師) 강력부추(强力扶鄒)가 고하기를,
"근자에 어량(魚梁)* 속의 고기를 도둑질해 가는 것이 있는데 무슨 짐승인지 알 수 없습니다."
하였다. 왕이 어사를 시켜 그물로 끌어내니 그물이 찢어졌다. 다시 쇠그물을 만들어 당겨서 돌에 앉아 있는 여자를 얻었다. 그 여자는 입술이 길어 말을 못하므로 그 입술을 세 번 잘라 내게 한 뒤에야 말을 하였다.

* 물을 막아 고기를 잡는 장치

유화는 물고기를 먹고 살았는데 마침 그 물고기는 부여의 어획 담당 관리가 돌보던 것이었다. 마침내 유화는 잡혀 가고 금와왕의 심문을 받게 된다. 참고로 신화에서 입술을 자르는 설정은 여성 인물에게 시행된다. 신라 박혁거세의 왕비 알영도 입술이 닭부리 같았기에 사람들이 목욕을 시켜 물로 이를 떨어뜨린다. 단계적 전환을 뜻하는 의례의 시행은 신화에서 일반적이다.

> 왕이 해모수의 왕비인 것을 알고 이내 별궁(別宮)에 두었다. 해를 품고 주몽(朱蒙)을 낳았으니 이해가 계해년이었다.

> 왕이 천제 아들의 비(妃)인 것을 알고 별궁에 두었더니 그 여자의 품 안에 해가 비치자 이어 임신하여 신작(神雀) 4년 계해년 여름 4월에 주몽을 낳았는데 [⋯]

부여왕에게 붙잡혀 온 유화는 자초지종을 말해야 했고, 이를 들은 금와왕은 유화를 해모수의 왕비로 보고 그녀를 별궁에 머물게 하였다. 어느 날 햇볕이 유화를 쬐더니 임신하여 아이를 낳았으니, 그가 바로 기원전 37년에 고구려를 세웠다는 주몽이다. 해모수의 신적 능력이 잉태하게 하였던 것이다.

해모수와 유화가 이러한 관계를 유지했다면, 같은 세상[界]에 있지는 않지만 천상과 지상의 거리를 넘어 인연은 연결된 것으로 해석된다. 오늘날 부부는 매일 같이 사는 관계이지만, 신화적 세계관에서는 물리적으로 떨어져 있어도 정서적으로는 연결된 부부도 존재했다고 보아야 한다.

이후 「동명왕편」은 주몽에 대한 이야기로 전개되고 유화와 해모수의 사랑 이야기는 일단락된다. 해모수는 자신의 사회적 생명을 지속하기 위해서 후사로 표현되는 대리자가 필요했고, 필수적으로 유화의 육체를 빌려야 했다. 이 사랑 이야기에 해모수가 유화에게 호감을 느껴 접근하는 과정과 성 결합의 시도는 모두 일방적이었다. 남성의 일방성이 사랑을 주도하고 여성은 이를 감수하고 있다.

유화의 감정이나 생각이 잘 드러나지는 않아 알 수는 없으나, 중매없이 결혼한 것이 사회적으로는 수난을 초래했다. 특히 아버지 하백은 희생자인 유화를 감싸기는커녕 오히려 벌을 가하는데, 이는 하백이 가문의 입장에서 사건을 해석하기 때문이다.

한국문학사에서 '지속적 부부 관계'나 '함께 사는 결혼'은 고대국가이후 건국주의 혼인에서 드러난다. 부부 관계나 결혼이라는 개념 자체가 고대국가 이후의 사회제도를 반영하는 것이기에 해모수의 일방성이 유화에게는 결과적으로 모진 것이 되었으나, 그 만남은 신화적 세계관에 역행하는 것은 아니다. 따라서 신적 질서는 계승되는 결과를 낳았다. 또한 역사 기록에 따르면, 주몽의 어머니는 부여신(夫餘神)이라는 이름으로 고구려에서 국가적 차원의 제사를 받고 기념되는 신이 되었다.

성문화와 젠더적 관점에서 보면 유화는 수난과 질곡의 길을 가는 인물로 보인다. 그러나 신화적 세계관에서는 젠더의 시선보다 신의 세계, 신성한 세계가 우위에 있기에 당시에는 유화의 수난은 상대적으로 가려져 이해되었을 것이다. 현대의 우리가 젠더의 관점에서 과거의 성문화를 읽어 낼 수는 있어도 당대의 젠더적 현상은 다각도에서 해석되어야 한다는 점을 주의해야 한다. 젠더적 관점이나 남녀 차별의 이슈화는 근대에 형성된 해석이기 때문이다.

언뜻 보기에 이 사랑 이야기가 김수로왕과 허왕후의 사랑 이야기와 달라 보여도 신화시대의 공통적 특징이 담겨 있다. 만남에 방해물이 없는 점과 만남이 두 사람의 영역을 넘어 사회적 영향력을 가지는 점, 두 사람의 특별한 연대의식이 그러하다. 해모수가 배우자로서 유화를 선택한 이상, 인연을 맺기 어려운 과정이 있긴 했어도 궁극적인 방해물은 없었다. 두 사람은 당연한 짝인 것처럼 맺어진다. 또한 주몽을 통해 해모수가 신적 질서를 지상에 지속적으로 실현할 수 있었다. 해모수는 하늘로 귀환했어도 유화에게 빛을 쪼여 잉태하게 하는 등 연대적 관계를 맺는다.

여하튼, 신화시대의 사랑은 신화적 질서를 지속적으로 창조하는 데 목적이 있었기에 성평등 관념에 위배되는 차별적 성격을 보이나, 이는 성적 상상이 자유로운 시대였기 때문이기도 하다. 신라의 서술성모와 같이 배우자 없이 임신한 여신 담론이나 여성 거인과 같이 단독으로 세상을 창조하는 여성신의 형상은 고대국가 이전의 젠더 관점의 상상이 어느 지평에서 펼쳐졌는지를 보여 준다.

현대인의 눈에 장거리에서 발효되는 일방적 사랑이 얼마나 의미를 지닐지는 쉽게 답하기 어렵다. 이런 사랑을 하고 싶어 하는 사람은 없을 것 같다. 그렇다. 오래된 과거의 사랑이라는 의미에서 이를 떠나보내자. 하지만 현대에도 흔하지 않지만 이런 방식으로 사는 부부가 있는 것도 사실이다. 어쨌든, 사랑의 결과가 창조적인 신화시대의 사랑 논리에는 눈길이 간다.

이야기가 전하는 문헌과 관련 서사

위 이야기는 이규보의 『동국이상국전집(東國李相國全集)』 3권, 「동명왕

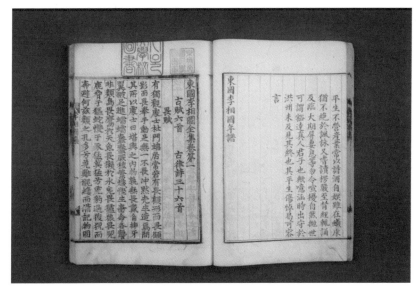

편(東明王篇) 병서(幷序)」에 전한다. 여기서 병서란 「동명왕편」에 앞서 자신의 의도를 담은 서문을 아울러 썼다는 뜻이다. 이 작품은 한문으로 기록되어 있으며 여기서는 한국고전번역원의 이식 선생의 번역문을 따랐다.

관련된 서사로 김부식의 『삼국사기』 13권, 고구려본기(高句麗本紀) 「동명왕편」에 전하는 해모수와 유화의 이야기를 비교해 보겠다. 이규보와 같은 고려시대인임에도 이성적 사고를 중시한 김부식은 당시 전승되던 동명왕 신화를 참으로 간략히 줄였다. 사랑의 기본 구조는 같으나 해모수의 풍모는 나타나지 않는다.

옛 도읍지에 어떤 사람이 있어 어디서 왔는지 알 수 없으나 스스로 천제의 아들 해모수라고 칭하며 와서 도읍하였다.

해부루가 죽자, 금와가 자리를 계승하였다. 이때에 태백산 남쪽 우발 수에서 여자를 만났다. 물으니

"저는 하백의 딸이고 이름은 유화입니다. 동생들과 더불어 나가 노는 데 그때에 한 남자가 스스로 말하기를 천제의 아들 해모수라 하고 저를 웅심산 아래로 유인하여 압록강변의 방 안에서 사랑을 하고 곧바로 가서는 돌아오지 않았습니다. 부모는 제가 중매도 없이 다른 사람을 따라갔다고 꾸짖어 마침내 벌로 우발수에서 살게 되었습니다."

라 답하였다.

금와가 이를 이상하게 여겨서 방 안에 가두었는데, 햇빛이 비치어 몸을 끌어당겨 햇빛을 피하였으나 햇빛이 또 따라와 비쳤다. 이로 인하여 아이를 임신하여 알 하나를 낳았는데 크기가 5승(升)쯤 되었다.

이 사랑과 관련된 유적·유물

고구려와 부여가 지금의 한반도 북부와 중국에 있었던 만큼, 유적과 유물이 모두 북한에 있다. 지금은 가볼 수 없지만, 자유롭게 가볼 날을 기대한다. 주몽의 무덤 동명왕릉이 평양 역포 구역 용산리에 전한다고 하는데, 전문가들에 따르면 427년 고구려가 평양으로 천도할 때 이장했을 것이라고 한다. 한편 북한 사회과학원 역사연구소에서 발견했다는 기린굴(麒麟窟, 평양 모란봉 근처)은 동명왕이 하늘로 올

라가기 전 기린마를 타고 들어갔다고 전하는 곳이다. 기린은 상상의 동물로, 성인을 태우고 다니는 말이라 해서 기린마(麒麟馬)라고도 불렸다. 유화가 노닐던 압록강은 중국 단둥(丹東) 쪽에서 볼 수 있다.

II.

내부의 열정

:

방해물을 극복하는 열정

신화시대 이후 사랑 이야기에는 방해물이 등장한다. 물론 신화적 사랑
에도 방해물이 전혀 없는 것은 아니다. 그러나 방해물이 사랑을 해체시
키는 힘이 미약하여 방해물은 두 주체의 신적 능력과 우주적 지원(支援)
으로 그 힘을 잃는다. 두 주체는 만남을 통해 새로운 질서를 창조하고

그들의 연합적 시너지는 사회에 긍정적 영향을 미쳤으며 사랑의 서사는 완결적 세계관을 구현하였다.

세월이 지나 신화적 세계관에 대한 믿음이 약해지면서 사람들은 신적 능력을 기대하지 않게 되었다. 문학작품의 주인공은 신적 능력이 없는 일상적 인간이 되었고, 사랑을 방해하는 방해물의 힘이 커졌다.

사랑하는 두 사람 사이에는 남다른 관계가 형성된다. 주인공은 상대에게 자신의 존재론적 열정^{ontological passion}을 투사하여 다른 사람과는 나눌 수 없는, 두 사람만의 독특한 관계가 형성된다. 이 열정은 작품에서 믿음, 집념 등의 강렬한 심리로 나타난다. 사랑을 하게 되면 감정 상태가 강렬해진다. 상대를 향한 열정이 퐁퐁 샘솟아 멈추지 않는다. 자크 라캉에 따르면 사랑할 때 우리가 사랑하는 것은 결국 자아이다. 사랑은 나르시시즘적 속성을 가지고 있어서 자아를 포기하지 못하는 이상, 상대를 향한 열정은 멈출 수가 없다. 문학작품에서 인물의 열정이 나날이 누적되어 상사병을 앓기도 한다. 현실에서도 그러한가? 크게 다르지 않은 듯하다.

이른 시대일수록, 즉 고대의 작품일수록 사랑의 열정이 로맨틱하게 묘사되지는 않지만, 두 사람 사이에 모종의 열정적 관계가 형성되어 있다. 이 열정은 치밀하고 단단하며 찬연히 아름답다. 그리하여 방해물이 폭력적이고 위협적일지라도 사랑 내부를 파고들지 못한다. 방해물이 사랑하는 관계를 와해시키기는커녕 밀도를 더욱 높이기 일쑤다. 이로써 사랑의 정신은 시련과 고통 속에서 순수한 다이아몬드처럼 빛나며 사람들은 그들의 사랑을 찬미한다. 이러한 호응 덕분인지 방해물 극복의 감동적인 서사는 사랑 이야기의 주된 유형을 차지한다. 이제 우리의 앞 시대를 살아간 조상들의 사랑과 방해물의 길항 관계를 살펴보자. 그들의 사랑이 방해물을 극복한 작품을 시대순으로 감상해 보겠다.

2세기의 도미와 부인
권력의 횡포를 넘어

도미와 그 부인의 이야기는 역사 초기부터 권력이 사람들에게 얼마
나 횡포를 부렸는지 잘 보여 준다. 권력자는 정치적 범위를 넘어 개
인적 영역까지 침투하여 사랑하는 사람을 옭아매었다. 권력자의 욕
망으로 말미암아 사랑하는 두 사람은 고달파진다.

도미 부부의 이야기는 짧지만, 서사 전개가 강력하고 깊은 정신력이
담겨 있어 오랫동안 기억되어 왔다. 서사문학사의 초기 작품인 만큼
구성이나 문체가 후대 작품처럼 화려하지는 않지만, 당대의 작품으
로서 개성을 갖고 있다.

도미(都彌)는 백제 사람이다. 비록 호적에 편입된 평민이었지만 자못 의리를 알았다. 그의 아내는 아름답고 예뻤으며 또 행실에 절개가 있어 당시 사람들로부터 칭찬을 받았다.

도미와 부인이 소개되고 있다. 역사 연구에 따르면 이들은 백제 편호 소민(編戶小民)으로 신분이 높지 않은 계층이지만, 노비층은 아닌 평민층이라고 한다. 그런데 '비록 평민이지만 의리를 알았다(雖編戶小民而頗知義理)'는 표현이 의아하다. 평민이 의리를 아는 게 대수로운 일일까? 이 표현이 놓인 당시의 문맥을 가늠해 보면 곧 '의리'는 평민이 기꺼이 즐겨 추구하던 가치는 아니라는 뜻이 된다.

도미의 부인은 아주 예쁘고 절개가 있었다고 하는데 이 역시 부인이 종종 유혹을 받았기에 가능한 표현이다. 유혹을 받아 본 사람이어야 절개의 유무 여부를 논할 수 있으니까 말이다. 위 표현에 따르면 당시 사회는 의리, 미, 절개를 미덕으로 여겼다.

개루왕(蓋婁王)이 이를 듣고 도미를 불러 말하였다.
"무릇 부인의 덕은 비록 지조가 굳고 행실이 깨끗함을 우선으로 하지만 만약 그윽하고 어두우며 사람이 없는 곳에서 교묘한 말로써 유혹하면 마음을 움직이지 않을 수 있는 사람이 드물 것이다."
도미는
"사람의 마음이란 헤아릴 수 없으나 저의 아내와 같은 사람은 비록 죽더라도 변함이 없을 것입니다."
라고 대답하였다.

개루왕은 128~166년에 재위한 백제의 왕이다. 백제왕의 계보를 보면 초기 왕명에 유독 '-루/류'의 음가가 많이 보인다. 다루왕, 기루왕, 개루왕, 침류왕, 개로왕 등이 그러한 예이다. 이 음들이 왕과 관련된 사회적 기호를 형성하고 있었던 것으로 짐작된다.

개루왕은 부부를 시험해 보았다. '교묘한 말로 유혹하면 마음을 움직일 것'이라는 개루왕의 말이 도미에게 얼마나 잔인하게 들렸을까. 왕은 도미부인이 은밀한 곳에서는 의리와 절개 대신 자신의 이익을 따라 행동하지 않을까 기대했던 것이다. 권력자가 미인을 차지하려는 야심을 갖는 서사가 문학사에 적지 않은데 이는 이러한 고통을 겪은 사람들이 적지 않았다는 것을 반증한다.

그 유명한 춘향 이야기만 해도 그렇지 않은가. 변 사또는 춘향의 미색을 탐하여 결혼을 한 유부녀든 아니든, 성관계를 맺고 싶어서 가혹하게도 춘향을 매질하고 옥에 가두기까지 했다. 설화 중에서는 「우렁 색시」가 대표적인 작품이다. 공직의 관리가 우렁 색시를 탐내어 남편으로부터 빼앗고자 한다. 이처럼 권력이 횡포를 부려 미인을 차지하고자 한 이야기가 어제오늘의 일이 아니었다. 칠흑 같은 어둠과 고통 속에 외롭게 죽어 간 무명의 영혼들을 위해 잠깐 묵상하고 이야기를 진행해 보자.

> 왕이 그녀를 시험해 보려고 일을 핑계로 도미를 머물게 하고는 가까운 신하 한 사람으로 하여금 거짓으로 왕의 옷을 입고 마부를 데리고 밤에 그 집에 가도록 시키고, 또 사람을 시켜 먼저 왕께서 오실 것임을 알리도록 하였다. 왕을 가장한 신하가 그 부인에게 말하였다. "나는 오랫동안 네가 예쁘다는 소리를 들었다. 도미와 내기하여 그를 이겼으니 내일 너를 들여 궁인(宮人)으로 삼기로 하였다. 이다음부

터 네 몸은 내 것이다."

권력이 가진 정치 외적인 힘이 대단히 폭력적이다. 성적 자기결정권이 근대 이전에는 어떠했는지 알 수 있다. 노비가 아닌 평민 계층도 성에 대한 자기결정권이 없었다는 사실이 놀랍다. 평민 이하 사람들의 삶은 여러모로 쉽지 않았던 것이다. 의리를 지키고 싶어도 그것을 헐려는 권력자가 있음에야.

드디어 그녀를 간음하려고 하자 부인이 말하였다.
"국왕께서는 거짓말을 하지 않으실 것이니 제가 감히 따르지 않겠습니까? 청컨대 대왕께서는 먼저 방에 들어가소서. 제가 옷을 갈아입고 들어가겠습니다."
물러나서는 한 계집종을 치장하여 잠자리에 들였다.

도미부인은 위기를 넘겼다. 자기 대신 여종을 잠자리에 들이는 방법으로 성이 유린될 위기를 피하였다. 그러나 여전히 슬픈 일이긴 하다. 성적 자기결정권이 도미부인 같은 평민 신분에도 없었으니 종이었던 사람은 오죽했을까.

왕이 후에 속았음을 알고 크게 노하였다. 도미를 무고하여 처벌하였는데, 두 눈을 멀게 하고 사람을 시켜 끌어내 작은 배에 태워 강에 띄웠다.

왕은 화가 났고 도미는 이 화의 희생물이 되었다. 도대체 도미의 죄가 무엇인가? 벌을 받아야 할 이유가 없음에도 끔찍한 체벌을 받고 버려졌다. 왕은 자신의 성적 욕망과 더불어 사랑하는 사람을 희롱하고 그 관계를 유린하려는 파괴적 의도 때문에 정의를 따지는 판단력을 잃었다. 권력자의 왜곡된 욕망이 두 사람의 사랑을 방해하고 있다.

> 드디어 그의 아내를 끌어다가 강간하려고 하니, 부인이 말하였다. "지금 남편을 이미 잃었으니 홀로 남은 이 한 몸을 스스로 보전할 수가 없습니다. 더구나 왕을 모시게 되었으니 어찌 감히 어길 수 있겠습니까? 지금 월경 중이라서 온몸이 더러우니 다른 날을 기다려 향기롭게 목욕한 후에 오겠습니다."
> 왕이 그 말을 믿고 허락하였다.

삼국시대의 기록을 보면 남편이 죽었거나 없는 여자는 다른 남자를 맞았던 것으로 보인다. 신라 진지왕도 민가의 여인을 좋아했는데 당시 그녀는 남편이 있었기에 왕의 청을 받아들일 수 없다 하고 왕을 물리쳤다. 다행히도 진지왕은 개루왕처럼 남편을 죽이는 폭력을 행사하지 않고 조용히 물러났다.

반면 개루왕은 다시 한 번 유혹을 시도하고 도미의 처는 월경 중이라고 둘러대어 위기를 면한다. 정욕에 판단력이 흐려진 사람에게 월경이 무슨 상관일까마는, 개루왕이 도미 처의 말에 절대적으로 동의한 것으로 미루어 월경의 의미는 단순히 생리적 변화만이 아닌 관습적 금기로 여겨졌던 것으로 해석된다. 근대 이전에 월경에 대한 상징적 의미는 다양하여, 생산성을 상징하는 긍정적 기호이기도 했고 반대로 더러워 피해야 한다는 관념도 있었다. 백제에는 월경 중 성관계에 대한 기피, 금기가 있던 것으로 보인다.

부인이 곧 도망쳐 강어귀에 이르렀으나 건널 수가 없었다. 하늘을 부르며 통곡하다가 홀연히 외로운 배가 물결을 따라 이르는 것을 보았다. 배를 타고서 천성도에 이르러 그 남편을 만났는데 아직 죽지 않았다.

더 이상 갈 곳 없이 위기에 처한 도미 처는 울 일밖에 없었다. 하늘을 부르며 통곡하는 가련한 여인이 어떤 울음소리를 냈겠는가. 감동한 하늘이 가련한 이를 버리지 않아 배가 와서 그녀를 태우고 떠났고 남편을 만나게 되었다.

풀뿌리를 캐서 먹다가 드디어 함께 같은 배를 타고 고구려의 산산(蒜山) 아래에 이르렀다. 고구려 사람들이 불쌍히 여겨 옷과 음식을 주었다. 마침내 구차히 살다가 객지에서 일생을 마쳤다.

사랑을 방해한 권력의 횡포만 없었어도 평온히 잘 지냈을 도미 부부. 이 사랑 이야기에서 방해물은 성적 욕망과 사랑하는 사람을 분열시켜 보려는, 분별력을 잃은 권력자였다. 그 욕망으로 인해 도미 부부는 헤어져야 했고, 체벌을 받았으며, 터전을 잃고 타국에서 고생하였다. 그러나 서사 논리를 보면 잔인한 방해물에도 불구하고 두 사람은 신뢰를 유지했고 멀리 있어도 마음은 연결되어 있었다.
입장을 바꿔 역지사지해 보라. 이 사랑을 지켜 내겠다고 결심한 이상, 권력자의 횡포에 대응하기는 결코 쉽지 않다. 언제 죽을지 모르는 폭력적 상황과 그것을 예견하는 두려움이 얼마나 깊었을까? 남편의 생존 여부를 알 수 없는 상황에서도 남편을 향한 도미 처의 자세는 남편과의 사랑을 지켜 냈을 뿐 아니라 자기 자신을 존중하는 자존감의 길을 갔다. 사랑 이야기가 보여 주는 정신적 미덕은 두 사람의 열정만이 아니라 개인의 자존감과도 연루된다. 남편도 중요했지만, 남편의 생존 가능성이 희박한 상황에서 도미 처가 행동한 방식을 보면 도미 처의 희망이 남편에 있었다기보다는 자기 존재에 대한 자존감에 있었다고 보아야 한다. 도미 처의 정신력은 부당한 방해물을 넘어서는 것이다.

이전 서사와 달리 도미 부부 이야기에는 신을 중심에 두고 생활하고 사유했던 신화시대의 특징이 쇠약해졌다. 신화시대에는 두 사람의 사랑이 사회, 우주와 연동되었다. 그러나 도미 부부의 사랑에서 세계와 사랑은 분리되어 있다. 사랑이 사회나 세계에 어떠한 영향을 주지는 않는다. 사랑이 세계와 분리되어 있을 뿐 아니라 사랑이 세계로부터 위협받는 서사가 바야흐로 시작되었다. 권력의 횡포는 사랑하는 연인을 압박하는 외부적 방해물이 되고 사랑하는 사람들을 흔들기 시작한다. 그러나 사랑하는 사람들은 서로 연합하여 방해물을 극복하였다. 이 사랑의 위대성은 권력자의 무분별한 성욕과 유린에도 사랑을 포기하지 않은 데 있다. 도미 처의 경우, 사랑을 포기하면 생활하기가 더 편했을지 모른다. 그럼에도 그녀에게 더욱 중요했던 가치는 의리와 절개를 훼손하고 얻을 부와 안락한 삶이 아니었다. 그녀는 위기와 고통을 택하였다. 도미의 육체에 가해진 형벌과 축출, 도미 처가 맞닥뜨린 성적 유린 위기와 같은 갖은 고초에도 불구하고 부부가 의리와 절개를 지켜 내면서 권력자의 횡포를 극복한 사랑의 내부는 강인한 열정으로 빛난다.

이야기가 전하는 문헌과 관련 서사

이 이야기는 『삼국사기』 권48, 열전(列傳) 제8 「도미(都彌)」에 전한다. 같은 책 「설씨녀(薛氏女)」에 7세기 배경의 흥미로운 사랑 이야기가 전한다. 도미 부부처럼 이들도 관(官)의 영향으로 원하는 때에 인연을 맺지 못한다. 사랑이 와해될 위기에 처했을 때에도 만날 순간을 기다리며 의리를 지키는 설씨녀와 가실의 사랑이 오롯이 아름답다.

「설씨녀」

설씨녀는 율리(栗里) 민가의 딸이다. 비록 미천한 가문에 외로운 집안이었으나 용모가 단정하고 마음과 행실을 잘 닦아, 보는 사람마다 모두 그 아름다움을 흠모하면서도 감히 범접하지 못하였다. 진평왕(眞平王) 때 그의 아버지가 늙은 나이에 군에 편입되어 정곡(正谷) 땅으로 변경을 지키러 가게 되었다. 딸은 아버지가 노쇠하고 병들어 차마 멀리 떠나게 할 수 없었고 또한 여자의 몸으로 대신 갈 수도 없음을 한스러워하며 헛되이 홀로 근심하고 고민하고 있었다.

사량부(沙梁部) 소년 가실(嘉實)은 비록 가난하고 궁핍하나 의지를 곧게 기른 남자였다. 일찍부터 설씨녀의 아름다움을 좋아하면서도 감히 말을 못하고 있다가, 설씨녀의 아버지가 늙어서 군대에 가게 되었음을 걱정한다는 말을 듣고 마침내 설씨녀에게 말했다.

"내 비록 일개 나약한 사내지만 일찍부터 의지와 기개를 자부하던 터이니, 보잘것없는 몸으로 그대 아비의 군역을 대신하기를 원하오."

설씨가 매우 기뻐하며 들어가 아버지에게 이를 알렸다. 아버지가 그를 불러 보고 말했다.

"그대가 이 늙은이를 대신해 가려고 한다는 말을 들으니 기쁘고도 송구스러운 마음을 금할 수가 없네. 보답을 하고 싶은데, 만약 그대가 어리석고 누추하다 하여 버리지 않는다면 어린 딸아이를 주어 그대를 받들게 하고 싶네."

가실이 두 번 절하고 말했다.

"감히 바랄 수는 없으나 이야말로 원하는 바입니다."

이에 가실이 물러나와 혼인할 기일을 청하니 설씨가 말했다.

"혼인은 인간의 대사이니 갑작스럽게 할 수는 없는 일입니다. 제가 이미 마음을 허락하였으니 죽는 한이 있더라도 변함이 없을 것입니다. 그대가 군역에 나갔다가 교대하여 돌아온 후에 날을 받아 혼례를 치러도 늦지 않을 것입니다."

곧이어 거울을 절반으로 쪼개서 각각 한 쪽씩 지니며 이르기를

"이것을 믿음의 징표로 삼아 뒷날 맞추어 봅시다."

라고 하였다.

가실에게는 말이 한 필 있었는데, 설씨에게 일러 말했다.

"이것은 천하의 좋은 말이니 훗날 반드시 쓸 데가 있을 것이오. 지금 내가 가고 나면 돌볼 사람이 없으니 여기에 두었다가 쓰기 바라오."

드디어 작별하고 길을 떠났다.

때마침 나라에 변고가 있어 다른 사람으로 교대를 시켜 주지 않는 바람에 가실은 6년이 지나도록 돌아오지 못하고 있었다. 아버지가 딸에게 말했다.

"처음에 3년을 기한으로 하였는데 이미 그 기간이 지났으니 다른 집으로 시집을 가야 하겠다."

설씨가 말했다.

"지난날 아버지를 편안하게 하기 위하여 어쩔 수 없이 가실과 약속

을 하였고, 가실은 그것을 믿었기 때문에 여러 해 동안 종군(從軍)하여 배고픔과 추위에 고생하고 있습니다. 하물며 적과의 국경에 가까이 있어 손에 병장기를 놓지 않고 있으니, 마치 호랑이 아가리 앞에 있는 것과 같은지라 물릴까 항상 염려됩니다. 그런데도 신의를 버리고 말을 어긴다면 어찌 사람의 정리이겠습니까? 아무래도 아버지의 명을 따를 수가 없으니 다시는 말씀하지 말아 주시기 바랍니다."

그 아버지는 늙고 정신이 맑지 않아 딸이 장성하고서도 배필이 없다 하여 억지로 시집보내려고 몰래 마을 사람과 혼인을 약속하였다. 이윽고 날을 정해 그 사람을 맞아들이니, 설씨가 완강히 거절하고 몰래 도망하려다가 뜻을 이루지 못하였다. 마구간에 가서 가실이 두고 간 말을 바라보며 한숨을 쉬면서 눈물을 흘리고 있었다. 이때 마침 가실이 교대되어 돌아왔다. 형상이 비쩍 말라 초췌하고 의복이 남루하여 집안사람들도 알아보지 못하고 다른 사람이라고 하였다. 가실이 앞으로 나아가 깨진 거울 한 쪽을 던지니 설씨가 이것을 받아 들고 소리 내어 울고 아버지와 집안사람들도 기뻐서 어쩔 줄을 몰랐다. 마침내 다른 날을 잡아 혼례를 치르고 가실과 함께 해로하였다.

이 사랑과 관련된 유적·유물

도미부인이 태어난 곳으로 알려진 작은 섬 빙도(氷島, 충남 보령시 천북면 낙동리)는 미인이 많이 태어난다고 해서 미인도(美人島)라 불리기도 했다. 도미부인의 영정을 모신 사당 정절사(貞節祠, 충남 보령시 오천면 소성리) 옆에 도미 부부의 묘가 조성되어 있다. 보령문화광광 홈페이지(www.brcn.go.kr)에서 자세한 정보를 볼 수 있다.

아래에서 올려다본 정절사

정절사 옆에 부부가 합장된 묘가 조성되어 있다.

6세기의 온달과 평강공주
금지하는 시선을 금지시키다

동서고금을 막론하고 외부의 따가운 시선 때문에 만나지 못하고 고통 받은 연인이 한둘이 아닐 터. 사랑하는 두 사람을 만나지 못하도록 금지하는 시선은 무슨 근거로 두 사람을 방해했을까? 전근대 사회에서는 신분 차이가 금지의 시선을 만들어 낸 주요 원인이었다. 신분은 곧 부(富)를 의미하고, 평탄한 삶을 보장하는 자산이었다.

신분을 잃는 것은 많은 것을 잃는, 두렵고 꺼려지는 일이었기에 자신의 높은 신분을 내려놓기는 쉬운 일이 아니다. 그렇기에 뻔한 주제에도 사람들이 대단하다며 박수를 보내는 게 아닌가. 보통 해내기 어려운 일을 해냈을 때 사람들은 감동하고 박수를 친다. 이런 점에서 고구려의 평강공주와 온달의 사랑 이야기는 박수를 받아 왔다.

많은 사람이 그들의 사랑에 감탄했다. 어떤 연구자는 평강공주가 정신적 유산을 남긴 사람이라고 평가했고 성스러운 사람이었다고도 했다. 자신이 가진 기득권을 내려놓고 사랑을 구했으니 위대한 사랑으로 인정할 만하다. 그러나 찬사 일변도의 이 사랑에 대해 사회적·역사적 특징을 묻는 분석적 질문은 던져지지 않았다. 대체 평강공주는 온달을 사랑하기는 했을까도 궁금하다. 공주의 행동을 보면 그랬으리라 생각되지만, 온달을 사랑하게 된 계기는 온달과 전혀 관련이 없다. 주변인의 예지적 언급을 반복적으로 듣고 내면화한 결과, 온달을 배우자로 맞이하려는 의지를 갖게 되었고 성인이 되어서 실천하였다.

온달이 평강공주를 사랑하게 된 근거는 무엇일까? 온달은 예쁘고 어린 공주를 보았을 때 비일상적인 일로 해석하고 공주를 박대하였다. 그러다가 평강공주의 설명을 듣고 납득이 되면서 마음을 움직였다. 평강공주는 온달과 그들에게 씌워진 외부의 금지 시선을 의식하면서 이를 소거하고자 긴 세월 인내하고 노력하였다. 만남을 방해하던 금지의 시선을 인정의 시선으로 바꾸기 위해 이들이 어떻게 행동했는지 살펴보며 이 사랑의 성격을 이해해 보고자 한다.

온달은 고구려 평강왕 때 사람이다. 얼굴이 험악하고 우스꽝스럽게 생겼지만 마음씨는 밝았다. 집안이 몹시 가난하여 항상 밥을 빌어 어머니를 봉양하였으며, 떨어진 옷과 신발을 걸치고 시정을 왕래하여 당시 사람들이 그를 '바보 온달'이라고 불렀다.

우 온달(愚 溫達), 한글로 풀자면 바보 온달. 그는 처지가 곤란했다. 가난이 극심했다. 옷이라곤 다 떨어진 것뿐이었다. 이 가난한 사람은 사회에서 바보로 불리었다.

가난한 사람=착한 사람=바보=못생긴 사람? 어려운 상황에 처한 사람을 바보로 부르는 일은 잔인한 일이지만, 종종 사회에서 이루어지는 평가다. 곰곰이 따져 보면 가난과 바보, 추함[醜]은 서로 다른 가치임에도 넘나들면서 의미의 클러스터^cluster를 형성하고 가난한 사람에 대한 의미를 구성해 내고 있다. 빨리 판단하지 말자. 그는 '바보 온달'로 불릴지언정 내면은 밝은 사람이었다. 외면으로 내면을 판단하기 어려운, 그런 사람이었다.

> 평강왕의 어린 딸이 곧잘 울었으므로 왕이 농담으로
> "네가 항상 울어서 내 귀를 시끄럽게 하니, 커서 틀림없이 사대부의
> 아내가 못 될 것이니 '바보 온달'에게 시집을 가야 되겠다."
> 라고 하였다. 왕은 그녀가 울 때마다 이런 말을 하였다.

한편 공주가 있었다. 고구려 평강왕(平岡王, ?~590)의 딸이었기에 평강 공주라고 알려져 있다. 원문에는 공주로만 표기되어 있다. 어린 공주는 꽤나 울어 댔나 보다. 공주가 하도 울자 평강왕은 늘상 농담조로 공주를 을렀고, 이 으르던 말이 공주의 마음속에서 부모와의 약속이 되고 곧 자신의 결혼 계획이 되고 말았다. 필연인지 우연인지 아버지가 짝을 정해 준 셈이다. '말이 씨가 된다'는 말이 맞아떨어지는 형국이다.

> 딸의 나이 16세가 되어 왕이 딸을 상부 고씨에게 시집보내려 하니
> 공주가 대답하기를
> "대왕께서 항상 말씀하시기를 너는 반드시 온달의 아내가 되리라

고 하셨는데, 오늘 무슨 까닭으로 전일의 말씀을 바꾸십니까? 필부도 거짓말을 하려 하지 않는데 하물며 지존이야 말할 것이 있겠습니까? 그러므로 '임금은 농담을 하지 않는다'고 하는 것입니다. 이제 대왕의 명령이 잘못되었으므로 소녀는 감히 받들지 못하겠습니다."
라고 하였다.

결혼할 나이에 이른 공주. 신분이 높으니 귀족층과 결혼하는 것이 당연한 사회였다. 이러한 관습과 상식에 따라 왕은 상부 고씨를 남편감으로 추천한 것이다. 그러나 곧 공주는 아버지의 논리를 반박하면서 온달과 결혼하겠다고 결심을 밝힌다. 농담도 거짓으로 하면 안 된다는 말에 왕은 아무 반박을 하지 못했다. 애초의 뜻은 으르는 말의 내용에 있던 것이 아니라 아이를 겁주어 조용히 시키려는 형식에 있었음을 공주가 인정하지 않은 구석이 있다. 하지만 농담을 한다 해도 그 내용이 거짓이어서는 안 된다는 평강공주의 논리는 아무도 부정할 수 없었다.

이에 왕이 화를 내어 말했다.
"네가 내 말을 듣지 않는다면 정말로 내 딸이 될 수 없다. 어찌 함께 살 수 있겠느냐? 너는 네 갈 데로 가는 것이 좋겠다."

왕은 화가 났고 아버지의 말을 안 듣는다는 이유로 공주를 쫓아냈다. '네 말이 아무리 옳고 네가 영특해도 내 말을 듣지 않는 한 너는 너대로, 나는 나대로 살자'는 아버지의 논리다. 문학작품에는 아버지한테 버림받은 자녀 이야기가 적지 않다. 고대국가인 부여와 고구려 건국신화 '동명왕 신화'에서도 아버지 혹은 그에 해당하는 자로부터

쫓겨난다. 그리고 '바리데기', '아기장수'의 주인공도 부모로부터 버림
받는다. 고소설 「최치원전(崔致遠傳)」에서도 주인공 최치원은 금돼지
아들이라는 오해로 버려진다. 부모 같지 않은 부모에게 버려지는 아
이의 서사는 찾아보면 더 많을 것이다.

> 이에 공주는 보물 팔찌 수십 개를 팔꿈치에 걸고 궁궐을 나와 혼자
> 길을 떠났다. 길에서 한 사람을 만나 온달의 집을 물어 그의 집까지
> 찾아갔다.

공주는 궁궐을 나섰다. 용기가 대단하다. 편안한 삶을 뒤로하고, 혼
자 길을 떠나다니. 실제로 평강왕의 공주가 홀로 궁궐을 떠나간 것이
역사적 사실인지는 알 수 없지만, 서사상으로는 공주 신분으로 새
로운 방식을 시도하고 있다는 사실은 분명하다. '고귀한 자가 편안한
삶을 뒤로하고 자기 길을 찾아 떠나는 이야기'는 사람들이 원하는
고전적인 주제이기도 하다. 현대에도 다르지 않다. 2013년 큰 인기와
반향을 일으킨 디즈니사의 애니메이션 「겨울왕국Frozen」도 공주가 왕
궁을 뒤로하고 고독한 자신의 길을 떠난다는 에피소드를 담아내지
않았는가.

> 그리고 눈먼 노모를 보고 앞으로 가까이 다가가서 절을 하며 아들
> 이 있는 곳을 물었다. 늙은 어머니가 대답하였다.
> "내 아들은 가난하고 보잘것없으니, 귀인이 가까이할 만한 사람이
> 못 됩니다. 지금 그대의 냄새를 맡으니 향기가 보통이 아니고, 그대
> 의 손을 만지니 부드럽기가 솜과 같으니, 필시 천하의 귀인인 듯합니
> 다. 누구의 속임수로 여기까지 오게 되었소? 내 자식은 굶주림을 참

다못하여 느릅나무 껍질을 벗기려고 산 속으로 간 지 오래인데 아직 돌아오지 않았소."

공주는 온달의 집에서 온달보다 온달의 어머니를 먼저 만났다. 어머니는 온달이 배고픔을 견디지 못해 나무껍질을 벗기러 갔다고 했다. 가난이 핍진하게 다가오는 표현이다. 온달은 가난했을지언정 게으르지는 않았던 듯하다.

공주가 그 집을 나와 산 밑에 이르렀을 때, 온달이 느릅나무 껍질을 지고 오는 것을 보았다. 공주가 그에게 자기의 생각을 이야기하니 온달이 불끈 화를 내며 말했다.
"이는 어린 여자[幼女子]가 취할 행동이 아니니 필시 사람이 아니라 여우나 귀신일 것이다. 나에게 가까이 오지 말라!"
온달은 그만 돌아보지도 않고 가버렸다.

드디어 두 사람이 만나는데 온달은 공주를 보고 놀란다. 평소 천대받는 데 더 익숙한 터에 어리고 예쁜 여인이 자신을 존중하는 태도를 짐짓 취하며 '같이 살자' 말을 건네자 오히려 놀라 펄쩍 뛴다. 공주를 여우나 귀신으로 여길 정도였다.

공주는 혼자 돌아와 사립문 밖에서 자고, 이튿날 아침에 다시 들어가서 모자에게 자세한 사정을 이야기하였다.

'민간인에게 용납되지 않는 귀한 자'라는 서사 주제가 여기서도 보인다. 귀하디귀한 공주임에도 본인의 뜻을 증명할 방법이 없어 미천한 온달네에게 받아들여지지 않았다. 그러나 공주는 마음 약한 사람이 아니어서 집 밖에서 잘지언정 자기 증명을 포기하지 않는, 강인한 정신력을 가졌다. 다음 날, 그녀는 다시 한 번 온달과 어머니를 설득하였다.

> 온달이 우물쭈물하며 결정을 내리지 못하고 있는데 그의 어머니가 말했다.
> "내 자식은 비루하여 귀인의 짝이 될 수 없고, 내 집은 몹시 가난하여 정말로 귀인이 거처할 수 없습니다."
> 공주가 대답하였다.
> "옛사람의 말에 '한 말의 곡식도 방아를 찧을 수 있고, 한 자의 베도 꿰맬 수 있다'고 하였으니 만일 마음만 맞는다면 어찌 꼭 부귀해야만 같이 살겠습니까?"
> 말을 마치고 공주가 금팔찌를 팔아서 밭, 집, 노비, 말과 소, 기물 등을 사들이니 살림 용품이 모두 구비되었다.

어머니가 넉넉하지 않은 가정 형편을 들어 같이 살기 어렵다고 하자 공주는 마음이 우선이라고 한다. 이 논리는 당시 공주가 한 말로서는 상당히 혁신적이었을 것이다. 물질적 풍요보다 마음 맞는 게 더 중요하다는 논리가 어머니를 설득하는 데 사용될 정도로 당시 사회에서 결혼 시 물질적 풍요를 마음보다 우선시했음을 짐작할 수 있다. 그녀의 논리는 일반적이지 않았기에 참신하게 들렸을 것이다. 표현을 달리해 보자면 가난해도 마음이 맞으면 같이 살 수 있다는 뜻이 되고, '돈이 있어야 결혼도 하지!' 같은 세속적 논리와는 반대가 된다.

이하 서사는 공주가 어떻게 온달을 일으켜 세우는가와 이를 통해 자신을 어떻게 사회에 증명하는가에 대한 내용이다. 공주는 자신이 가진 것으로 온달이 부족한 부분을 채운다. 재산을 나누고 지혜를 나누어 준다. 이를 잘 전달받은 온달은 넉넉해지고 능력을 갖추게 된다. 자기가 가진 것을 짝과 나누는 모습은 사랑의 전형적인 특징이다. 남에게 자신의 것을 내주는 일은 어려운 일이어서 정말 사랑하지 않으면 못하는 일이다. 이로써 평강공주가 온달을 자신의 다른 한 몸처럼 여겼음을 알 수 있다.

이어 공주는 자신의 안목과 지혜를 온달과 공유한다.

> 처음 말을 살 때 공주가 온달에게 말하기를
> "부디 시장의 말을 사지 말고, 나라에서 쓸모가 없다고 판단하여 백성에게 파는 말을 선택하되, 병들고 수척한 말을 골라 사오세요."
> 라고 하니 온달이 그대로 말을 사왔다. 공주는 부지런히 말을 길렀다. 말은 날로 살찌고 건장해졌다.

본격적으로 온달과의 생활을 시작한 공주와 남편으로서 온달의 모습이 서로 보완 관계를 이룬다. 온달은 부인의 제안을 현명하게 여겨 귀담아 듣고 따랐다. 여성을 압도하려는 남성의 모습은 아니다. 남편이 사온 말을 공주가 기른다. 이 말은 온달을 위해 준비된다.

> 고구려에서는 언제나 3월 3일을 기하여 낙랑 언덕에 모여서 사냥하여 잡은 돼지와 사슴으로 하늘과 산천의 신령에게 제사를 지냈다. 그 날이 되어 왕이 사냥을 나가는데 여러 신하와 5부의 군사들이 모두 수행하였다.

이때 온달도 자기가 기르던 말을 타고 수행하였는데, 그는 항상 앞장서 달리고 또한 포획한 짐승도 많아서 다른 사람이 그를 따를 수 없었다. 왕이 불러서 성명을 듣고 놀라며 기이하게 여겼다.

드디어 공주의 능력이자 온달의 능력을 입증할 날이 왔다. 고구려가 국가적 차원에서 왕을 중심으로 천신(天神)과 산천신(山川神)에게 제사를 지내는 3월 3일이 왔다. 천제, 산천제는 천신과 왕을 조상과 자손의 관계로 보는 사회에서 그 연결 관념과 정서를 재생하는 국가적 의례였다. 알려진 바와 같이, 고구려의 왕은 천신을 조상으로 여겨 천제 혹은 그 아들이 나라를 세웠다고 하였다. 해모수가 북부여를 세웠고, 그의 아들 주몽이 졸본부여를 세웠다가 나중에 고구려로 이름을 바꾸었다.

여하튼 3월 3일은 고구려의 국가적 정체성을 기념하는 날이었다. 고구려의 약수리 고분과 무용총의 수렵도를 떠올려 보면 사냥하던 분위기가 어떠했을지 상상된다. 고구려 남자들이 사냥에 몰두한 표정으로 동물에게 활을 겨누고 있는 벽화는 그들의 진지한 자세를 전달해 준다.

국가적으로 중요한 날, 수많은 사람이 모인 곳에서 온달은 드디어 자기 실력을 확인시켰다. 공주가 선택하고 정성 들여 키운, 날랜 말을 타고 남들이 따르지 못할 엄청난 사냥 실력을 보였다. 월등한 온달의 능력에 뭇사람이 관심을 보였고 왕도 마침내 그를 궁금해했다. 그의 정체를 알고 나서 왕이 놀라는 건 당연한 일이 아니겠는가. 못난 자의 대명사였던 온달이 이렇게 재주와 능력을 가진 기남자가 되었으리라고는 전혀 예상치 못했으니 말이다.

온달은 자신의 존재를 국가로부터 온전히 인정받았다. 이를 위해 노력했던 온달도 비범하지만, 애초의 시작은 공주의 능력에서 시작된 것이다. 못난 외모, 가난, 사회적 무시, 미천한 낮은 자로 대변되던 온달의 의미는 평강공주에 의해 계발되었다. 마치 흙 속에 묻힌 원석을 찾아내어 보석으로 만든 것처럼 평강공주의 안목은 온달을 성장하게 하고 그 사랑이 깊어지도록 이끌었다. 이 설화적 서사는 '결혼 후 행복하게 살았습니다'로 끝나지 않고 그 사랑의 의미를 확인시켜 준다. 사랑을 바탕으로 성장한 두 사람은 가정을 넘어 사회적 활동을 지속적으로 수행한다. 사랑의 정신적 에너지는 두 사람의 영역에 국한되지 않는다.

> 이때, 후주의 무제가 군사를 출동시켜 요동을 공격하자 왕은 군사를 거느리고 배산 들에서 맞아 싸웠다. 그때 온달이 선봉장이 되어 용감하게 싸워 수십여 명의 목을 베니, 여러 군사들이 이 기세를 타고 공격하여 대승하였다.

사랑의 결과가 어떠했는가에 대한 서사적 대목이다. 온달은 왕이 나선 전투에 나가 선봉으로 싸우고 큰 공로를 세웠다.

> 공을 논의할 때 온달을 제일이라고 하지 않는 사람이 없었다. 왕이 그를 가상히 여기어 감탄하기를
> "이 사람은 나의 사위다."
> 라 하고, 예를 갖추어 그를 영접하고 그에게 작위를 주어 대형으로 삼았다. 이로부터 그에 대한 왕의 은총이 더욱 두터워졌으며, 위풍과 권세가 날로 성하여졌다.

공을 논하는 자리에서 마침내 온달은 왕에게 사위로 인정받고 작위까지 받는다. 이는 곧 공주가 아버지에게 능력을 인정받은 것이기도 하고, 아버지가 몰랐던 딸의 능력을 아버지가 인정한 일이기도 하다.

> 양강왕이 즉위하자 온달이 아뢰기를
> "지금 신라가 우리의 한북 지역을 차지하여 자기들의 군현으로 만들었으므로, 그곳의 백성들이 통탄하며 부모의 나라를 잊은 적이 없습니다. 바라옵건대 대왕께서 저를 어리석고 불초하다고 여기지 마시고 군사를 주신다면 단번에 우리 땅을 도로 찾겠습니다."
> 라고 하니, 왕이 이를 허락하였다. 그가 길을 떠날 때 맹세하였다.
> "계립현과 죽령 서쪽의 땅을 우리에게 귀속시키지 않으면 돌아오지 않겠습니다."

장군이 된 온달의 사회적 활동이 지속되고 있다. 신라에 맞서려는 온달의 용기가 대단하지만 그의 강한 맹세는 어쩐지 불안함을 내포한다.

한편 이 기록에 오점(汚點)이 있다. 역사 연구에 따르면 온달이 자신의 뜻을 알린 왕은 양강왕(陽崗王, ?~559)이 될 수 없다고 한다. 이 서사에서 양강왕이 평강왕 후대의 왕으로 설정되어 있지만 사실 양강왕은 평강왕의 부왕(父王)이라고 알려져 있다. 이 점은 역사적 사실과 부합하지 않는다.

어느 왕인가의 문제는 역사 층위에서는 중요하지만, 어느 왕이든 온달과 평강공주 서사의 성격을 변화시키지 않기 때문에 문학적 사실이나 문화 담론의 층위에서는 문제가 되지 않는다. 이런 점이 역사와 문학이 다른 지점이다.

그는 드디어 진격하여 아단성 밑에서 신라군과 싸우다가 날아오는 화살에 맞아 전사하였다.

그를 장사 지내려 하였으나 영구가 움직이지 않았다. 공주가 와서 관을 어루만지면서

"사생이 이미 결정되었으니, 아아! 돌아가소서!"

라 말하고, 마침내 영구를 들어 하관하였다. 대왕이 이 소식을 듣고 비통해하였다.

온달의 삶이 마감되는 대목이다. 마지막까지 자신의 일, 이상적 과업을 수행하다가 죽는 것이니 영웅적 죽음이라 할 만하다. 현재의 충청북도 단양에 온달산성이 있는데 거기서 온달이 전사했다고 전한다. 생전에 말한 목표를 이루지 못하여서인지 죽어도 죽을 수 없다는 굳은 의지의 온달이 서사적으로 묘사되고 있다. 영토를 확보하겠다는 약속을 못 지켰기에 돌아가지 않으려던 의지였을까. 온달도 공주만큼이나 집념이 강하다.

죽을 수 없는 사람들의 의지. 온달의 마지막 순간 같은 장면을 주변에서도 종종 볼 수 있다. 죽음 앞에서도 볼 사람을 만나고 가겠다는 양 의지를 굽히지 않는 분들이 있다. 온달에게는 만나야 할 사람이 공주였을 것이다. 삶의 마지막 순간 공주의 말에 온달은 마음을 바꿔 길을 떠난다. 마지막까지 공주의 말을 듣는 모습이다.

문학사의 관점에서 평강공주는 여성 조력자의 전통을 잇고 있다. 온전한 능력을 갖춘 여성이 상대 남성을 이끌고 보완하는 형국이다. 평강공주의 온전한 능력으로 온달이 성장하고, 변화되었다. 이 구조는 서사적 전통과 맞닿아 있으니 신화에서 온전한 능력으로 남성 인물을 신적 반열에 이르도록 보완, 보조하는 여신들이 그러하다. 앞서도

예를 들었던, 남성 없이 독자적으로 자손을 생산했다는 서술성모나 주몽에게 필요한 것을 갖추어 고구려 건국을 도모케 하는 유화는 남성을 보완하여 새로운 질서를 이루게 한 여성의 대표적 사례다.

신화에서 어머니였던 조력자가 후대 서사에서는 배우자라는 사실은 변화된 면모다. 평강공주는 온달과 달리 처음부터 온전한 능력을 가졌다. 외부의 시선이 공주를 저평가했지만, 평강공주는 개의치 않고 자기 내면의 온전함을 증명하였다. 사랑으로 인해 내면이 성장한 인물은 아니다. 본인은 달라진 바가 없으며 사회 외부의 시선이 달라졌다. 사랑을 방해하던 외부의 금지하는 시선은 사랑을 통한 자기 증명으로 극복되었다.

이 사랑 이야기에서 상대를 보기도 전에 그 누군가를 운명의 배우자로 믿어 버리는, 공주의 정서적 반응에 눈길이 간다. 오히려 온달은 현실적인 문제를 고민하여 공주를 맞아들이기 주저하였다. 한편 평강공주는 온달이 남편감으로 어떠한 사람인지, 적합한 상대인지 전혀 알지도 못했다. 가진 정보라고는 낮은 평판뿐 그를 본 적도 없었다. 그럼에도 귀에 들려온 반복적 메시지를 내면화하고 자기존재의 열정을 상대에게 투사하면서 운명적 만남을 주조하였다.

6세기의 서사로서 이 사랑 이야기는 신화적 세계관이 약화되면서도 여전히 그 영향 아래 있는 모습을 보여 준다. '예정된 사랑의 신성함' 같은 믿음에 기반한 신화처럼 하늘이 직접 등장하지는 않지만, 이들의 사랑은 일종의 신성함으로 무장되어 누구도 침해할 수 없는 열정을 내재하고 있다. 하늘이 예정한 사랑은 아니지만 애초에 이미 말로 선포된, 예정된 사랑이었다.

이들은 사랑을 통해 외부의 시선을 변화시켰다. 공주는 자기 존재를 증명하는 노정을 갔다. 공주는 부모의 말을 듣지 않음으로써 버림받고 받아들여지지 않았으나 상대를 성장시켜 마침내 사회로부터 정당한 인정을 받는 데 이른다. 여기서 온달은 공주가 자신과 동일시한 인물이 된다. 온달도 무시받던 처지였다. 못나고 가난하다는 이유로 천대받았으나 사랑을 통해 능력을 갖추어 결국 고위직에 오르며 자신을 보는 외부의 시선을 바꾸어 내었다. 온달로서는 자기 성장의 바탕이 되어 준 공주를 사랑과 존경으로 따를 수밖에 없었으리라. 온달 역시 같은 처지가 된 공주의 처지와 의도를 진심으로 이해했던 것이다.

온달과 평강공주는 사랑의 긍정적 효과를 잘 보여 주는 대표적 커플로 꼽아도 좋겠다. 혼자 있을 때와 달리 둘이 사랑함으로써 새로운 질서가 만들어지고 이에 두 사람만이 아니라 사회마저 변화한다. '사랑은 성장의 동력'이라는 면에서 신화적 사랑과 다르지 않다. 좋은 사랑은 모두에게 좋다.

사랑이 성장의 동력이라는 말이 너무 식상한가? 현실에서도 식상할 정도로 많이 찾아볼 수 있으면 좋겠지만 그 예는 귀하다. 사랑이 성장의 동력인 이유는 상대를 한 시선으로 묶어 두지 않고 자유롭게 성장 가능성을 열어 두기 때문이다. 상대의 시선이 심리에 미치는 영향을 잘 보여 준다.

이야기가 전하는 문헌과 관련 서사

위 이야기는 『삼국사기』 권45, 열전(列傳) 5 「온달(溫達)」에 전한다. 아마도 6, 7세기에 한반도의 고대국가에서는 신분 차이와 사랑의 문제가 사회의 관심을 끌었나 보다. 온달과 평강공주의 사랑 이야기에 견

줄 만한 서동과 선화공주의 사랑 이야기가 7세기의 백제를 배경으로 전한다. 여기서도 남성이 낮은 신분이고 여성은 신분이 높은 공주이다.

다른 점은 만남을 주도하는 측이 남성인 서동이라는 점과 온달과 평강공주 이야기에 비해 상상적 속성이 강하여 흥미 요소가 가미되어 있다는 사실이다. 신분 문제와 금지하는 시선이라는 방해물을 여유롭게 넘긴 무왕의 계획은 거짓과 사기의 요소가 다분하나 목표는 선한 것이어서 6, 7세기 문학작품의 특징과 성격을 잘 보여 주고 있다. 무왕과 선화공주의 사랑 이야기 중 일부를 아래에 옮긴다. 이야기는 『삼국유사』 권2, 기이 제2 「무왕(武王)」에 전한다. 환타지적 요소에 깃든 인물의 진정성을 즐기면서 음미하길 바란다.

무왕과 선화공주

제30대 무왕의 이름은 장이다. 어머니는 서울 남쪽 연못가에 집을 짓고 과부로 살더니 그 못의 용과 관계하여 장을 낳고 어렸을 때 이름을 서동이라고 하였다. 그 도량이 커서 헤아리기 어려웠다. 늘 마를 캐다 팔아서 생업을 삼았으므로 사람들이 그로 인하여 이름을 지었다.

그는 신라 진평왕의 셋째 공주 선화(善花)가 더없이 아름답다고 듣고 머리를 깎고 신라의 서울로 왔다. 마를 아이들에게 먹이니 아이들이 서동을 가까이 따랐다. 이에 노래를 지어 아이들을 꼬여 부르게 하였다. 노래는 이렇다.

선화공주님은
남모르게 사귀어 두고
서동의 방을 밤에 마를 안고 간다.

동요가 서울에 두루 퍼져 대궐에까지 들리니, 백관이 임금께 극간하여 공주를 먼 곳으로 귀양 보내게 되었다. 바야흐로 떠나려고 할 때 왕후는 순금 한 말을 주고 가게 하였다.

공주가 귀양 살 곳으로 가는데 서동이 도중에 나와 절하고, 장차 시위하여 가고자 하였다. 공주는 그가 어떻게 오게 되었는지는 알 수 없었으나 우연히 믿고 기뻐하였고, 따라가다가 정을 은밀히 통하였다. 그 뒤에 서동의 이름을 알고 동요의 영험을 믿었다.

함께 백제에 이르러 선화공주가 어머니가 준 금을 내어 장차 생계로 삼으려 하니 서동이 크게 웃으며 말하기를 "이게 도대체 무엇이오?" 라고 하였다.

이 사랑과 관련된 유적·유물

충북 단양군 영춘면에 온달이 치지 못하고 전사했다는 온달산성, 온달이 수련했다는 온달동굴을 비롯해 온달 관련 유적 관광지가 조성되어 있다. 한편 수렵도를 통해 간접적으로나마 온달의 기상을 상상해 볼 수 있겠다. 고구려 남성들이 말을 타고 활을 쏘며 사냥하는 모습을 담은 수렵도가 약수리 고분과 무용총에 전한다. 무용총의 수렵도가 널리 알려져 있으나, 규모는 약수리 고분의 수렵도가 가장 크다고 한다.

온달산성

10세기의 태조 왕건과 신혜왕후

사랑에도 새삼 집중력이 필요하다

어떤 사람은 상대를 좋아하다가도 바쁜 일상에 치여 상대의 소중함을 잊기도 한다. 이러한 경향이 심한 사람은 사랑을 지속하기가 어렵다. 자기 일에 집중할수록 둘이 공유할 여지는 줄어든다. 상대가 사랑에 집중하지 않을 때 이는 사랑의 결핍 상태가 된다. 이 상태는 사랑의 방해물이 아닐 수 없다.

이 상태를 극복하고자 한다면 상대에게 사랑을 환기시켜야 한다. 집중력 있게 사랑하게 만들기 얼마나 어려운가. 한 사람이 관계의 내적인 긴장을 유지시키고 집중력 적은 상대로 하여금 사랑의 감정을 환기하게 한다면, 상황이 개선될 수 있다. 이 경우, 집중력 적은 사람도 원래 상대를 좋아했더라면 그 사랑을 돌아보게 된다.

완벽하리라 여겼던 사람들이 종종 놀랍게도 빈틈을 보이는데 바로 고려 태조 부부가 이러한 유형의 사랑을 보여 준다. 남성이 여성에게 한번 가졌던 관심이 여성의 진실한 노력으로 내부의 지속적 열정으로 전환되었다.

신혜왕후(神惠王后)*는 내조하는 유형으로는 기록상의 첫 여성인 것으로 보인다. 물론 삶의 현장에서 내조를 해온 여인이 한둘이 아닐 것이고 서사문학의 역사만 봐도 허왕후나 평강공주를 얼른 내조 유형으로 손꼽을 수 있다. 하지만 내조의 지향이 분명한 인물은, 고려의 신혜왕후가 독보적이다.

이 사랑 이야기를 읽다 보면 세상일에 집중력을 잃지 않고 정신 차리고 사랑하기가 얼마나 어려운 일인지 한숨이 포옥 나온다. 그 대단한 업적을 이룬 고려의 건국주도 젊어서 한때는 이러했다니 말이다. 태조 왕건이 집중력은 낮았지만 다행히 유씨 처녀를 가슴에 안았던 순간은 진실이었기에 나중에라도 사랑의 감정이 환기되자 돌아보고 사랑이 진행될 수 있었다.

　　신혜왕후 유씨는 정주(貞州) 사람으로, 삼중대광(三重大匡)** 유천궁(柳天弓)의 딸이었다. 유천궁은 큰 부자로 그 고을 사람들은 그를 장자(長者)라고 불렀다.
　　태조가 궁예(弓裔) 아래 장군으로 있을 때, 군사를 거느리고 정주를 지나다가 오래된 버드나무 밑에서 말을 쉬게 하였다. 마침 왕후가 길옆 시냇가에 서 있었는데, 그 덕성스러운 모습을 본 태조가 왕후에

---

* 생몰년 미상이나, 왕건(王建, 877~943)의 생존 연대와 비슷할 것이다.
** 고려시대 정일품의 문관 품계다.

게 어느 집 딸이냐고 물었다. 그 고을 장자 집 딸이라는 대답을 들은 태조가 부러 그 집으로 가 유숙했는데 그 집에서 군사들을 배불리 대접했으며, 왕후를 시켜 태조의 잠자리를 모시게 했다.

신혜왕후는 유씨로, 아버지는 큰 부자로 널리 알려진 사람이었다. 정주는 지금의 개성시 개풍군이다. 아름다운 여인의 모습에 마음이 흔들렸으니 태조는 그녀가 사는 집에 일부러 찾아가 묵고 잠자리도 같이하였다.

그 뒤 소식이 끊어지자 왕후는 정조를 지키려고 머리를 깎고 여승이 되었는데, 그 소식을 들은 태조가 불러 부인으로 삼았다.

왕건은 잠자리를 한 번 같이하고는 야속히도 연락을 하지 않았다. 연락을 못한 이유가 무엇이든 간에 사랑을 이어 가기에 결핍된 조건이다. 처녀로서는 마음 편한 상황이 아니었을 것이다. 연락이 없음에도 유씨 처녀는 결심한 것을 유지한다. 왕건과의 결연을 잊지 않고 한 번 결연을 계기로 삼아 자기 인생의 방향을 바꾸어 여승이 되었다. 결국 이 소식이 왕건에게 닿아 그의 마음을 움직이고 이 관계를 돌아보아 돌아가게 하였다. 마침내 두 사람은 부부가 된다. 사랑에 느슨했던 남성의 시선을 자신의 전 존재를 투신함으로써 사랑으로 인도하였다. 부잣집 딸이 비구니가 되는 것은 누리던 것들, 누릴 수 있는 것들을 포기하는 행위였다. 이에 사랑의 방해물이었던 집중력 결핍의 상황은 사랑으로 개선된다.
『고려사』에 따르면 태조의 후비(后妃)는 무려 스물아홉 명이나 된다. 신혜왕후는 그중 첫째 부인으로 태조의 사랑을 가장 많이 받았다고 전한다. 스물아홉 명의 부인을 둔 남자와 신혜왕후의 사랑을 논하는 것은 어떤 층위에서는 말이 되지 않을 것이다. 그러나 이 글의 목적은 개인의 평가가 아니라 텍스트에 나타난 사랑을 분석하고 그 성격을 이해하는 데 있으므로 역사적 진실과 평가를 다루는 논의는 하지 않겠다. 두 사람의 관계에 초점을 맞추어 보자.

> 궁예 말년에 홍유, 배현경, 신숭겸, 복지겸이 태조의 집을 찾아가 궁예를 폐위시킬 일을 의논하려 하면서 왕후가 알지 못하게 하려고, 뒤뜰에 새로 연 오이를 따다 달라고 부탁했다.

궁예는 왕이 되려는 포부를 품었던 사람으로 신라의 쇠퇴기, 어지러운 틈에 사람들을 모아 마진(摩震)이라는 나라를 세우고 스스로 왕이 되었다. 이 나라를 건국한 시기가 901년이라고 한다.
처음에 궁예는 사람들을 배려하고 존중하여 인심을 얻었는데 점점 포악해졌다. 아내와 아들마저 죽이고 주변 사람들을 의심하여 죽이는 일이 잦아지면서 사람들은 더 이상 왕을 믿지 못하게 되었다. 마침내 궁예를 폐위시키려 하는 민심이 일었고, 이러한 분위기 가운데 왕건을 왕으로 세우고자 몇몇 장군이 왕건의 집으로 찾아갔던 것이다.
의논할 일이 워낙 중대한 일이니 긴밀히 이야기하려고 부인마저 밖으로 내보내려 했다. "저기, 오이를 갖다 주시면 좋겠습니다."

> 그들의 의중을 알아차린 왕후가 밖으로 나가는 체하다가 북쪽 방문을 통해 몰래 휘장 속에 숨었다. 장수들이 태조를 왕으로 추대할 의사를 밝히자 태조가 얼굴빛이 바뀌면서 완강히 거절했는데, 이때 왕

후가 급히 휘장 속에서 나와 태조에게 말했다.

"의거를 일으켜 포학한 군주를 교체시키는 일은 예로부터 있어 왔습니다. 지금 장수들의 의견을 들어 보니 저도 의분이 솟구치는데 하물며 대장부야 어떠하겠습니까?"

그리고 손수 갑옷을 가져다 입히자 장수들이 태조를 옹위해 집을 나섰으며, 결국 태조가 왕위에 오르게 되었다.

한밤중에 오이를 왜 따오라고 하겠는가. 눈치 빠른 유씨 부인이 밖으로 나가는 체하다가 다시 방으로 돌아왔다. 그리고 그들의 논의를 들었다. 이어 왕건이 주저하자 부인은 휘장에서 급히 나왔다.

남편에게 대의와 명분을 역설하는 부인, 가장 가까운 자로서 힘을 북돋아 주었다. 이에 왕건은 힘을 얻어 새로운 길을 열고자 나섰다. 왕건이 역사의 국면에 나서게 된, 이 에피소드는 한반도 공간을 넘어 중국에도 전해져 황제가 부인의 공을 인정했다. 그래서 신혜왕후를 책봉했다. 중국 황제가 고려 왕실에 전한 글은 아래와 같다.

태조 16년(933) 후당(後唐)의 명종(明宗, 925~933)이 태복경(太僕卿) 왕경(王瓊) 등을 보내 왕후를 책봉하였는데, 그 관고(官告)는 다음과 같다.

"아내의 몸으로 지아비에게 순종함으로써 귀한 자리에 오른 자라야 비로소 한 집안을 훌륭히 만들었다고 말할 수 있을 것이다. 제후를 책봉하는 제도는 상규(常規)로 내려온 바, 이제 그 배우자에게도 책봉의 영예를 덧붙여 주어 국왕의 봉작에 어울리게 하려고 한다.

대의군사(大義軍使)·특진(特進)·검교태보(檢校太保)·사지절(使持節)·현도주도독(玄菟州都督)·상주국(上柱國)·고려국왕(高麗國王)의 아내인 하동 유씨(河東 柳氏)는 국왕을 올바르게 이끌었으며, 내조한 공로 또한 컸다. 국가의 백년대계를 잘 도왔고 부인으로서 지아비의 사랑을 변함없이 받았으며, 국왕을 보좌해 충절을 이룩하고 유순하고 현명한 아내의 도리를 다하였다.

이에 특별히 영예를 부여해 상례와 다르게 우대하노니, 천자에게 충성하는 국왕의 뜻을 힘껏 돕는다면 그것이 바로 우리 조정에 보답하는 길이노라. 이제 그대를 하동군 부인(河東郡 夫人)으로 봉하노라."

후당에서 왕후를 우대하여 책봉한 근거는 남편을 향한 아내의 뒷바라지에 있다. 둘째 단락을 보면 왕후가 수행한 아내의 일이 남편에 대한 것과 나라에 대한 것으로 나뉘어 이해되고 있다. 안으로는 남편에게 순종하고 또 올바르게 이끈 점, 내조한 공로 등이 칭송되었고 밖으로는 나라의 계획을 도운 점, 국왕을 보좌한 점 등이 아내의 도리로 거론되고 있다. 이로써 이상적인 아내상에 대한 동아시아 당대의 시각을 알 수 있다. 여자의 일이 곧 남자의 일이고 남자의 일을 잘하게 돕는 것이 여자의 일이었다. 여자의 일은 결국 남자의 일에 종속된다. 여자의 자기 존재는 남자의 일로 표출되어 왔다.

왕건과 신혜왕후는 한마음이 되어 새 세상을 열었다. 정치적으로 위협적인 상황에서 신혜왕후가 순발력 있게 나서서 왕건으로 하여금 다른 시각을 갖도록 했으며 새로운 질서로 사회를 조직케 했다. 그녀의 상황 판단력은 분명했고 결단력은 두려움 없이 비범했다.

죽은 후 시호를 신혜왕후라 하고 태조의 묘소인 현릉(顯陵)에 합장하였다.

'신혜왕후'라는 명칭은 죽은 자의 공덕을 칭송하기 위해 붙여진 시호(諡號)다. 연구에 따르면 '신혜(神惠)'의 의미는 신처럼 지혜롭다는 뜻이라고 한다. 참고로 태조의 시호가 '신성(神聖)'이니 왕후의 시호와 어울린다.

이야기가 전하는 문헌과 관련 서사

위 이야기는 『고려사』 열전(列傳) 후비(后妃) 「태조 신혜왕후 유씨(太祖神惠王后柳氏)」에 전한다. 두 사람의 사랑 이야기를 다른 곳에서 더 찾기는 어렵고, 왕건이 어떤 성품을 지닌 인물이었는지 보여 주는 기록이 있다.

하나는 왕건이 고려를 건국하기 전 장군으로 복무할 때에, 윗사람이던 「궁예」 열전에 실린 이야기이고, 그다음은 죽음을 앞둔 왕건의 마음가짐을 보여 주는 기록이다. 죽음 앞에서 초연한 왕건의 모습을 볼수 있다. 『삼국사기』 열전 「궁예(弓裔)」와 『고려사』 권2 세가2 태조2 계묘년 기록 중 왕건의 죽음 관련 기사의 일부를 옮겼다.

「궁예」

여름 6월 장군 홍술, 백옥, 삼능산, 복사귀, 이는 홍유, 배현경, 신숭겸, 복지겸의 젊을 때 이름인데, 네 사람이 몰래 모의하고 밤에 태조의 사저에 와서 말하였다.

"지금 임금이 부당한 형벌을 마음대로 집행하여 처자를 살육하고 신료를 죽이며, 백성은 도탄에 빠져 스스로 삶을 편안히 할 수 없습니다. 예로부터 어리석은 임금을 폐위시키고 지혜가 밝은 임금을 세우는 것은 천하의 큰 의리입니다. 청컨대 공께서는 [폭군인 걸왕과 주왕을 몰아내고 왕이 된] 탕왕과 무왕의 일을 행하십시오."

태조는 불쾌한 얼굴빛으로 거절하면서 말하였다.

"나는 충직하다고 자부하여 왔는데 지금 비록 포악하고 난폭하다고 하여 감히 두 마음을 가질 수 없다. 대저 신하로서 임금을 교체하는 것을 혁명이라고 하는데 나는 실로 덕이 없으니 감히 은나라, 주나라의 일을 본받을 수가 있겠는가?"

여러 장수들이 말하였다.

"때는 두 번 오지 않으니 만나기는 어렵고, 잃기는 쉽습니다. 하늘이 주는데도 취하지 않으면 도리어 그 재앙을 받습니다. 지금 정치가 어지럽고 나라가 위태로우며, 백성들이 모두 그 임금을 믿게 보기를 원수같이 합니다. 지금 덕망이 공보다 나은 사람이 없습니다. 하물며 왕창근이 얻은 거울의 글이 저와 같은데 어찌 가만히 물러나 숨어 있다가 포악한 군주의 손에 죽임을 당하겠습니까?"

부인 유씨가 여러 장수의 의논을 듣고 이에 태조에게 말하였다.

"인(仁)으로써 불인(不仁)을 치는 것은 예로부터 그러하여 왔던 것입니다. 지금 여러 사람들의 의논을 들으니 저도 오히려 분발하게 되는데 하물며 대장부께서야 말할 것이 있겠습니까? 지금 뭇사람의 마음이 문득 변하였으니 천명이 돌아온 것입니다."

손수 갑옷을 들어 태조에게 바쳤다.

장수들이 태조를 호위하고 문을 나섰다. 앞에 있는 자들로 하여금

"왕공께서 이미 의로운 깃발을 들었다!"

고 외치게 하였다. 이에 앞뒤에서 분주하게 달려와 따르는 자가 몇 사람인지 알지 못했다. 또 먼저 궁성의 문에 이르러 북을 치며 떠들

면서 기다리는 자들이 또한 1만여 명이었다. 왕이 이를 듣고 어찌할 바를 몰라 이에 미천한 차림으로 산림으로 달아나 들어갔다가 곧 부양 백성들에게 살해당하였다.

죽음 직전의 고려 태조 왕건

5월

○ 왕이 병환이 나 정무(政務)를 중지했다.

정유일

재신(宰臣) 염상, 왕규, 박수문 등이 곁에 모시고 앉아 있었는데 왕이 다음과 같이 말했다.

"한나라 문제(文帝)가 죽을 때 내린 조서에 '천하 만물치고 태어나 죽지 않는 것이 없는 바, 죽음은 천지의 이치이며 만물의 자연스러운 현상이니 어찌 크게 애통해하리오?'라고 했으니 예전의 현명한 왕들은 마음가짐이 이와 같았다. 내가 병든 지 이미 20일이 지났지만 죽는 것을 자연으로 돌아가는 것과 같이 여기니 무슨 근심이 있겠는가? 한나라 문제의 말이 곧 내 생각과 같다. 안팎의 중요한 일들 중 오랫동안 결정짓지 못한 것은 경들이 태자 왕무(王武)와 함께 처결한 후 보고하도록 하라."

병오일

병이 위독해지자 왕은 신덕전(神德殿)으로 가 학사(學士) 김악(金岳)을 시켜 유조(遺詔, 왕의 유언)를 기초하게 했다. 글이 다 작성되었고 왕이 아무 말이 없기에 좌우 사람들이 목을 놓아 통곡하자 왕이 이게 무

슨 소리냐고 물었다. 신하들이,

"성상께서 백성의 부모로 계시다가 이제 저희를 버리려 하시니 저희는 애통함을 이길 길이 없나이다."

고 대답했다. 왕이 웃으면서,

"뜬구름 같은 덧없는 인생은 예로부터 그러하니라."

하고 말을 마친 후 잠시 뒤에 죽었다. 왕위에 오른 지 26년이며 나이 67세였다.

그 유언에는, 내외의 모든 관료는 태자의 명령을 따르도록 할 것이며, 장례와 무덤의 제도는 한나라 문제와 위나라 문제의 고사에 의거하여 검소하게 지내라고 지시했다.

이 사랑과 관련된 유적·유물

고려 태조와 신혜왕후의 무덤으로 알려진 현릉(顯陵)은 북한 지역인 경기도 개풍군 해선리에 위치하고 있어 가볼 수는 없으나, 국립문화재연구소 문화유산 연구지식포털(portal.nrich.go.kr)에서 사진을 볼 수 있다. 무덤 주변에 석상이 많이 서 있다.

속박적 윤리도 넘고
생사의 경계도 넘어

후대의 서사일수록 사랑의 방해물은 그 성격이 복잡해진다. 단순하지도 단일하지도 않다. 첩첩산중의 방해물, 그러나 방해물들을 넘어 두 사람은 진실한 마음으로 연결될 수 있었다. 15세기 김시습(金時習, 1435~1493)의 「만복사저포기(萬福寺樗蒲記)」는 여러 방해물을 넘어 남녀가 사랑을 이루는 고소설이다. 성애(性愛)에 기초한 사랑 이야기가 본격적으로 전개되고 있다. 고독한 신세는 이성과의 성애를 기반으로 한 사랑으로 달랠 수 있다고 믿어졌다.

작품의 남성 인물은 왜 여성 인물을 좋아하게 되었는가? 남주인공 양생은 부처가 배우자를 보내 주었다고 믿었고, 성애에 기반한 사랑답게 여성이 어리고 예뻐서 좋았다. 문학사적 관점에서 사랑을 느끼게 된 조건이 더욱 구체화되었다고 평가할 수 있겠다. 그러나 신화시대에 신의 의지로 선택·파견된 사람들이 사랑하고, 이후 외부의 우연한 메시지가 운명이 되어 사랑하게 된 것처럼 이 작품에서도 배우자는 파견된 것으로 믿어졌다. 파견한 주체는 부처로 설정된다. 전근대사회에서 사랑의 상대는 외부에서 파견된 자라는 사상이 큰 흐름을 형성했음을 알 수 있다.

사랑의 방해물은 크게 둘로 구분된다. 첫 번째 방해물은 남녀 간의 자유로운 교류를 속박하는 완고한 윤리였다. 널리 알려져 있듯, 유교 사회인 조선에서 양반가 남녀의 만남은 두 사람의 의지만으로 이루어질 수 없었다. 나이 7세면 같은 공간에 머무르지 않도록 권했으며, 결혼은 부모의 허락이 있어야만 할 수 있는, 가문의 행사였다. 이러한 윤리가 당연한 사회에서 남녀의 만남은 따가운 외부 시선을 감수해야 하는 일이었으리라. 조선시대 외부의 시선은 개인에게 지나치게 냉혹했다.

두 번째 방해물은 삶과 죽음의 경계로, 두 사람은 이를 극복할 방법을 찾아야 했다. 신분 차이 이상으로 삶과 죽음의 경계는 극복하기 어려운데, 문학사에는 그 경계를 넘어서 사랑한 이야기가 전한다. 「만복사저포기」에서 남성은 인간 세상에 속해 있고, 여성은 전쟁으로 죽은 상태다. 그럼에도 두 사람은 애틋한 마음을 포기할 수 없다. 사랑하는 사람을 잃은 절절한 마음이 나타난다.

사랑의 방해물도 방해물이지만, 삶과 생명을 파괴하는 방해물이 있다. 크고 작은 전란이 끊이지 않았으며, 이에 사랑하는 사람이 잘못도 없이 희생되었다. 또 다른 어려움도 있었다. 두 사람의 사랑을 믿을 수 없는 가족과 주변인의 시선을 변화시키는 일이었다. 생사를 초월한 만남은 있을 수 없는 일인지라 사람들은 믿지 못했다. 전란과 외부 시선은 두 사람의 사랑을 방해하지만, 궁극적 방해물이 아니므로 접어 두기로 한다.

이제 작품을 따라가면서 이 사랑을 이해해 보자. 먼저 남자 주인공의 처지가 기술된다. 양생은 몹시나 고적한 신세였다. 어려서 부모를 여읜 고아인 데다 만복사 절방에서 혼자 사는 노총각이었다. 얼마나 외로워했는지 그 심리 상태가 일개 나무를 바라보는 시선에도 묻어 난다. 봄이 되어 꽃핀 배나무 모습이 얼마나 가슴 저미게 아름다웠는지 "은 조각이 쌓인 옥으로 만든 나무(瓊樹銀堆)"같다고 한다. 나도 모르게 『금오신화』의 이 대목을 소리 내어 읽었다. 예나 지금이나 사랑하지 못해 외로운 사람들이여!

> 방 밖에는 배나무 한 그루가 있었는데, 봄이 되어 꽃이 활짝 피었다. 마치 옥으로 만든 나무에 은 조각이 쌓여 있는 것 같았다. 양생은 달이 뜬 밤마다 나무 아래를 거닐며 낭랑하게 시를 읊었다.

이렇게 처량한 신세로 지내던 가운데, 때는 3월 24일, 등불을 밝히고 복을 빌러 마을 사람들이 만복사로 모여들었다. 양생도 부처님께 소원을 말했다. 미녀를 보내 달라고 조르며 내기를 청했다.
복을 빌러 절에 가는 풍속은 뒤에 다룰 「김현감호(金現感虎)」에도 나오듯, 신라 때도 있었다. 고려가요 「쌍화점(雙花店)」에서도 여인이 삼장사에 불 켜러 간다고 노래하지 않던가. 이렇게 특정한 날에 사람들은 절에 가 불을 켜고 탑돌이를 하는 등 소원을 빌었다. 여기서 더 나아가 양생은 부처에게 내기를 건다.

> 제가 이제 부처님과 윷으로 내기를 하려고 합니다. 만약 제가 지면 한턱내어 불공을 드리려니와 부처님이 지시면 미녀를 얻으려는 제

소원을 이루어 주셔야 합니다.

부처와의 내기에 이긴 양생에게 아니나 다를까 한 여인이 나타났으
니, 열대여섯 살의 그녀는 선녀처럼 아리따웠고 일거일동은 보기만
하여도 얌전했다. 양생은 부처가 보내 준 아름다운 인연이라 생각하
고 여인에게 다가가 말을 건넸다. 마침내 처녀와 즐거운 시간을 갖고
싶어 마루방으로 데리고 갔다. 거기서 둘은 웃으며 이야기를 나누었
는데 여인이 갑자기 슬픈 목소리로 이런 말을 한다.

노래가 끝나자 여인이 서글프게 말하였다.
"지난번에 봉도(蓬島)에서 만나기로 했던 약속은 어겼지만, 오늘 소
상강(瀟湘江)에서 옛 낭군을 만나게 되었으니 어찌 천행이 아니겠습
니까? 낭군께서 저를 멀리 버리지 않으신다면 끝까지 시중을 들겠습
니다. 그렇지만 만약 제 소원을 들어주지 않으신다면 저는 영원히 자
취를 감추겠습니다."

여인은 그동안 서로 만나기 어려웠지만 이제라도 해로하자는, 그러
니까 부부의 인연을 맺자는 제안을 했다. 양생은 놀라면서도 감격하
여 흔쾌히 받아들인다. 혼인 문제에 부모와 가문을 끌어들이지 않고
두 사람의 필요에 집중하고 있다. 이러한 모습은 당시의 자잘한 사
회 담론과 윤리에 개의치 않는다는 점에서 호쾌한 정서를 불러일으
킨다.

"어찌 당신의 말에 따르지 않겠소?"

참고로 봉도는 봉래산(蓬萊山)으로, 신령하다고 여겨진 전설적인 산
이다. 소상강은 중국의 유명한 강으로, 과거 지식인들은 소상강에 빗
대어 시를 짓곤 하였다.

양생은 깊이 생각하지 않고 곧바로 여인의 계획을 따른다. 고적함을
위로할 배우자를 만나는 게 그의 소원이었기에 외로움이 극에 달한
상태에서 상대가 먼저 부부의 연을 맺자고 제안하자 주저하지 않고
받아들였다. 그러면서도 양생은 여인의 정체를 의심한다. 보아하니
인간이 아닌 것 같은 의심이 들었던 것이다.

> 처녀의 태도가 아무래도 심상치 않았다. 양생은 처녀의 행동을 낱낱
> 이 눈여겨보았다. 이때 달은 벌써 서산에 걸리고 멀리 마을에서 닭
> 우는 소리가 들려오고 절에서도 새벽종이 울리고 동이 트기 시작하
> 였다. […]
> 양생이 처녀의 손을 잡고 마을을 지나가는데 울 밑에서 개들이 짖어
> 대고 사람들은 벌써 길에 나다니고 있었다. 오가는 사람들 가운데
> 양생을 아는 이가 있어
> "자네 이 이른 아침에 어디 가는 길인가?"
> 하고 물었으나 양생이 어떤 여인과 같이 걸어가는 줄은 모르는 것이
> 었다. 양생은 천연스럽게 대꾸하였다.
> "마침 술에 취해 만복사에 누웠다가 친구 집을 찾아가는 길일세."

두 사람이 손을 잡고 그녀의 집으로 가는 길에 양생은 다른 사람들
이 그녀를 알아보지 못한다는 사실을 알게 된다. 하지만 모른 척하
고 계속 여인을 따라간다. 그녀와의 결합을 욕망한 나머지 문제적 상
황을 눈치챘으면서도 여인을 멀리하지 않고 오히려 의심을 떨쳐 냈

다. 자신의 성적 욕망에 충실한 길을 간다.

> 날이 새자 여인이 양생을 이끌고 깊은 숲을 헤치며 가는데, 이슬이
> 흠뻑 내려서 갈 길이 아득하였다. 양생이
> "어찌 당시 거처하는 곳이 이렇소?"
> 하자 여인이 대답하였다.
> "혼자 사는 여자의 거처가 원래 이렇답니다."
> 여인이 또 『시경』에 나오는 옛 시 한 수로 농을 걸어왔다.
>
> > 축축히 젖은 길 이슬 이른 아침과 늦은 밤엔 어찌 다니지 않나?
> > 길에 이슬이 많기 때문이라네.
>
> 양생 또한 『시경』에 나오는 옛 시를 외웠다. 역시 농을 하려는 심산이
> 었다.
>
> > 어슬렁어슬렁 저 수여우는 기수 물가의 돌다릿목에 어정거리네.
> > 평평한 노나라 길로 제나라 아가씨 한가로이 노니네.
>
> 둘이 읊고 한바탕 웃은 다음에 함께 개령동(開寧洞)으로 갔다. [한곳에
> 이르자] 다북쑥이 들을 덮고 가시나무가 하늘에 치솟은 가운데 한 집
> 이 있었는데, 작으면서도 아주 아름다웠다.

양생은 상황을 파악하고 객관적 진실을 탐색하기는커녕 정체 모를
여인과 시를 주고받으면서 즐거워한다. 시에는 은근한 색(色) 코드가
담겨 있다. 서로 시시덕거리고 있다. 그러나 이는 무거운 윤리를 떠나

진심으로 사랑하는 사람들이 주고받는 흔쾌함이다. 「만복사저포기」
가 보여 주는 사랑의 흥겨움이다. 서로 마음이 하나가 되어 시원스레
환히 웃는 두 사람이 잘 묘사되어 있다. 이 대목의 정서도 호쾌하다.
양생은 처녀를 따라가 그녀의 집에서 사흘을 머물렀다. 양생은 이
사흘이 중요했다. 그는 이 사흘에 즐거운 한평생을 누리는 듯하다고
했다. 즐거움을 마다할 일은 없으리라. 그러나 이를 지속하기 위해
양생이 일부러 망각한 게 있다. 외로움을 달래고 싶은 욕망을 실현하
기 위해 비현실적인 일이 벌어지고 있음을 감지하면서도 모른 척했
다. 의심을 묵인하지 않으면 자신의 욕망을 좌초시켜야 했기 때문이
다. 다음은 양생이 처녀에 대한 의심을 묵인하는 장면이다.

> 처녀는 아름다우면서 교활하지 않았으며 살림살이는 깨끗하면서
> 꾸밈없는 품이 암만해도 인간 세상이 아닌 듯하였으나 처녀에 대
> 한 끊을 수 없는 애정으로 조금도 다른 의심을 품을 생각을 하지
> 않았다.
> 차려 놓은 주안상은 소박하여 아무 꾸밈새도 없으나 말끔한 청주가
> 그윽한 향기를 풍기는데 정녕코 인간 세상의 음식이 아닌 듯하였다.
> 양생은 의아스럽고 괴이쩍은 생각이 없지 않았으나 처녀의 말씨나
> 웃는 모습이 청초하고 아름다우며 용모와 태도가 너무나 의젓하여
> 더는 의심하지 않았다.

여인을 의심하면서도 양생의 시선은 마치 주변이 아웃포커스 처리
된 사진처럼 그녀의 존재에만 초점이 맞춰져 있었다. 남녀가 유별한
사회윤리야 이미 구애받지 않는 처지였고, 이승과 저승의 분리라는
엄연한 세계의 질서와 물리적 규칙의 경계는 문드러진다. 사실 소설

의 첫머리에서 그녀는 행색이 괴이했을 뿐 아니라, 두 사람이 만나던
날 그녀가 부처님 앞에서 읊조린 글은 그녀가 죽은 지 삼 년 되었음
을 암시했다. 그녀는 왜의 침략에 희생된 영혼이었던 것이다.

> 왜놈들이 집을 불살라 없애고 생민(生民)을 노략하였으므로, 사람들
> 이 동서로 달아나고 좌우로 도망하였습니다. 우리 친척과 종들도 각
> 기 서로 흩어졌습니다. 저는 버들처럼 가냘픈 소녀의 몸이라 멀리 피
> 난을 가지 못하고, 깊숙한 규방에 들어앉아 끝까지 정절을 지켰습니
> 다. 윤리에 벗어난 행실을 저지르지 않고서 난리의 화를 면하였습니
> 다. 저의 어버이께서도 여자로서 정절을 지킨 것이 그르지 않았다고
> 하여, 외진 곳으로 옮겨 초야에 붙여 살게 해주셨습니다. 그런 지가
> 벌써 삼 년이나 되었습니다.

양생은 여인의 집에서 행복하게 지냈다. 이렇게 지낼 수만 있었다면
얼마나 좋았을까. 청풍명월(淸風明月)만 읊었을 것 같은 고전의 세계
에도 방해물은 존재한다. 어느 날 느닷없이 여인은 양생에게 이렇게
말한다.

> 얼마 뒤에 여인이 양생에게 말하였다.
> "이곳의 사흘은 인간 세상의 삼 년과 같습니다. 낭군은 이제 집으로
> 돌아가셔서 생업을 돌보십시오."
> 드디어 이별의 잔치를 베풀며 헤어지게 되자, 양생이 서글프게 말하
> 였다.
> "어찌 이별이 이다지도 빠르오?"
> 여인이 말하였다.

"다시 만나 평생의 소원을 풀게 될 것입니다. 오늘 이 누추한 곳에 오시게 된 것도 묵은 인연이 있었기 때문입니다."

이곳의 사흘이 인간 세상의 삼 년이라는 말은 양생이 머문 곳이 인간 세상이 아니라는 뜻이다. 그럼에도 양생은 거처가 어떤 곳인지 알아내려 하지 않았다. 오히려 얼떨결에 이별 잔치에 앉아 즐겼다. 정씨, 오씨, 김씨, 류씨… 이웃 친척이 초대되어 오는데 모두 문벌이 높은 귀족집 따님들이었다. 이들은 칠언절구 네 수씩을 지어 양생을 전송하였다. 성대한 전별이다. 양생도 문장에 능한 사람이라 즉석에서 시로 화답하였다. 다음은 그가 지은 시의 일부다.

　　임이시여, 어찌 가벼이 말씀하시오?
　　가을바람에 부채 버린다는 서운한 말씀을.
　　이승에서도 저승에서도 배필이 되어
　　꽃 피고 달 밝은 아래에서 끊임없이 노닐려오.

가을의 부채가 되기 싫다고, 양생은 시에 마음을 담았다. 시원한 가을바람에는 쓸모라고는 전혀 없는 부채가 되지 않겠노라며 그녀를 향한 정을 드러낸다. 이는 일종의 복선처럼 앞날을 암시하고 있다. 그의 열정은 시간이 지나 상황이 달라지자 즉, 헤어져야 할 시점에 이르자 버려졌기 때문이다. 물론 여인의 잘못은 아니다. 가을, 즉 삶과 죽음의 경계가 나뉘는 시점에 이르자 양생의 사랑은 부득이하게 가을의 부채가 되었을 뿐이다.
그의 시가 애처롭게 상대의 마음을 구함에도 여인은 만남과 헤어짐에 정해진 때가 있다며 가라고 한다. 대신 다음 약속으로 양생의 마음을 위로하였다.

　술이 다하여 헤어지게 되자, 여인이 은그릇 하나를 내어 양생에게 주면서 말하였다.

　"내일 저희 부모님께서 저를 위하여 보련사에서 음식을 베풀 것입니다. 당신이 저를 버리지 않으시겠다면, 보련사로 가는 길에서 기다리고 있다가 저와 함께 절로 가서 부모님을 뵙는 것이 어떻겠습니까?"

　양생이 대답하였다.

　"그러겠소."

양생은 여인과 함께 부모님을 뵙기로 약속하고 그녀의 말대로 은그릇 하나를 들고 보련사로 가는 길가에서 연인을 기다리고 있었다. 그때 여인 대신 은그릇을 알아본 여인의 부모를 만났다. 그들은 놀라서 은그릇을 얻게 된 사연을 물었다. 이어 부모는 여인의 사연을 이렇게 들려주었다.

　"슬하에 오직 딸자식 하나 있었는데, 왜구의 난리를 만나 싸움판에서 죽었다네. 미처 장례도 치르지 못하고 개령사 곁에 임시로 묻어 두고는 이래저래 미루어 오다가 오늘까지 이르게 되었다네. 오늘이 벌써 대상 날이라 재나 올려 명복을 빌어 줄까 한다네. 자네가 정말 그 약속대로 하려거든 내 딸자식을 기다리고 있다가 같이 오게나. 놀라지는 말게나."

귀족은 말을 마치고 먼저 개령사로 가고 양생은 우두커니 서서 여인을 기다렸다. 약속 시간이 되자 과연 한 여인이 계집종을 데리고 허리를 간들거리며 오는데, 바로 그 여인이었다. 둘은 기뻐하면서 서로 손을 잡고 절로 향하였다니 양생은 그녀가 인간이든 아니든 상관이 없을 정도로 좋았나 보다. 한국문학사에서 김시습의 작품에서부터 사랑의 '기쁨'이 표현되었다고 해도 과언이 아니다.

개령사에 도착해 여인은 부모가 준비해 둔 밥을 먹었다. 믿기 어려워하던 부모도 그녀가 수저를 놀리는 소리에 딸의 영혼이 왔음을 간파하였다. 이어 여인은 양생에게 다시 헤어져야 한다고 말한다. 슬픈 목소리로 이제 진실을 토로한다. 영영 헤어져야 한다고.

> 소박한 아내가 되어 백 년의 높은 절개를 바치려고 하였습니다. 술을 빚고 옷을 기우며 평생 지어미의 길을 닦으려 했습니다만, 애달프게도 업보(業報)를 피할 수가 없어서 저승길을 떠나야 하게 되었습니다.

사람들이 여인의 영혼을 전송하자 울음소리가 그치지 않았다. 혼이 문 밖에까지 나가자 소리만 은은하게 들려왔다.

> 저승길도 기한 있으니 슬프지만 이별이라오.
> 우리 임께 비오니 저버리진 마옵소서.
> 애달파라 우리 부모 나의 배필을 못 지었네.
> 아득한 구원(九原, 저승)에서 마음에 한이 맺히겠네.

남은 소리가 차츰 가늘어지더니 목메어 우는 소리와 분별할 수 없게 되었다.

소박한 꿈을 가졌던 여인은 저승길로 향할 수밖에 없어 슬퍼하다가 마침내 이승을 떠난다. 목소리로 자기 존재를 알리고 여인은 사라졌

다. 결국 가야 할 곳으로 갔다. 그러나 이들의 이야기는 이대로 끝나
지 않는다.

여인의 부모는 그제야 그동안 있었던 일이 사실인 것을 알고는 더 이
상 의심하지 않았다. 양생 또한 여인이 귀신이라는 사실에 더욱 슬
픔을 느껴 여인의 부모와 머리를 맞대고 함께 울었다.
여인의 부모가 양생에게 말하였다.
"은그릇은 자네에게 맡기겠네. 또 내 딸자식 몫으로 밭 몇 마지기와
노비 몇 사람이 있으니, 자네는 이를 신표로 하여 우리 아이를 잊지
말게나."

여인의 부모는 양생의 말을 믿게 되었고, 딸의 영혼이 데리고 온 양
생을 사위로 대접했다. 양생은 그녀가 귀신으로 밝혀졌음에도 그녀
를 향한 사랑을 멈추지 못한다. 그 사랑이 양생의 마음에 많은 흔적
을 남겼던 게다. 양생은 지난날, 그녀와 웃으며 같이 갔던 개령동을
찾아간다.

이튿날 양생이 고기와 술을 마련하여 개령동 옛 자취를 찾아갔더니,
과연 시체를 임시로 묻어 둔 곳이 있었다. 양생은 제물을 차려 놓고
슬피 울면서 그 앞에서 지전(紙錢)을 불사르고 정식으로 장례를 치러
준 뒤에, 제문을 지어 위로하였다.

거기서 슬피 울면서 장례를 치르고 제문을 지어 위로했다. 장례는
죽은 이를 보내는 예의이자 의례이다. 사랑했던 사람을 위해 장례를
치르는 것은 상대에 대한 애정에서 비롯한다.

아아, 영이시여. 당신은 어릴 때부터 천품이 온순하였고, 자라면서 얼굴이 말끔하였소. 자태는 서시(西施) 같았고, 문장은 숙진(淑眞)보다도 나았소. 규문(閨門) 밖에는 나가지 않고 가정교육을 받아 왔소. 난리를 겪으면서 정조를 지켰지만, 왜구를 만나 목숨을 잃었구려. 다북쑥 속에 몸을 내맡기고 홀로 지내면서, 꽃 피고 달 밝은 밤에는 마음이 아팠겠구려. 봄바람에 애가 끊어지면 두견새의 피울음 소리가 슬프고, 가을 서리에 쓸개가 찢어지면 버림받는 비단부채를 보며 탄식했겠구려.

지난번에 하룻밤 당신을 만나 기쁨을 얻었으니, 비록 저승과 이승이 서로 다르다는 것은 알면서도 물 만난 고기처럼 즐거움을 다하였소. 장차 백 년을 함께 지내려 하였으니, 하룻저녁에 슬피 헤어질 줄이야 어찌 알았겠소?

임이여. 그대는 달나라에서 난새를 타는 선녀가 되고, 무산에 비 내리는 아가씨가 되다. 땅이 어두워서 돌아오기도 어렵고, 하늘이 막막해서 바라보기도 어렵구려. 나는 집에 들어가도 어이없어 말도 못하고, 밖에 나간대도 아득해서 갈 곳이 없다오. 영혼을 모신 휘장을 볼 때마다 흐느껴 울고, 술을 따를 때에는 마음이 더욱 슬퍼진다오. 아리따운 그 모습이 눈에 보이는 듯, 낭랑한 그 목소리가 귀에 들리는 듯하오.

아아, 슬프구려. 그대의 성품은 총명하였고, 그대의 기상은 말쑥하였소. 몸은 비록 흩어졌다지만 혼령이야 어찌 없어지겠소? 응당 강림하여 뜰에 오르시고, 옆에 와서 슬픔을 돌보소서. 비록 사생(死生)이 다르다지만 당신이 이 글에 느낌이 있으리라 믿소.

이 제문에는 양생의 마음이 잘 표현되어 있다. 여성의 처지에 대한

이해와 동감, 만남에 대한 환희, 여성에 대한 그리움, 강림 호소의
구조로 이루어져 있다. 이승과 저승이 다른 줄 알면서도 사랑을 멈
출 수 없었고, 그래서 물 만난 고기처럼 즐거웠다는 행복의 토로.
여성을 이해하는 포용력이 사랑의 기본 바탕이 되고 있다. 여성이
귀신임을 알면서도 두려움 없이 있는 그대로의 그녀를 받아들이고
있다. 상실감에 지친 사람에게는 놀라운 사실도 놀랍지 않기도 하
지 않은가.

> 장례를 치른 뒤에도 양생은 슬픔을 이기지 못하였다. 밭과 집을 모
> 두 팔아 사흘 저녁이나 잇따라 재(齋)를 올렸더니, 여인이 공중에서
> 양생에게 말하였다.

양생은 장례 후에도 슬픔을 견디지 못하고 더 잘해 줄 것이 없을까
하여 명복을 비는 재를 올린다. 그녀를 잃은 상실감이 깊은 만큼 자
신이 가진 좋은 것으로 채워 주고 싶었던 것이다. 비록 죽은 후에라
도 사랑하는 사람에게 잘해 주고 싶은 것은 인지상정이다. 죽은 이
의 영혼을 극락으로 보내기 위한 천도재(薦度齋)를 치르고 감응해 달
라고 절실히 말한 응답인지 그녀로부터 답신이 왔다.

> "저는 당신의 은혜를 입어 이미 다른 나라에서 남자의 몸으로 태어
> 나게 되었습니다. 비록 저승과 이승이 멀리 떨어져 있지만, 당신의 은
> 혜에 깊이 감사드립니다. 당신도 이제 다시 정업을 닦아 저와 함께 윤
> 회를 벗어나시지요."
> 양생은 그 뒤에 다시 장가들지 않았다. 지리산에 들어가 약초를 캤
> 는데, 언제 죽었는지는 알지 못한다.

저승으로 가면서 슬퍼하던 그녀는 양생의 도움으로 다른 나라에서 남자로 환생했다는 소식을 전했다. 그러면서 양생에게도 불교에 정진하여 고통 즉 윤회에서 벗어날 것을 권하였다.

그녀의 감응을 희구하다가 그녀가 새로운 삶을 살게 된 것을 알게 된 양생은 사랑에 대해서는 이제 마음을 접은 듯하다. 사랑으로 마음을 채웠기에 다른 사랑은 필요하지 않았는지 더 이상 여인을 구하지 않는다. 작품 첫머리에서 양생은 배필을 절절히 구했으며 서사의 종결부에서도 여전히 그는 외로운 처지다. 그럼에도 더 이상 이성을 구하지 않는 것은 사랑을 경험하면서 내면의 변화가 있었음을 뜻한다. 이성, 성적 갈구, 사랑에 대한 의구나 회한이 승화된 것이다.

「만복사저포기」에서 양생과 처녀는 사랑을 기준점으로 그 전과 후가 긍정적으로 달라졌다. 양생의 지극한 고독의 스트레스는 사랑을 통해 해소됐고, 여인도 무고한 죽음 후의 고독을 사랑으로 치유할 수 있었다. 두 사람의 심적 고통은 사랑을 통해 심리적으로 그리고 육체적으로 풀렸다. 이 사랑은 억압되고 지루하고 고달픈 것을 해소하였다. 속박적인 남녀 윤리, 삶과 죽음의 경계를 넘어 두 사람은 마음을 이어 갔다. 몸은 헤어져도 마음은 생사를 넘어 이어질 수 있다는 믿음이 드러나는 사랑 이야기이다. 몸이 떠나도 마음이 연결되어 있다니 놀라울 뿐이다. 왠지 해모수와 유화의 정신적 유대감이 떠오른다.

이야기가 전하는 문헌과 관련 서사

「만복사저포기」는 김시습의 저작 『금오신화(金鰲新話)』에 다른 네 편의 고소설과 함께 수록되어 있다. 원문은 일본 도쿄(東京)에서 목판

김시습

본으로 간행된 『금오신화』를 온라인 국회도서관에 접속해 확인했고, 번역문은 심경호 선생의 것과 북한의 번역을 참고했다. 1653년(효종 4년) 일본에서 목판본이 처음 간행되었고, 그 대본은 오쓰카(大塚彦太郎) 가문에 오랫동안 전해 왔다고 한다. 중국 다롄(大連) 도서관에서도 조선의 목판본이 발견되었다.

『금오신화』와 같은 초기 고소설 작품으로 「최치원전」이 있다. 이는 설화와는 다르다. 창작된 시기에 관해 1389년 이전 설과 1579년 이전 설이 있다. 대체로 1579년 이전 설에 무게를 둔다. 이 작품은 사랑이 기본 주제가 아니라 이 책에서 중점적으로 살피지 않았으나, 사랑하는 사람에게 접근하는 에피소드가 눈길을 끈다. 그 접근 방법이 독특하다.

「최치원전」

승상 나업에게는 딸 하나가 있었는데 미색과 재주가 당대에 독보적이었으며 행실에도 절조가 있었다. 아이가 이를 듣고 헌 옷으로 갈아입고 거울을 잘 고치는 장사치라 사칭하고서 승상의 집 앞에 이르러 "거울 손질 하시오!"라고 외쳤다.

이때 나씨 딸이 듣고서 거울을 꺼내어 유모에게 주어 내보냈다. 딸이 유모 뒤를 따라 바깥 문 안쪽까지 나가 문에 기대어 틈으로 엿보았다. 장사치가 딸의 얼굴을 슬쩍 보고는 아름답게 여겼다. 다시 보고 싶어서 손에 쥐고 있던 거울을 떨어뜨려 깨뜨렸다.

유모가 크게 놀라 화를 내며 때렸다. 장사치가 울며 애걸하였다.

"거울은 이미 깨졌는데 때려서 무엇하겠습니까? 이 몸을 노비로 삼아 거울 값을 갚게 해주십시오."

유모가 들어가 승상에게 아뢰자 승상이 허락하였다. 이름을 파경노
(破鏡奴, 거울을 깨뜨린 노비)라 짓고 말을 기르게 했다.

이 사랑과 관련된 유적·유물

전북 남원시 왕정동에 양생과 여성이 만난 만복사(萬福寺) 터와 유물
몇 점이 남아 있다.

만복사 터

만복사 터에 남아 있는 부처상

16세기의 여인과 하생

생사의 경계를 넘었더니
부모의 편견이 기다리더라

부모는 자식을 사랑한 나머지 다른 사람을 부당하게 폄하하기가 쉽다. 특히 배우자를 구하는 데 어떤 부모는 가족 중심의 이기주의가 지나치게 발동된다. 좋은 사람과 자식을 결혼시키려고 마음을 쓰다 보니 수단과 목적이 전도되어 무리를 하게 되고 문제를 일으키게 된다. 이런 부모는 자식을 도우려 했음에도 방해가 된다. 바로 「하생기우전(何生奇遇傳)」에 이러한 부모가 등장하고, 이들은 사랑을 방해한다.

자녀 입장에서는 부모를 비판하기란 매우 어렵다. 특히 유교 사회에서 나를 낳아 준 존재에게 자녀는 마음을 다하여 봉양해야 했다. 이런 윤리적 관계에서 부모가 자신의 행동을 자녀를 위한 것이라고 합리화하면 자녀는 얼마나 답답할까? 이는 과거의 이야기만은 아니다.

요즘도 부모의 허락을 얻지 못해 결혼을 하지 못하는 커플이 있다. 부모 관점에서 '만' 바라보면 정녕 자식에게 좋은 것이 무엇인지 알기 어렵다. 자녀를 위해서라면 자녀에게 좋은 것이어야 함에도 부모는 자기 욕심과 욕망대로 하면서 자식을 위한 것이라고 착각한다.

「하생기우전」에는 사랑을 방해하는 부모를 '반성하게 하는' 여주인 공이 등장한다. 그녀는 사랑의 열쇠 역할을 한다. 부모에게 진심과 성의를 다해 털어놓는 그녀의 말은 유교 사회의 부모와 자녀 관계를 잘 반영하고 있다. 대놓고 비판할 수도, 따를 수도 없는 딜레마 앞에서 곡진한 사연을 풀어 놓고 호소하여 부모로 하여금 자신들을 돌아보게 하였다.

또 「만복사저포기」에서와 같이, 생사의 경계를 극복해야 했다. 귀녀와의 사랑 이야기를 담은 설화와 고소설이 15세기 이후 다수 창작된다. 16세기의 이 작품에도 아름다운 귀녀가 등장한다. 귀신과 인간은 존재하는 계(界)가 서로 달라 사랑할 수 없음에도 두 주인공은 경계를 넘어 사랑을 나눈다. 「만복사저포기」의 양생이 불교적 세계관을 토대로 귀녀를 다른 세상에서 새롭게 태어나도록 도운 것과 달리, 이 작품의 하생은 귀녀의 바람대로 그녀가 인간이 되도록 돕는다.

이 작품은 지식인 소설의 특징을 보인다. 시와 중국 고사가 많이 인용되어 정취를 돋운다. 작가는 신광한(申光漢, 1484~1555)이라 알려져 있다. 이제 작품을 보자.

하생은 고려시대 사람으로 평소 자기 재능에 대한 자부심이 강했다. 언제나 다른 사람보다 재능으로 앞섰기에 언제든지 높은 벼슬을 할 수 있다고 자부하였으나 이루기 어렵자 부귀와 길흉이 자신에게 달린 것이 아니라고 생각하게 되었다. 그래서 점쟁이를 찾아가 배필을 만날 것이라는 점괘를 듣고는 길을 떠나 한 여인을 만나게 된다. 여인이 마음에 든 그는 이렇게 말했다.

> 저는 어릴 적부터 재명(才名)을 자부하여 국학에 뽑혀 들어갔습니다. 늘 곡앵(谷鶯)의 시*를 노래하고 진량(陳良)**의 학문을 하찮게 여기며 높은 벼슬자리도 내가 원하면 오를 수 있고 공업도 하나하나 다 이룰 수 있다는 망령된 생각을 하면서 부귀는 하늘에 매인 것이고 길흉은 사람에게 달렸다는 것을 몰랐는데 오늘은 점쟁이의 말을 가서 듣고 이곳에까지 오게 되었습니다.

두 사람은 시를 주고받으며 서로의 마음을 확인하고는 잠자리에 든다. 여인은 여유롭게도 그 화목한 정황을 다음과 같이 시를 인용하여 표현한다.

> 여인이 잠자리에 들면서 하생에게 말하기를
> "제가 일찍이 위소주의 시를 좋아했는데 그의 시에 '임이 졸음 겨워 잠들려 하는데 띠 풀고 덥석 안아 사랑을 맺었네'라는 글귀가 있습니다. 오늘 밤 더욱 그 참뜻을 알겠습니다."
> 하였다. 서로 더불어 매우 극진히 잠자리를 즐겼다.

잠자리의 쾌락을 즐기고 난 새벽, 여인은 울면서 말하였다. 이곳은

---

* 『시경(詩經)』의 「벌목(伐木)」에 있는 시다. '나무 찍는 소리 쩡쩡 울리니 새들의 울음소리 앵앵거리며 깊은 골짜기에서 날아 나와 높은 나무로 올라가는구나(伐木丁丁 鳥鳴嚶嚶 出自幽谷 遷于喬木)' 시 뒤에는 다음과 같은 해설이 따른다. '새들이 앵앵거리며 우는 것은 그 벗을 찾는 소리로다. 저 새를 보아도 오히려 벗을 찾는 소리를 하는데 하물며 사람으로서 벗을 찾지 않는단 말인가. 벗과 돈독하면 신이 소원을 들어주어 마침내 신이 소원을 화평하리라.'
** 『맹자(孟子)』, 「등문공 상(滕文公 上)」에 따르면 진량은 초나라 사람으로 주공과 공자의 도를 좋아하여 북쪽으로 수도(首都)에 와서 공부하였고 그 결과 북방의 학자들조차도 그보다 앞선 자가 없어 호걸의 선비라고 불리었다.

사실 인간 세상이 아니며 죽어 묻힌 지 사흘이 지났다는 것이다. 사연인즉, 아버지가 시중(侍中)으로 요직에 오래 있으면서 사람을 많이 해쳤기에 옥황상제가 자식들을 요절하게 했는데 아버지가 죄 없는 수십 명을 살려 주었기에 옥황상제가 딸을 다시 살려 보내기로 했다고 한다. 그녀가 지상으로 돌아갈 수 있는 기한은 오늘까지로 이 기한을 넘기면 살아날 가망이 없다면서 이러한 제안을 하였다.

"오늘 낭군을 만나게 된 것도 역시 운명인가 봅니다. 영원히 좋은 사이가 되어 평생 낭군을 모시며 뒷바라지하고자 하는데 낭군께서는 허락해 주시겠습니까?"

하생도 울먹이며 말하기를

"그 말이 사실이라면 응당 목숨을 걸고 그렇게 하겠습니다."

하였다.

인간 세상이 아니라는 고백에도 하생은 두려워하지 않았다. 오히려 금세 여인의 처지에서 흐느끼며 연민의 감정을 느꼈다. 여인이 좋기는 꽤나 좋았나 보다. 그는 뒤돌아보지 않고 여인의 말을 따르겠다고 한다. 이에 여인은 하생에게 금으로 된 자 하나를 주면서 이렇게 말한다.

"낭군께서는 이것을 가지고 가서 나라 수도의 저잣거리 큰 절 앞에 있는 하마석 위에 올려놓으십시오. 알아보는 자가 반드시 있을 것입니다. 비록 곤욕을 당하는 일이 있더라도 제 말씀을 잊지 마시기 바랍니다."

하생은 '그러마' 대답하고 출발했다. 이때 흥미로운 시선이 발동한다. 그녀가 인간이 아닌 것은 상관도 하지 않았고 두려워하지도 않았는 데, 이 사랑이 진심인지 의심하는 것이다. '진짜 저 여인이 날 좋아하 는가' 의아해하면서 그녀가 절개를 지킬지 의심한다. 떠나기 전, 혹시 나 사랑을 잃을까 하는 불안한 시선이 담긴 시를 읊는다.

> 꽃 감춘 비단 장막에 푸른 구름이 잠겼는데 노니는 벌 찾아들면 꽃
> 이 또 허락할까.
> 분명히 소매 속에 황금 자가 있으니 그 마음의 깊이를 한번 재어 보
> 리라.

꽃이 벌을 맞아들여도 푸른 구름 때문에 잘 뵈지 않을까 하는 시구 는 하생이 자신의 불안으로 여성을 농조로 자극하는 표현이다. 다른 남자가 찾아와 그녀와 관계를 맺을지도 모른다는 하생의 의심을 간 파하고 여인은 바로 반박한다.

> "첩이 창류(倡類)가 아닌데 어찌 이토록 박하게 대하십니까? 나가시
> 는 길이나 잘 살펴 가시고 제 마음이 변할까 하는 걱정은 하지 마십
> 시오."
> 하생이 문을 나와 몇 걸음 가다가 뒤를 돌아보니 새로 쓴 무덤만 하
> 나 있었다.

여인은 자기 마음은 변함이 없다며 하생의 의심을 쓸어버릴 듯 답한 다. 하생은 더 이상 묻지 않고 길을 떠난다. 여인의 단호한 태도에 더 이상 의심하지 않기로 한 모양이다. 무덤을 본 이상 그냥 없었던 일

로 치고 자기 길을 갈 수도 있었다. 그러나 그는 여인의 말을 신뢰했고 그녀의 원대로 했다. 큰 절 앞의 반석 위에 황금 자를 올려놓았고 이를 알아본 시중 집안의 노복들에게 끌려갔다.

그의 처신은 사랑하는 마음으로만 할 수 있는 행동이다. 그는 잠깐의 의심을 접고 그녀를 신뢰하고 사랑하는 마음으로 일을 진척시켰다. 자신이 어려운 처지에 처할 가능성이 있는데도 말이다.

과연 여인의 아버지 시중은 하생에게 너는 뭐하는 사람이며 이 물건은 어디서 났느냐고 물었고, 하생은 그간의 일을 말했다. 워낙 판타지 같은 증언인지라 믿기 어려웠지만, 일단 하생을 집에 가둬 두고 딸의 무덤으로 가 파보았다.

딸은 얼굴빛이 살아 있는 것과 같았고 가슴에 따스한 기운이 조금 있어 유모 할미를 시켜 그녀를 싸안고 수레에 태워 돌아왔다. 여인은 해질 무렵 깨어나 있었던 일을 말하였는데, 하생이 말한 것과 부합하여 하생에 대한 시중의 대우가 좋아졌다. 잔치를 열어 하생을 위로하고 집안은 어떠한지, 결혼은 했는지 물었다. 그리고 부인에게 다음과 같이 말하였다.

> "하생은 용모와 재기가 실로 보통 사람이 아니니 사위로 삼는 데 무슨 망설임이 있을까마는 다만 집안이 우리와 맞지 않고 일도 또한 꿈같이 허탄하니 이번 일로 그와 혼사를 이룬다면 세상 사람들이 괴이하게 여길까 염려되오. 내 생각으로는 많은 답례품을 주어서 보답하는 것이 좋겠소."

이후 다시는 혼인 문제를 언급하지 않았다. 혼인 상대로 부적합하다는 부모의 판단을 읽은 하생은 화가 났고, 이 사정을 시로 지어 여인에게 전한다.

여인이 시를 보고 놀라 그동안의 사정을 물어보고 비로소 부모가 하생을 배반할 생각을 하고 있다는 것을 알았다. 갑자기 몸이 아프다고 하면서 음식을 먹지 않았다.

이에 부모가 까닭을 묻자, 여인은 절을 하고 다음과 같이 말하였다.

"아버지 저를 낳아 주시고 어머니 저를 길러 주시니 깊은 사랑 받은 막내 예쁘게도 잘 자랐습니다. 정숙하게 집 안에서 술과 밥을 잘 차리고 문안이며 음식이며 걱정 끼침 없으련만 옥황상제 노여움이 악한 집에 재앙을 내리시니 끝없는 부모님 은혜에 도리어 슬픔을 드렸습니다. 다섯 아들 두셨는데 모두 먼저 죽었습니다. 죄 없는 우리 형제들 무덤엔 가시 무성했습니다. 하늘은 매우 밝으시어 덕 닦음을 다 아시고, 한 가지 착한 일에도 보답하여 이 몸에 은혜를 내리셨습니다. 넋을 돌릴 길이 있어 저승에서 나가게 되었습니다. 한밤중에 가슴 치며 긴 밤을 원망하였는데 하얀 달이 밝게 뜨고 이 아름다운 분을 만났습니다. 굳은 맹세 다짐했고 이미 무덤을 함께했습니다. 담을 뚫고 지붕 뚫어 죽은 목숨을 살렸습니다. 황천에는 길 없으나 무덤 굴에 길이 있어 화락하고 화락하여 그 즐거움이 컸습니다. 나무 꺾지 않으셨고 이슬길 간 것도 아닙니다. 어찌 이 은혜를 다 갚을까 하여 이에 사랑을 주었습니다. 아버지시여, 어머니시여, 이제부터 앞으로는 복 받을 일 많이 하여 후손 편안케 하십시오. 어찌 목숨을 앗으려 하십니까? 제 마음 이리도 몰라주십니까? 끼룩끼룩 기러기는 아침 해에 울고 활짝 핀 복사꽃은 때를 놓치면 안 됩니다. 다시 임을 만나는 게 저의 소원 저의 결심, 『시경』의 「용풍(鄘風)」, 「백주(柏舟)」는 굳은 마음 맹세한 시입니다. 이럴 줄 진작 알았다면 깨어나지 않았을 것입니다. 공강(共姜)* 귀신이 있다면 그와 함께 가겠습니다."

부모에게 먼저 감사를 드리고, 자신이 죽어야 했던 사연과 다시 살 수 있도록 도와준 하생과 그와의 약속, 그리고 후손이 힘들지 않도록 부디 복 받을 일을 하라는 부탁, 상황의 심각성을 깨닫고 자신의 진심을 외면 말라는 당부, 자신의 소원과 결심이 하생과의 혼인에 있음까지 조목조목 말하였다. 아울러 부모의 악행과 급박했던 상황, 은혜를 갚아야 함을 언급하였다. 이 말을 듣고 마침내 부모는 마음을 돌이켰다. 여인이 털어놓는 말과 부모가 반성하는 대목은 작품에서 서사적 클라이맥스에 해당한다.

> 시중이 눈물을 흘리고 슬퍼하며 말하기를
> "내가 진실되지 못하고 사랑이 모자라서 너를 이 지경으로 만들었구나. 후회한들 무슨 소용이 있겠느냐? 남녀의 만남은 하늘이 정해 둔 것이니 너를 위해 성사시켜 보도록 하마."
> 하였다.

시중은 결국 딸에게 설득되어 진실되지 못했던 자신의 처사를 반성하고 하늘의 뜻대로 혼인을 성사시키겠다고 약속하였다. 마침내 둘은 결혼하였고 하생은 문과에 장원 급제하여 고위직 벼슬에 이르

---

* 『시경』의 「국풍용(國風鄘)」, 「백주」는 과부 공강이 수절하여 남편 사후 재가하지 않고 절의를 지킨 내용을 읊은 것이다.

렀다. 가화만사성(家和萬事成)에 다름 아니다. 두 사람은 혼인하여 행복하게 살아갔다. 당시 사람들은 이를 사랑의 결과로 인식하였던 것이다.

하늘이 두 사람의 만남을 이끌어 주었다는 믿음 아래, 두 주인공은 서로 신뢰하면서 방해물을 소거해 갔다. 생사의 경계에서 방황하던 여인은 하생의 도움으로 죽음에서 깨어날 수 있었다. 그런데 부모가 다른 방해물이 되어 기다리고 있었다. 부모는 가문 중심적 이기주의에 사로잡혀 올바른 판단을 하지 못하고, 하생을 존재 자체로 보기보다는 소유물의 시선으로 탐독하였다. 자식들이 연이어 죽었음에도 자신의 잘못을 눈치채지도 못하고 반성도 하지 않았으며, 더구나 딸을 살아나게 한 하생의 은혜를 대충 얼버무리려 했다. 집안의 수준이 맞지 않는다는 이유로 하생의 가치를 격하시켰다. 이를 알게 된 여인과 하생은 연합하여 부모를 설득함으로써 그들의 세속적이고 과도하게 이기적인 시선을 돌이키고 마침내 사랑의 진로를 열었다.

서사적 맥락에서 점쟁이는 하늘의 뜻을 알려 주는 매개자 역할을 했다. 당시 풍속으로 삶이 맘대로 되지 않고 감당하기 어려울 때 점쟁이를 찾아갔음을 알 수 있다. 그가 신의를 전달하는 매개자로 설정된 것은 샤머니즘의 세계관이지만, 종교적 배경이나 세계관은 구체적으로 드러나지 않는다. 작품에 유교와 도교적 요소가 있으나 소재로 기능할 뿐, 그 원리에 이르지는 않는다. 옥황상제도 도교의 영향이라기보다는 인간 세상 너머의 지고한 존재를 막연히 가리키며, 그가 전하는 권선(勸善)과 적덕(積德)의 윤리는 어느 한 종교의 것은 아니다. 인간이라면 보편적으로 품게 되는 윤리이지 특정 종교의 성격을 찾아내기는 어렵다.

이야기가 전하는 문헌과 관련 서사

「하생기우전」은 조선의 신광한이 지은 『기재기이(企齋記異)』에 다른 고소설과 함께 들어 있다. 원문은 만송문고본을 보았고, 박헌순의 번역을 따랐다.

조선 후기에 이를수록 작품 속에서 부모가 자식의 사랑을 방해하는 정도가 심하다. 고전문학 시대의 끝자락인 1913년에 창작되어 인기를 얻고였던 고소설 「채봉감별곡(彩鳳感別曲)」에 나오는 부모는 벼슬과 명망을 얻고자 딸을 고위관직자의 첩으로 들이겠다는 약속을 한다. 그러나 그녀는 이미 장필성과 결혼을 약속한 처지였다.

채봉의 부모는 채봉의 혼인을 자신들의 이익에 맞추어 이러저러하게 이야기한다. 처음에는 남편의 의견에 반대하던 부인이 마음을 바꾸는 대목이 흥미롭다. 『활자본 고전소설전집』(아세아문화사, 1976)에 영인된 작품을 인용했으며 지나친 고어투는 현대어로 수정하였다.

「채봉감별곡」—제6회 김 진사 내외 채봉을 데리고 상경하다

이때 이 부인은 채봉의 혼인을 정하고 김 진사 내려올 동안에 혼수 범절을 준비하여 방에서 의복을 마련하고 앉았더니, 김 진사가 내려와 밖으로 들어오며,

"마누라, 어디 갔소?"

하고 마루에 덜컥 앉으니, 이 부인이 그 목소리를 듣고, 손에 잡았던 가위를 집어던지고 급히 뛰어나오며 기다렸던 차에 첫인사로,

"진사님이오! 왜 이렇게 더디 내려오셔요. 나는 그간 애기 혼인을 정하고 내려오시기를 고대하였지요."

김 참봉이 혼인 정하였다는 소리를 듣고는 깜짝 놀라며,

"응? 혼인을 정하였다니, 누구와 정하였단 말이오?"

"여행길에 피곤하실 터이니 방으로 들어와 앉으시오. 차차 이야기를 할 것이니 방으로 들어오시오."

"관계치 않소. 우선 급하니 말을 하오. 그러나 이제도 진사님이야. 내가 그래 참봉 초사(參奉初仕)를 하였는데."

하며 방으로 들어와 갓과 탕을 벗어 부인을 주니, 부인이 받아 벽에 걸고 반겨 옆에 들어앉으며,

"아이고 반가워라. 올해 운수가 겹겹이 좋구려. 영감 초사를 하시고, 애기 혼인 정하고, 그러나 왜 혼인 정하였다는 말을 듣고 깜짝 놀라시오."

"우선 듣기가 급하니 말부터 하오."

"그런 것이 아니라 대동문 밖에 사는 장 선천 부사의 아들과 정혼하였다오."

"장 선천 부사의 아들과 정혼하였어? 그 거지 다 된 거 하고. 흥, 기막힌 사위를 정하고 내려왔으니 애기를 데리고 우리 서울로 올라가서 삽시다."

이 부인이 이 소리를 듣고 눈이 휘둥그레져서

"기막힌 사위가 어떠한 것이란 말이오?"

하고 묻는다. 김 진사는 연해 허풍을 친다.

"흥, 알면 곧 기가 막히지. 누구인고 하니 당장 이 천지에 세도하는 사직골 허 판서야."

부인은 일변 끔찍하고, 일변은 기막혀 다시 묻는다.

"허 판서면 정실이란 말이오? 부실이란 말이오?"

"정실도 아니오, 부실도 아니오, 별실이라오."

"나는 그러지 못하겠소."

"허 판서 아니라 허 의정이라도."

"왜 못해."

"영감도 서울 가시더니 환심되셨구려. 전일에는 평생 말씀이 저같이 얌전한 신랑을 택해서 슬하에 두고 걱정 근심이나 아니 시키자고 하시더니 오늘 이게 무슨 말이오. 그래, 그것을 금지옥엽같이 길러서 남의 첩으로 준단 말이오."

"허허허, 아무리 남의 첩이 되더라도 호강만 하고 몸 편하면 좋지."

"남의 눈엣가시에 되어 무슨 독을 당할지를 몰라 바늘방석에 앉은 것 같아도 호강만 하면 제일강산(第一江山)이란 말이오? 나는 죽어도 그런 호강을 아니 시키겠소."

김 참봉이 이 말을 듣고 열이 번쩍 나서 무릎을 탁 치며 큰 소리를 한다.

"그래, 그런 자리가 싫어? 저런 복 찰 것 보았나. 딴소리 말고 내 말을 좀 들어 보아. 우선 춤출 일이 있으니."

"무엇이 그렇게 좋은 일이 있어 춤을 춘단 말이오."

"내가 벼슬도 못하고 늙을 것을 우선 허 판서의 주선으로 출력을 하였지. 또 내일모레 과천 현감을 할 터이니 채봉이가 그리 들어가 살면 제 평생도 좋거니와, 감사도 있고 참판도 있고 판서도 있은즉, 그때는 마누라가 정경부인(貞敬夫人)은 떼어 놓은 당상(堂上)이니 이런 경사 어디 있소. 두말 말고 데리고 올라갑시다."

이 부인도 역시 그 말에 솔깃하여 하는 말이,

"영감이 기어코 하려 드시면 낸들 어떻게 하겠소마는, 애기가 즐겨서 말을 들을는지 모르겠소."

채봉은 이때 초당에 앉아 글을 읽더니, 부친의 음성을 듣고 취향을 데리고 내당에 들어오다가 자기 혼삿말 하는 소리를 듣고, 걸음을 멈추고 서서 듣고 말이 그치기를 기다려서 부친 앞에 나와서 날아가 듯 절을 하고,

"아버님, 먼 길에 안녕히 다녀오셨습니까?"

김 참봉이 보고 귀한 생각이 나서 한층 더 나서 등을 어루만지며,

"오! 잘 있었더냐? 그래 그간 글공부도 더 하고, 바느질도 많이 익혔느냐?"

하고 부인을 쳐다보고 벙글벙글 웃으며,

"여보 마누라! 참 애기가 이제는 여공을 배워도 쓸데가 없구려. 침모(針母)가 있어서 다 해서 바칠 터이니."

하는데 채봉이 얼굴을 숙이니 양 볼에 도화 기운이 띠었더라. 김 진사가 다시 채봉을 보며,

"아가, 너 재상의 별실이 좋으냐, 여염집 부인이 좋으냐? 아비 어미 있는데 부끄러울 것 무엇 있니. 네 소원대로 말해라."

채봉이가 예사 여염집 처녀 같으면, 이런 말에 대하여 아무리 부모의 말일지라도 무엇이라고 대꾸를 하여 대답하리오마는 채봉은 원래 학식도 있을 뿐 아니라, 장생의 일이 잠시도 잊히지 아니하고 부모의 하는 말을 들은 터이라 조금도 서슴지 않고 안색을 바로 하고 대답하되,

"차라리 닭의 입이 될지언정 소의 뒤가 되기는 원이 아니올시다."

"허허허! 그 자식 네가 남의 별실 구경을 못해서 이런 소리를 하나 보다마는, 별실도 시골말이지 서울 재상의 별실이야 참 세상에 그 같은 호강은 또 없느니라."

이 부인이 말을 가로막아 김 진사를 쳐다보며,

"영감은 어린 자식에게 별말씀을 다하시는구려. 계집애 자식이란 것

은 바깥부모 하시는 대로 좇아가는 법이지. 아가, 너는 네 방으로 가 거라."

채봉을 보내고 두 내외가 서울로 올라갈 의논을 하고, 그날로 온갖 세간을 방매하여 상경할 행장을 차리니라.

이때 채봉이 초당으로 나와 장씨의 일을 생각하고 홀로 탄식하되,

"부운 같은 이 세상에 부귀공명이 무엇인고. 그와 같이 나를 사랑하던 우리 부모가 일조에 나로 하여금 신의를 배반하고 천첩의 몸이 되게 하려 하니 가엾고 한심한 일이로구나. 부모는 부귀에 눈이 어두워 그러하거니와, 나는 여자의 몸이 되어 한번 허락한 마음을 변하지 아니하여 잠깐 동안 부모의 근심을 끼칠지라도 내 몸이나 불의(不義)한 죄를 면하리라."

하는데, 눈물이 옷깃을 적신다. 이윽고 한 꾀를 생각하고 취향을 대하여,

"이애, 취향아! 내가 너를 몇 해 동안 친형제같이 알고 지낸 터이어니와, 내 억울한 사정을 알 사람은 너밖에 없구나. 장씨의 일은 너도 아는 바이어니와, 아무리 부모의 분부인들 그런 중한 언약을 오늘날 배반할 수 있나. 이를 어찌하면 좋을까?"

"글쎄올시다. 당초에 서울서 정혼을 하고 오시더라도 퇴혼을 하겠다고 말씀하시던 마님까지 마음이 변하였으니, 아마 소저는 서울 마나님이 꼭 되는 길밖에 없을까뵈다. 그러나 소저는 올라가시면 그만이지마는, 나는 이 바닥에서 살며 장씨를 무슨 낯으로 봅니까."

채봉이 이 말을 듣더니,

"이애, 그러지 않는 도리가 있다."

하고 취향의 귀에 입을 대고 무슨 비밀한 말을 하고 다시 말을 이어,

"아무리 생각해도 그리할 수밖에 없으니, 나는 어떻게 하든지 가다

가 중로에서 몸을 피할 터이니, 너는 어멈하고 뒤를 밟아 오너라."
하였다.

이 사랑과 관련된 유적·유물

북한 개성의 보정문(保定門) 안에 있는 낙타교(駱駝橋)의 원래 이름은
만부교(萬夫橋)다. 고려 태조가 '거란은 구맹(舊盟)을 돌보지 않고 하
루아침에 발해를 쳐 멸한 무도한 나라이므로 결연할 수 없다'면서
거란의 사신을 유배하고 그들이 가져온 낙타를 만부교 아래에 매어
굶어죽게 한 뒤로 낙타교로 불렸다.

III.

외부의 방해물

:

방해물에 분산되는 열정

끝까지 가지 못하는 유형의 사랑도 있다. 두 사람은 일단 사랑을 시작하나 안타깝게도 끝까지 유지하지 못한다. 감미롭게 시작하지만 끝내 방해물을 극복하지 못한다. 이에 두 사람 사이에 일었던 불같은 열정은 식고 주의력은 흐트러져 두 사람은 다른 것을 바라보고 다른 것을 추구하게 된다.

방해물이 없는 사랑은 없다. 정도의 차이가 있을지언정 방해물은 사랑의 동반자처럼 늘 수반된다. 이때 방해물을 넘어서느냐 그렇지 못하느냐는 두 사람이 사랑의 시선을 통해 연합관계를 유지할 수 있느냐 없느냐에 달려 있다. 방해물은 두 사람 사이를 철저히 방해하고, 사랑은 방해물 앞에 무력해진다.

방해물을 곰곰이 들여다보면 전혀 이해할 수 없는 나쁜 것이 아닐 때도 있다. 때로는 사회의 중요한 가치가 방해물이 되기도 한다. 예를 들어 충성심, 애국심 등은 공적으로, 국가적으로 우선시되던 덕목이다. 그러나 사회적으로 고결한 덕목일지라도 연인에게 결별을 초래한다는 점에서 이는 사랑의 방해물이었다. 당연한 말이지만, 방해물을 극복하지 못하면 사랑은 손상되고 관계는 와해되었다. 열정은 분산되고 관계는 소원해지거나 끊어졌다.

이 장의 사랑 이야기에서 외부 방해물의 힘은 연인들의 열정보다 세다. 외부의 방해물이 사랑을 흔들기 시작하자 내부의 열정이 분산되고 결국 사랑은 와해된다. 안타까움에 과연 사랑이 무엇인지를 여러 관점에서 노래한 존 덴버와 플라시도 도밍고의 '퍼햅스 러브(Perhaps Love)'가 들려오는 듯했다. 사랑을 와해시킨 방해물은 무엇이고, 이들을 현실에서 맞닥뜨린다면 어떻게 극복할 수 있을까?

5세기의 박제상과 부인

과중한 공무가
일방적 의사소통을 부르다

일방적 의사소통이 언제나 나쁜 것은 아니다. 때로는 절차가 줄어 효율적이기도 하다. 문학작품 속 사랑의 관계에서 상대를 배려하고 긍정적 결과를 유도한 일방성은 긍정적이나 상대를 배려하지 않고 무책임한 의사 결정이 일방적으로 이루어졌을 때 사랑의 관계는 파국을 맞고 말았다.

426년, 정치적 인질로 타국에 간 형제들 생각에 마음 편치 않은 나날을 보내던 신라 눌지왕은 어느 날 신하 박제상에게 명령이자 부탁을 한다. 고구려와 일본으로 가서 동생들을 구해 오라는 것이다. 박제상에게 왕의 명령은 지엄한 준칙으로 그 어떤 것보다 앞선다. 개인보다 공동체를 우선으로 받아들였다. 공무를 수행해야 하는 급박한 상황 때문에 포기할 수밖에 없었던 박제상 부부의 사랑은 지금까지 대체로 애절한 사랑으로 수용되었고, 이를 안타깝게 여기는 시선이 대부분이다. 박제상은 어쩔 수 없는 선택을 해야 했고 부인은 파국적으로 생을 마쳤기 때문이다. 과연 박제상과 부인은 어쩔 수 없는 상황의 희생자인가?

사건은 박제상이 왕을 위해 정치적 볼모로 타국에 가 있는 왕의 동생을 구출하는 데서 시작하지만, 이 글은 사랑 이야기에 초점을 맞추므로 박제상이 보해 왕자를 구출하는 부분은 생략한다.

> 눌지왕은 보해를 보자 미해가 더욱더 생각나 한편으로 기쁘고, 한편으로 슬펐으므로 눈물을 흘리면서 좌우의 사람들에게 말을 하였다. "마치 몸에 한쪽 팔만 있고 얼굴에 한쪽 눈만 있는 것 같아서 비록 하나는 얻었으되 하나는 잃은 상태이니 어찌 마음이 아프지 않으랴."
>
> 이때 제상은 이 말을 듣고 두 번 절을 한 다음 왕에게 다짐하고 말에 올라타 집에 들르지도 않고 달려 바로 율포(栗浦)의 해안가에 이르렀다.

왕은 타국에 있는 동생을 그리워한다. 눌지왕의 슬픔이 사건의 발단이 되었다. 그런 왕의 슬픔을 자기 슬픔처럼 느낀 박제상은 자발적으로 충심을 갖는다. 박제상은 집에도 들르지 않고 미해 왕자를 구하기 위해 외국으로 떠나기로 한다. 집에 들르지 않은 것은 무엇보다 왕자 구출을 급선무로 삼아 일을 신속히 실행하기 위함일 게다. 박제상은 고구려에 다녀오자마자 바로 일본으로 향한다.

제상의 아내가 이 소식을 듣고 말을 달려 율포에 이르렀으나 남편은 벌써 배에 탄 뒤였다. 아내가 그를 간절히 부르자 제상은 다만 손만 흔들어 보일 뿐 멈추지 않았다.

처음 제상이 출발하여 떠날 때에 제상의 부인이 그 소식을 듣고 뒤를 쫓았으나 따라가지 못하고 망덕사(望德寺) 문 남쪽의 모래언덕 위에 이르러 주저앉아 길게 울부짖었다.

그런 까닭에 그 모래언덕을 장사(長沙)라고 한다. 친척 두 사람이 부인의 겨드랑이를 붙들고 집에 돌아오려고 하였으나 부인이 두 다리를 뻗쳐 일어서지 않으려 했다. 이에 그 땅을 벌지지(伐知旨)라 불렀다.

남편 소식을 들은 부인이 부랴부랴 떠나는 남편을 만나러 달려왔지만, 인사도 제대로 하지 못하고 헤어져야 했다. 부인은 낙담하여 모래언덕에 주저앉아 오랫동안 울부짖었다. 그 심적 고통이 얼마나 널리 알려졌는지, 부부의 이별 에피소드를 딴 명칭이 인근 지명으로 남아 있다.

오랜 뒤에도 부인은 남편을 사모하는 생각을 이기지 못하여 세 딸을 데리고 치술령(鵄述嶺)에 올라가 왜국을 바라보며 통곡하다가 죽었다. 그래서 부인을 치술신모(鵄述神母)라고 하는데 지금도 사당이 있다.

보통 세월이 지나면 잊기도 하건만, 이 부인은 그러지 못했다. 결국 슬픔에 지쳐 부인은 죽음에 이르렀다. 그 죽음을 애석히 여긴 외부의 시선은 부인을 신적 존재로 격상시켰다. 이렇게 사람들은 안타깝게 죽은 여인을 여신으로 기리기 시작했다. 후대의 죽령산 여신도 이러한 전통을 잇는다.

박제상에게 공적인 일은 개인사[私務]보다 중요했다. 공무(公務)를 최우선으로 몸 바쳐 수행하는 유형은 그저 옛날이야기에나 등장하는 것은 아니다. 한 예로 영화 「생과부 위자료 청구소송」(1998)은 남편을 지칠 만큼 바쁘게 만드는 회사를 상대로 그 아내가 소송한 사건을 다룬 코미디물이다. 회사 일이 삶을 지배해 버린, 바쁜 남편 때문에 생과부로 살고 있다며 아내는 회사를 상대로 위자료를 청구한다. 공무를 개인사보다 우선시하는 사람이 예나 지금이나 적지 않다. 일과 결혼 사이에서 난처한 입장에 처한 사람이 일을 선택하면서 이혼했다는 사례도 어렵지 않게 접할 수 있다.

박제상 부부의 사랑은 남편 박제상의 주도로 전개된다. 사건은 전적으로 남편에게 달려 있다. 진행과 종료 모두 박제상에 달렸다. 이들의 사랑에서 아쉬운 건 공적 임무 때문에 이별해야 해서가 아니다. 그의 일방적 의사 결정은 곧 관계에 대한 무대책이었다. 자신이 맡은 일이 부부에게 어떤 영향을 미칠지를 고려하지 않았다. 서사에 따르면 그는 아내의 동의를 구하지도 설득을 하지도 않았다. 그의 일방적 결정은 두 사람의 사랑에 파괴적 결과를 가져왔다.

의사 결정을 하는 데 여성의 의견을 구하는 시대가 아니었다고 볼 수도 있을 것이다. 그러나 전통적으로 김수로와 허왕후의 사랑 이야기에도 여성의 의견을 경청하는 모습이 나타나 있으며, 이외에도 여성의 의견을 존중하는 고대 서사가 적지 않다. 6세기를 배경으로 하는 설화의 도화녀(桃花女)와 진지왕(眞智王)의 만남이나 7세기 배경인 설씨녀(薛氏女)와 가실(嘉實)의 혼인 과정 또한 그러했다.

박제상이 부인에게 아무 말도 하지 않은 배경에 대해서는 상상할 수밖에 없다. 상황이 워낙 급박하고 엄중했기에 설득할 여유가 없었으리라 짐작할 뿐이다. 그러나 상상은 텍스트 사이를 메울 뿐, 남아 있

는 서사에서 박제상은 어쨌든 공무를 우선시했고 그런 그의 일방적
인 의사 결정은 상대의 인생까지 바꾸어 놓았다. 신화시대 유화와
해모수의 사랑에서도 남성은 일방적이었다. 그러나 근본적인 차이점
이 있으니, 해모수의 일방성은 '후사 잇기'라는 신화적 가치 창출을
향하고 있었기에 두 사람의 관계가 원거리에서도 유지되었다는 점
이다. 박제상은 일방적인 결정으로 나라에는 충신이 되었을지언정
가족에 대해서는 속수무대책이었다. 해모수의 일방성은 관계의 생
산을 향한 반면, 박제상의 일방성은 관계의 파괴를 향하고 있다.

박제상은 부인이 이해해 주길 기대했을지 모른다. 상대에게 이해받
고 싶은 건 인지상정(人之常情)이니 말이다. 앞에서 거론한 영화에서
도 남편은 아내에게 바쁜 삶을 좀 이해해 달라고, 소송 따위는 부끄
러우니 좀 집어치우라고 호소한다. '내가 얼마나 힘든 줄 알아? 그러
니 난 이해받아야 해. 당신이 나 좀 이해해 봐'의 논리다. 그의 요청대
로 힘든 상황을 이해할 수는 있다. 그러나 이 논리의 문제점은 자기
고통에는 민감하면서 상대의 고통에는 무감각하다는 것이다.

박제상 부부의 관계는 공무에 우선적 가치를 두는 박제상의 시선에
의해 와해되기 시작했다. 이 부부도 처음에는 사랑의 열정을 나누었
을 것이다. 그러나 그의 열정은 우선적 가치로 분산되었고 왜국을 향
하기로 한 결정은 부인을 소진케 하였다. 이 과정에서 두 사람 사이
는 불통이다. 의사소통의 첫 단계라 할 수 있는, 상황의 공유와 설득
은 시도되지 않았다. 어쩔 수 없는 상황이지만, 그가 선택한 것이기
도 했다. 그에게는 사랑보다 공무가 먼저였으니 말이다.

이야기가 전하는 문헌과 관련 서사

위 이야기는 『삼국유사』 권1, 기이(紀異) 제1 「나물왕 김제상(奈勿王 金堤上)」에 전한다. 『삼국사기』 45권, 열전(列傳) 제5 「박제상(朴堤上)」에도 전하는데, 여기에는 부인 이야기는 없다.

관련된 이야기로 공적 업무로 신라에 와서 탑을 만들어야 했던 당나라의 석수(石手)와 그의 부인 아사녀(阿斯女)의 이야기를 보고자 한다. 이처럼 문학사에는 공적 업무의 책임과 사랑에 관한 사연이 적지 않다. 「영지(影池)」라는 제목으로 최상수의 『한국민간전설집(韓國民間傳說集)』에 실린 이 이야기는, 편자에 따르면 1934년 8월 경주읍내에서 채록되었다.

「영지」

신라의 서른다섯째 임금이신 경덕왕 10년에 김대성이 불국사를 중창하였을 때, 그 절 뜰 안의 다보탑과 석가탑의 역사(役事)를 시작할 적에 멀리 당나라에서 건너온 석수 한 사람이 있었다고 한다. 그 석수는 조국의 명예를 위해서도 이 석탑을 훌륭하게 만들어 놓지 않으면 아니 되었으니 더욱 예술의 감격에 뛰는 그는 사랑하는 아내도, 세월 가는 것도 잊어버리고 일심정력으로 몸을 역사에 바치었다.

고국에 외로이 남아 있는 그 석수의 젊은 아내 아사녀는 남편과 이별한 후로 여러 해 동안 아무 소식이 없음에 안타까움과 사모의 정을 어찌할 수 없어 마침내 결심하고 남편을 찾아 신라로 건너왔다. 그리하여 불국사 문 앞까지 왔으나 여자는 부정하다 하여 절 문 안에 들어서는 것을 허락받지 못했다. 여자는 그 까닭을 듣고 울고 말

았다. 그 절 문을 지키던 사람도 가엾게 생각하였으나 어떻게 할 수가 없어 그 여자에게 이르기를

"여기서 얼마 안 되는 곳에 큰 연못이 있으니 역사가 끝나면 탑의 그림자가 그 못 맑은 물에 비칠 터이니 그때까지 기다리는 것이 좋을 것이다."

하였다. 그 여자는 그가 말하는 대로 아침저녁으로 그 못가에 가서 못물을 들여다보았다.

본국에서 아내가 찾아왔다는 소식을 당나라 석수가 들었을 때는 막 역사가 끝났을 때였다. 그는 오랜 세월 무거운 책임에서 해방된 마음에 가벼움을 깨달은 동시에 사랑하는 아내를 생각하고 곧 연못가로 뛰어갔다. 그러나 아무리 찾아도 사랑하는 아내는 보이지 않았다.

마을 사람에게 물어보니 그의 아내는 아무리 연못물을 들여다보아도 탑의 그림자는 비치지 않으므로 그만 실신한 나머지 남편의 이름을 부르면서 못 가운데로 뛰어들어 빠져 죽었다는 것이다.

이 이야기를 들은 그는 실심한 듯이 다만 연못물을 바라보며 사랑하는 아내의 이름을 소리 높여 몇 번이나 불렀다. 그러나 대답이라고는 산울림뿐이었다. 그는 비 오는 날에도 바람 부는 날에도 연못가를 돌았다.

어느 날 저녁 그는 못가에 서 있는 나무 근처에서 사랑하는 아내의 모양을 보았다.

"아, 아사녀! 아, 아사녀!"

이렇게 아내의 이름을 부르며 뛰어갔다. 그러나 그것은 아내가 아니고 사람의 몸뚱이만 한 바윗돌이었다. 그는 망연히 바윗돌 앞에 서 있었다. 얼마 안 가서 그 바윗돌이 아내의 모양이 되고 그것이 또 부처님의 모양이 되었을 때 그는 아득한 꿈에서 깨어난 자신을 그곳에

서 보았다. 그래서 부처님의 모양을 생각하면서 그 바윗돌에 새기기
시작하였다.

이리하여 이 못을 그림자 못, 곧 '영지(影池)'라 하고 다보탑을 '유영탑
(有影塔)', 석가탑을 '무영탑(無影塔)'이라 부른다고 한다. 그리고 영지
동편에는 그때 새겼다고 하는 석불상이 서 있다.

이 사랑과 관련된 유적·유물

경주와 울산에 걸쳐 있는 치술령 정상(796m)에 '신모사지(神母祠址)'
라고 적힌 비석이 세워져 있다. 울산 울주군 두동면 만화리에는 치
산서원 터가 남아 있다. 치산서원은 영조 21년(1745) 박제상 일가의
충혼(忠魂)을 기리기 위해 세운 것이다. 울산 국수봉(菊秀峰)에 있는
바위 은을암(隱乙巖)에는 박제상 부인의 영혼이 새가 되어 바위 속에
숨었다는 이야기가 전해 내려온다.

치산서원

불국사의 다보탑

7세기의 선덕왕과 지귀

완벽해 보이는 연인 앞에서 자신을 잃다

며칠 전, 한 애니메이션에서 "나는 내가 싫다"고 울부짖는 인물을 보았다. 이처럼 자존감을 갖지 못하는, 자기 부인(否認), 자기 부정(不定)의 시선은 현대 작품에서 많이 보인다. 선덕왕(善德王, ?~647)을 사랑했던 지귀(志鬼)도 이런 시선을 갖고 있었다. 심리적으로 울울한 에피소드들이 작품에 전한다.

신라에는 선덕왕이 둘이 있으니, 곧 선덕왕(善德王)과 선덕왕(宣德王)이다. 현대의 우리로서는 '선덕여왕'이라고 해야 쉽게 알아듣지만 고려 기록만 해도 '선덕왕'이라 불리었다. 여자가 왕이 된 것을 몹시 못마땅해했던 김부식의 『삼국사기』에도 선덕왕으로 기록되어 있다. 그때까지만 해도 굳이 명칭으로 여왕, 남왕을 구분하지는 않았던 것으로 추론할 수 있다.

선덕왕은 성품이 너그럽고 어질며 총명하고 민첩하였다고 한다(德曼, 性寬仁明敏). 국내외의 이목을 집중시킨 최초의 여왕이기도 하고, 불교를 정치적으로 적극 활용하기도 했던 만큼 벌인 공사도 많았다. 여성이었던 탓일까? 그녀에 대한 사랑 설화가 만들어졌고 지금까지 전하고 있다.

선덕왕과 지귀의 사랑*을 살펴보자. 한 나라의 국왕을 사랑한 남자는 신분이 몹시 낮았다. 흔히 지귀가 여왕을 짝사랑했다고들 한다. 물론 지귀가 먼저 사랑을 시작했지만 짝사랑은 아니었다. 선덕왕도 지귀의 감정에 긍정적으로 응답했기 때문이다.

> 지귀는 신라 활리(活里)의 역인(驛人)이다. 선덕왕의 단아하고 수려함을 사모하여 근심하고 눈물을 흘려 모습이 초췌해졌다.
> 왕이 이 소식을 듣고 불러 말하였다.
> "짐이 내일 영묘사(靈廟寺)에 가서 향을 피울 것이다. 너는 그 절에서 짐을 기다려라."

---

* 기존 연구에 따르면 이 이야기는 인도 불교 설화의 영향을 받았다고 한다. 인도의 「술파가(術波伽)」 설화가 중국에서 번역되어 당나라의 『법원주림(法苑珠林)』 21권에 전하고 있다. 이 『법원주림』이 신라에 전해졌고 여기에 실린 「술파가」 설화가 「지귀」 설화에 영향을 주었다는 것이다.
중국 명나라에도 비슷한 내용으로 「심화(心火)」라는 이야기가 전하는데 신라보다 후대이니 영향 관계를 논하기는 어렵다. 「지귀」와 「술파가」를 살펴보면 플롯은 비슷하지만, 천신(天神)이 등장하고 남주인공이 주변을 파괴하지는 않는 등 같지 않다.
술파가와 왕녀의 사랑 이야기는 불교 설화에 준하는 교훈으로 귀결된다. 즉 귀하든 천하든 세속 여인은 음욕에 따라 행하므로 무릇 여인이란 경계해야 한다는, 꽤나 남성 중심적인 교훈이다. 이 「술파가」 설화는 관련 자료에서 보도록 하자.
신라의 지귀 설화는 불귀신의 유래와 불을 방재(防災)하는 주술에 중점을 두고 있어서 불교보다는 샤머니즘을 사상적 배경으로 한다. 한 이야기와 타국의 서사와의 영향 관계를 따지는 일은 끝이 없다. 인류의 심리가 보편적인 층위에서는 같은 메커니즘으로 작동하기 때문에 비슷한 생각이 비슷한 시기에 출현하는 경우가 부지기수이다.
비슷한 주제, 대상이라 해도 받아들이는 입장에서 어떻게 수용하느냐가 또 하나의 큰 변수이다. 이에 따라 주제, 정서, 표현 등이 달라진다. 즉 인도에서 비롯된 불귀신 이야기를 활용했다 해도 선덕왕과 지귀 이야기만의 고유성이 있다.

역에서 일하는 사람이 나라에서 신분이 가장 높은 왕을 사모하게 되었다. 남자가 여자를 좋아하는 일은 자연스러운 일이지만, 만나기 어려운 상대를 사랑하게 된 것은 안타까운 일이다. 선덕왕은 그의 감정에 무심하지 않게도 일단 그의 뜻을 존중해 주기로 했다. 영묘사에서 그를 만나겠다는 의지를 전했다. 영묘사는 경주에 있던 절로 선덕왕 4년인 635년에 세워졌다고 알려져 있다. 지금은 그 터만 전한다.

> 지귀는 다음 날 영묘사 탑 아래에 가서 왕의 행차를 기다리다가 홀연 깊은 잠에 빠져들었다. 왕은 절에 도착하여 향을 피우고는 지귀가 잠들어 있는 것을 보았다. 왕은 팔찌를 빼어 가슴에다 놓고 궁으로 돌아갔다.
> 후에 잠에서 깨어나 왕의 팔찌가 가슴에 놓여 있는 것을 보고 왕을 기다리지 못한 것을 한탄했다. 그 안타까움에 오래도록 기절해 있다가 마음의 불이 일어나서 그 탑을 불태웠다. 지귀가 불귀신으로 변한 것이다.

아쉽게도 지귀는 중요한 순간에 잠이 들어 왕을 보지 못했다. 왕은 자신을 기다리지 못하고 잠든 지귀를 보았다. 그러나 그냥 떠나지는 않았다. 자신의 마음을 팔찌로 표현했다.
잠에서 깨어난 지귀는 중요한 순간에 잠을 잔 실수를 탓하며 자신을 벌하기 시작한다. 자책의 정도가 심해져 실신을 했고 깨어나서도 계속 자기를 처벌하였다. 자기 정체를 해체하고 다른 존재로 화하였는데, 마침내 파괴적인 존재가 되었다. 그리하여 무고한 탑을 태우고 말았다. 이렇게 지귀는 파괴적인 화신(火神)이 되었다.
2000년대를 풍미한 영화 '해리포터' 시리즈에도 자기 실수를 자책한 나머지 자신에게 벌을 주는 캐릭터가 등장한다. 하우스 엘프가 허둥대면서 자기 처벌을 가하는 장면이 있는데, 의무를 소홀히 했다면서 자기 손을 다리미로 지지는 벌을 스스로 가한다.

우리 문학사에서 지귀는 자기 처벌에 임하는 최초의 인물이다. 지귀는 고통과 자책감으로 파괴적 불신이 되었으니, 사람들은 불의 파괴적 성향에 주목해서 지귀를 귀신으로 칭하였다. 결국 선덕왕은 이 파괴적 귀신을 몰아내기 위해 주문을 짓게 한다.

이에 왕은 술사(術士)에게 명하여 주문을 짓게 했으니 다음과 같다.

지귀 마음에서 일어난 불이
몸을 태우고 불귀신으로 변했네.
창해(滄海) 밖으로 흘러 옮겨 가
보이지도 말고 가까이하지도 말지라.

지귀의 신분을 개의치 않고 만날 약속까지 했던 왕의 태도가 바뀌어 이제는 접근도 못하게 한다. 왕의 이해와 연민이 분노로 바뀐 것이다. 선덕왕이 분노한 이유는 무엇일까? 애초에 지귀가 잠을 잤다고 해서 화를 내지는 않았다. 그러나 그가 자신을 망가뜨리고 기물을 태우는 등 자신과 주변을 파괴하면서부터 선덕왕은 지귀를 달리 판단하기 시작했다. 그의 파괴적 행동으로 말미암아 왕의 연민은 더 이상 지속되지 않았다. 그러한 면에서 이 사랑의 열정은 강도는 유지되었으나 결과적으로 자신을 파괴하고 만남을 훼손하는 데 이르렀다. 상대를 흠모하던 지귀의 열정은 자신을 비난하고 불신하여 스스로를 파괴하는 형상이 되었다.

사랑을 하면 마음에 불이 일어나 먹지도 못하고 임 생각만 난다. 이는 사랑의 징후로, 사랑하는 사람들은 같이 있지 못하면 눈물을 흘리고 그리워한다. 같이 있고 싶어서 전전긍긍하는 것은 당연한 심리다. 그러나 이 자연스러운 감정을 어떻게 발전시킬 것인지는 어느 사랑이든 풀어야 할 과제다.

지귀의 경우, 비록 왕과 사랑할 수 없는 비천한 신분이었으나 이 관계가 미래에 어떻게 변할지, 왕이 어떠한 자세를 취할지는 미지의 일이었다. 왕은 신분 차에도 불구하고 자신을 진심으로 좋아하는 지귀에게 연민의 감정을 가지고 있었다.

왕이 지귀의 사랑에 대해 연이어 긍정적인 자세를 보였으나 지귀는 자책을 그치지 않았다. 자신의 실수를 심하게 질책하였다. 이 사랑의 결과를 부정적으로 예상했기에 결국 마음의 고통이 불을 일으키고 파괴적인 존재가 되고 말았다. 사랑의 향도를 긍정적으로 풀어 갈 것을 목표로 생각했다면 지귀는 왕과의 관계에 주목하며 앞날을 가늠해 볼 수도 있었을 것이다. 상대가 호의를 베풀고 있으니 말이다.

선덕왕과 지귀의 신분 차가 사랑의 방해물이 되었고, 지귀의 마음은 산란해졌다. 지귀는 열정을 강렬히 지폈다가 부정적 결과를 예견하고 자기 처벌, 자기 파괴의 길을 갔다. 열정은 유지되었으나 방향이 문제다. 긍정적 방향으로 가지 않고 도리어 사랑이 소멸되고 와해되는 길을 향해 갔다. 자괴감과 상황을 비관하는 심리가 자기 파괴에까지 이르렀다. 사랑의 열정은 분산되어 자책과 파괴로 향하고 이어 상대는 마음을 접었으며 사랑은 진행되지 못했다.*

이야기가 전하는 문헌과 관련 서사

이 이야기는 『청분실서목(淸芬室書目)』「태평통재(太平通載)」에 전하고 있다. 이외에도 권문해(權文海, 1534~1591)의 『대동운부군옥(大東韻府群玉)』에 「심화요탑(心火繞塔)」이라는 제목 아래 지귀와 선덕왕의 이야기가 전한다. 원래 신라시대의 설화집 『수이전(殊異傳)』에 기록되어 있었다고 하나, 알다시피 현재 『수이전』은 전하지 않는다.

관련 자료로 지귀 설화에 영향을 주었다는 인도의 「술파가(術波伽)」 설화를 옮겨 본다. 『법원주림(法苑珠林)』 21권에 있는 서사이다.

「술파가」

어떤 국왕에게 구모두(拘牟頭)라는 딸이 있었다. 술파가라는 고기잡이가 길을 가다가 그 왕녀가 높은 누각 위에 있는 것을 멀리서 보았다. 창 안에 있는 그 얼굴을 보고 상상하고 집착하여 마음에서 잠시도 버리지 못하여 여러 날과 여러 달 동안 음식을 먹지 못하였다. 그 어머니가 까닭을 물었더니, 그는 사실대로 말하였다.

"저는 왕녀를 보고 마음에 잊을 수 없습니다."

어머니는 아들을 타일렀다.

"너는 소인이고 왕녀는 존귀하니, 너는 왕녀를 얻을 수 없다."

아들은 말하였다.

---

* 이 사랑을 의심하는 사랑의 유형으로 볼 수도 있다. 지귀가 사랑을 회의하고 미래를 의심하는 국면이 없지 않다. 그러나 의심은 사랑으로 인해 자기가 상처 입고 손상될까 봐 동원시키는 자기 방어 기제다. 그러나 지귀는 오히려 자기 파괴의 길을 갔고, 따라서 의심보다는 자괴, 자책의 심리의 비중이 더 높기에 이 책에서는 이 사랑을 방해물에 와해되는 유형으로 보았다.

"저는 마음으로 원하고 좋아하여 잠깐이라도 잊을 수 없습니다. 만일 뜻대로 되지 않으면 살 수가 없습니다."

어머니는 그 아들을 위하여 왕궁에 들어가 살찐 생선과 새고기를 항상 왕녀에게 보냈지만 값을 받지 않았다. 왕녀가 괴상히 여겨서 물었다.

"무슨 소원이 있는가?"

그 어머니가 왕녀에게 아뢰었다.

"좌우를 물리쳐 주시기 바랍니다. 그러면 사실대로 아뢰겠습니다. 제게는 외아들이 있사온데, 그가 왕녀님을 공경하고 사모하여 마음에 맺혀 병이 되어 목숨이 멀지 않다 합니다. 원하옵건대 왕녀님은 가엾이 여기시어 그 목숨을 살려 주십시오."

왕녀가 말하였다.

"너는 우선 돌아가거라. 다음 달 15일에 아무 천사(天祠, 사당)의 그 천상(天像) 뒤에 서서 기다리라 하라."

어머니가 돌아와 그 아들에게 말하였다.

"네 소원은 이루어졌다."

그리고 사실대로 이야기했다. 아들은 목욕한 뒤에 새 옷으로 갈아입고 그 천상 뒤에 서 있었다. 왕녀는 때가 되어 그 부왕(父王)에게 아뢰었다.

"제게 불길(不吉)한 일이 있어 저 천사에 가서 길복(吉福)을 구해야겠습니다."

왕이 말하였다.

"아주 잘하는 일이다."

그리고 곧 수레 5백 대를 장엄하여 천사로 나가게 했다. 왕녀가 천사에 이르러 모든 종자(從者)들은 문 밖에 서 있게 하고, 혼자 천사 안으로 들어갔다. 그때 천신(天神)은 생각했다.

"이것은 안 될 일이다. 왕은 내 시주(施主)로, 이 소인으로 하여금 왕녀를 더럽히게 할 수는 없다."

그리고 이 사람을 가위눌리게 해서 잠이 들어 깨지 못하게 했다. 왕녀는 들어가 그가 잠이 깊이 든 것을 보고 아무리 흔들었으나 깨지 않았다. 곧 금 10만 냥의 값어치 있는 영락(瓔珞)을 끌러 거기에 두고 떠났다.

뒤에 이 사람이 깨어 영락을 보고 또 사람들에게 물어 왕녀가 온 것을 알았다. 그는 소원을 이루지 못하고 한하며 괴로워하다가 음욕의 불이 속에서 일어나 스스로 타서 죽었다. 이를 바탕으로 알 수 있다. 여자의 마음이란 귀천을 가리지 않고 오직 그 욕심을 따른다는 것을.

이 사랑과 관련된 유적·유물

선덕왕 3년(634)에 세워진 분황사(芬皇寺) 터가 석탑과 함께 경북 경주시 구황동에 남아 있다. 탑에 달린 돌문을 들여다보면 그 안에 또 다른 세계가 있을 것만 같다. 근처에 황룡사가 있었다. 상상컨대 선덕왕 시절 두 절이 자아내는 흥성한 분위기는 엄청났을 것이다. 선덕왕 4년(635)에 세워진 영묘사(靈廟寺)도 지금은 터만 전한다. 경주시 보문동에 선덕왕릉이 자리하고 있다.

분황사 석탑. 이름도 꽃같이 예쁜, 여황제의 탑. 돌을 벽돌처럼 다듬어 쌓아 올렸다.
직접 가서 보니 7세기의 석탑이 상당히 컸다. 원래 7층이나 9층 정도의 탑이었을 거라고 한다.

8세기의 김현과 호랑이 아내

과도한 희생이 사랑일까?

남성의 사회적 성공을 기원하면서 자신의 존재는 가리던 여성의 서사는 문학사의 한 흐름을 이룬다. 이 여성들은 공통적으로 아름다운 용모와 남을 위하는 착한 마음을 가졌다. 남성의 마음을 흔들어 놓은 이 여성들은 어쩔 수 없는 상황 가운데 희생의 길을 갔다. 이러한 서사의 초기 작품으로 「김현감호(金現感虎)」가 있다. '김현이 호랑이를 감동시키다'라는 제목의 이야기에서 여성은 희생자가 되고 남성은 어쩔 수 없이 연인의 소멸을 지켜보아야 했다.

『삼국유사』의 편찬자인 일연 스님은 김현의 호랑이 아내와 중국 설화 「신도징」의 호랑이 아내를 비교하면서 논평한 바 있다. 두 호랑이 여성 모두 사람을 해쳤으나 김현의 짝이었던 호랑이 아내의 행실은 납득이 된다고 하였다. 왜 그러한지 일연 스님의 말을 직접 들어 보자.

> 아아, 슬프도다. 신도징과 김현 두 사람이 짐승과 접했는데 변하여 사람의 아내가 된 것은 같다. 그러나 신도징의 호랑이 처는 남편을 배반하는 시를 건네고는 후에 으르렁거리고 할퀴고 달아났으니 김현의 호랑이와 다르다. 김현의 호랑이는 어쩔 수 없이 사람을 상하게 했으나 좋은 방책을 가르쳐 줘서 사람들을 구했다.

일연 스님은 두 호랑이 아내를 비교하면서 신도징의 호랑이 아내를 부정적으로 평가하였다. 남편을 배반했고 폭력을 가했기 때문이다. 김현의 호랑이 아내도 사람들에게 폭력을 가했지만, 이 폭력은 희생하는 과정에서 어쩔 수 없는 행동으로 이해했다. 사람들에게 입힌 상처를 치유하는 방법을 알려 줌으로써 상처를 낫게 했기에 폭력의 상처는 이내 치유되었다. 이러한 시선이 이 사랑 이야기를 바라보는 일반적인 관점이기도 하다.

김현과 호랑이 아내의 사랑 이야기는 8세기 신라 원성왕(元聖王) 대를 배경으로 한다. 구체적으로 비정해 보면 원성왕이 재위한 785년에서 798년 사이가 되겠다. 이야기는 다음과 같다.

> 신라의 풍속에 매해 중춘(仲春)에 이르러 초팔일부터 십오일까지 도성의 남자와 여자들이 흥륜사(興輪寺)의 전탑(殿塔)을 다투어 돌면서 복을 비는 모임[福會]을 가졌다.
> 원성왕 시대 낭군(郎君) 김현(金現)이라는 자가 밤이 깊도록 홀로 쉬지 않고 돌고 있는데 한 처녀가 염불하며 따라 돌았고, 서로 마음이 맞아 눈길을 보냈다. 돌기를 마치자 가려진 곳으로 이끌고 들어가 정

을 통하였다. 처녀가 이내 돌아가려고 하자 김현이 그녀를 따라갔다.
[…]
처녀가 사양하고 거절하였으나 억지로 따라가서 서산(西山)의 기슭
에 이르러 한 초가집으로 들어가니 어떤 노파가 처녀에게 묻기를
"데리고 온 사람은 어떤 사람인가?"
라고 하였다. 처녀가 그 사정을 이야기하니 노파가 말하기를
"비록 좋은 일이지만 없는 것만 못하다. 그러나 이미 벌어진 일이니 나
무랄 수 없다. 또 은밀한 곳에 숨겨라. 너의 형제가 미워할까 두렵다."
라고 하였다.

두 사람은 절에서 복을 빌며 탑을 돌다가 눈이 맞았다. 계절은 중춘
이라니 봄이 피어오르는 음력 2월이 된다. 이러한 분위기에서 탑돌
이를 하는 동안 서로 끌린 것이다.
김현이 처녀의 거절을 마다하고 굳이 따라온 게 문제가 되었다. 재미
있는 건, "이미 벌어진 일이니 나무랄 수 없다"는 노파의 말이다. 돌
이킬 수 없는 지난 일을 탓하기보다는 현재의 수습과 처신을 중시하
고 있다. 상황을 판단하는 순발력이 돋보인다.

김현을 데리고 구석진 곳에 숨겼다. 잠시 후 세 호랑이가 포효하면서
들어와서 사람의 말을 만들어서
"집에 비린내가 난다. 요깃거리가 있으니 어찌 다행이 아닌가."
라고 하였다. 노파와 처녀가 꾸짖어서
"너의 코는 좋기도 하구나. 어찌 미친 말을 하는가."
라고 하였다.

호랑이 셋이 들어와 김현을 잡아먹으려 하는 걸 노파와 처녀가 겨우 말리는 정황이 펼쳐진다. 김현은 잘 알지도 못하는 처자를 따라오는 바람에 이 위기를 맞게 되었다.

> 이때 하늘에서 외치는 소리가 있어
> "너희는 만물의 목숨을 즐겨 해치는 일이 매우 많다. 마땅히 하나를 죽여서 악행을 징계할 것이다."
> 라고 하니 세 호랑이가 그것을 듣고 모두 걱정하는 빛이 있었다.

하늘이 무고한 희생에 대해 무심하지 않았으니 악행에 대한 벌을 주겠다고 한다. 정의를 실현하겠다는 것이다. 그런데 잘못한 자를 벌하는 게 아니라 희생을 요구하며 상황을 무마하면서 갈등을 빚는다.

> 처녀가 일러 말하기를
> "세 오빠가 만약 멀리 피하고 스스로 뉘우칠 수 있다면 내가 그 벌을 대신 받겠다."
> 라고 하니 모두 기뻐하며 머리를 숙이고 도망가 버렸다.

처녀는 세 오빠가 멀리 가서 근신한다면 자신이 벌을 받겠다고 했다. 오빠들을 정화시킬 수 있다면 자신이 희생이 되겠다고 나선다. 타인을 살리고 자신은 죽는 희생은 고귀한 것이지만, 이 희생의 논리는 사실 좀 엉뚱하다. 잘못한 자를 살리고 잘못이 없는 자가 죽겠다는 것이다. 물론 어느 시대에나 자행되어 온 습속이나 그 희생의 핵심과 사랑이 오버랩되는 것은 묘한 느낌을 자아낸다. 이 희생이 사랑과는 어떤 관련을 맺게 될까?

처녀가 들어와 낭군에게 일러 말하였다.

"처음에 저는 낭군이 우리 집에 욕되이 오는 것을 부끄럽게 여겨서 사양하고 막았습니다. 지금 이미 숨김이 없이 속마음을 펼치겠습니다. 또한 천첩은 낭군에게 비록 같은 종족은 아니라 하겠지만 하룻밤의 즐거움을 같이할 수 있었으니 의(義)가 중하여 혼인의 즐거움을 맺었습니다.

세 오빠의 악행은 하늘에서 이미 미워하여 한 집안의 재앙이 되었고 저는 그것을 감당하고자 합니다. 그 죽음을 상관없는 사람의 손에 주는 것이 어찌 낭군의 칼 아래에 엎드려서 은혜를 보답하는 덕과 같겠습니까. 저는 내일 저자에 들어가서 사람을 심하게 해칠 것입니다. 그러면 국인이 나를 어찌할 수 없어 대왕이 반드시 높은 관작을 가지고서 사람을 모아 나를 잡게 할 것입니다. 낭군은 그것을 겁내지 말고 성 북쪽의 숲속으로 나를 쫓아오면 내가 장차 그것을 기다리겠습니다."

호랑이 아내는 오빠들을 대신하여 죽기로 결심한 이상, 그 죽음을 사랑하는 낭군을 위해서 쓰고자 한다. 자신의 죽음으로 다른 사람을 이롭게 하려는 자비로운 마음이다. 희생을 통해 연인도 돕고자 한다. 이러한 방식으로 희생이 사랑으로 연결되고 있다.

김현이 말하였다.

"사람이 사람을 사귀는 것은 인륜의 도리이나 다른 유[異類]와 사귀는 것은 대개 떳떳한 것이 아닙니다. 이미 이렇게 되었으니 진실로 천행(天幸)이 많은 것인데 어찌 차마 짝의 죽음을 팔아 한 세상의 벼슬을 바라겠습니까."

김현은 짝의 죽음으로 벼슬을 살 수는 없다고 반대했다. 그러나 호랑이 아내는 다음과 같이 자신의 죽음을 해석한다.

> 처녀가 말하였다.
> "낭군은 그 같은 말을 하지 마십시오. 지금 저의 일찍 죽음은 대개 하늘의 명령이고, 또한 내가 바라는 것이고, 낭군의 경사이고, 우리 일족의 복이자 나라 사람들의 기쁨입니다. 한 번 죽어 다섯 가지 이로움을 갖추는 것이니 어찌 그것을 거역하겠습니까. 다만 저를 위하여 절을 짓고 불경을 강론하여 좋은 과보(果報)를 얻는 데 도움이 되게 해주신다면 낭군의 은혜가 이보다 더 큰 것이 없겠습니다."
> 마침내 서로 울면서 헤어졌다.

호랑이 아내는 자신의 죽음이 단지 물리적 종말이 아니라 새로운 의미를 창조할 기회라고 역설했다. 자신의 죽음 후 여러 사람의 경사, 이로움이 따를 것이라며 기꺼이 희생하겠다고 한다. 오빠, 연인, 나라 사람들에게까지 이익이 될 것이라는 해석이다.

죽음이 정녕 호랑이 아내의 뜻이라니 김현이 이를 따르는 것도 사랑이 아니라 할 수 없겠다. 결국 죽어야 하는 상황이라면 말이다. 그러나 돌이켜 생각해 보자. 이 죽음이 마땅한가? 자발적 의지라는 것 외에는 호랑이 아내가 죽어야 할 마땅한 이유를 찾을 수 없다. 벌 받을 행동을 하지 않았으니 납득이 되지 않는다. 말 그대로 무고한 희생이다. 희생이 미화되고 있다. 그것도 자기 입으로 타인의 욕망을 발화하고 있다.

다음 날 과연 사나운 호랑이가 성안에 들어왔는데, 사나움이 심하여 감히 당할 수 없었다. 원성왕이 그것을 듣고 명령을 내려 이르기를

"호랑이를 감당하는 사람에게 2급의 벼슬을 주겠다."

고 하였다. 김현이 대궐에 나아가

"소신이 할 수 있습니다."

라고 아뢰니 이에 왕이 먼저 관작을 주고 격려하였다.

드디어 호랑이가 성안에 들어와 포악하게 굴자 왕이 잡으라고 명령을 내리고 김현이 벼슬을 받고 호랑이를 잡으러 간다.

김현이 칼을 쥐고 숲속으로 가니 호랑이는 변하여 낭자(娘子)가 되어 반갑게 웃으면서 말했다.

"어젯밤에 낭군과 함께 마음속 깊이 맺던 일을 오직 그대는 잊지 마십시오. 오늘 내 발톱에 상처를 입은 사람들 모두 흥륜사의 간장을 바르고 그 절의 나발(螺鉢) 소리를 들으면 곧 나을 것입니다."

말을 마치고는 김현이 찬 칼을 뽑아 스스로 목을 찔러 쓰러져 곧 호랑이로 변했다.

호랑이 아내는 상처 입은 사람들 걱정에 치료법까지 알려 준다. 자신의 죽음으로 여러 이로움을 얻겠다는 의지는 변함없이 결연하다. 죽음을 앞둔 마당에 김현을 만나서 웃을 수 있다니, 정말 이 호랑이 아내는 김현을 사랑했나 보다.

그녀가 죽는 마지막 장면에서 오래된 서사작품임에도 연인으로서의 보편적 심정을 느낄 수 있다. 호랑이가 아닌 여성의 모습으로 연인 앞에서 죽는 이 마음가짐은 호랑이로서 그를 대한 것이 아니라는 뜻

이다. 호랑이는 여성으로, 배우자로 그를 대해 왔고 그를 위해 죽었다. 그리고 그의 죄책감을 덜어 주기 위해 스스로 자결했다. 남을 생각해도 너무 하는 극진한 희생에 혀를 차게 된다.

김현이 숲에서 나와 둘러대며 말하였다.
"지금 이 호랑이는 쉽게 잡았다."
라고 하였다. 그 연유는 숨겨 새어 나가게 하지 않고 단지 호랑이의 말에 따라서 치료하였다. 그 상처는 모두 나았다. 지금 민가에서는 또한 그 방법을 쓴다.

김현은 벼슬에 오르자, 서천(西川)가에 절을 지어 호원사(虎願寺)라 하고 항상 『범망경(梵網經)』을 강론하여서 호랑이의 저승길을 인도하고 또한 호랑이가 그 몸을 죽여 자기를 성공하게 해준 은혜에 보답했다. 김현은 죽기 전에 지난 일의 기이함에 매우 감동하여 이에 붓으로 써서 전(傳)을 완성하여 세상에서 비로소 듣고 알게 되었다. 이로 인하여 『논호림(論虎林)』이라 이름하였고, 지금도 그렇게 일컫는다.

호랑이가 죽은 다음 김현은 호랑이 아내와의 약속을 지켜 절을 짓고 호랑이의 희생정신을 기렸다. 그리고 자신이 죽기 전에 자신의 사랑 이야기를 써서 세상에 알렸다.

김현도 탑돌이를 할 때 마음에 든 처녀가 호랑이라고는 도저히 생각하지 못했을 것이다. 또 그녀가 자발적 희생 의지를 보였을 때도 사랑하는 마음에 그 뜻을 높이 샀을 것이다. 또한 그녀의 아름다운 마음을 잊지 못해 죽기 전에 이야기로 남겼다. 그럼에도 불구하고 이 서사의 논리를 보면 호랑이 아내의 희생은 두 사람의 사랑을 중지시켰다. 처녀의 열정은 배우자를 살리려는 의도에서 시작하여 오빠들의 죄악을 대신하는 희생의 결과로 치닫는다. 이러한 이야기는 현실적으로 사랑을 위해 희생하는 사람이 있었기에 만들어졌을 것이다. 그리고 희생하는 쪽은 대부분 여성이었으리라.

자신이 가진 것이나 권리 등을 상대를 위해 포기하고 버리는 행위를 '희생'이라고 할 때, 그 전통은 5세기 박제상 부인에서 비롯하여 6세기의 평강공주, 8세기의 호랑이 아내 이야기로 이어진다. 그러나 이렇게 목숨까지 버리면서 자신의 모든 것을 내놓는 적극적인 희생 이야기는—현재까지 알려진 한—이 작품에서 처음 보인다. 희생 풍속이 있던 시절을 반영하는 맥락일 것이다. 이 정신 자세는 고소설 등 후대의 서사작품에도 이어진다.

그들의 사랑에 초점을 맞춰 보자. 호랑이 아내보다는 김현이 먼저 적극적으로 나서면서 두 사람의 마음이 사랑으로 이어졌다. 그런데 호랑이 아내가 죽으면서 두 사람의 사랑은 일단 휴지 상태가 되었다. 호랑이 밥이 되어 죽을 뻔한 자는 김현이었는데 그는 살았고, 살생의 죄를 지은 자는 오빠 호랑이였건만 호랑이 아내가 죽기로 했다. 벌은 죄지은 자가 받아야 하는데 무고한 자가 받는 것은 대체자를 내세우는 신화적 전통에 근거한다.

이 작품에서 희생자를 선택하는 대목을 보면 단번에 이루어진다. 그녀가 희생하겠다고 나설 때 아무도 반대하지 않았다. 만약 김현이 수긍하지 않고 다른 길을 선택했다면, 나아가 호랑이 아내가 죽음에 처하지 않도록 적극적으로 나섰다면 어땠을까? 호랑이 아내가 생존할 방법이나 가능성은 왜 한 번도 고려되지 않았을까?

때때로 우리는 짧은 시간 내에 판단을 해야 할 때가 있다. 이렇듯 급박할 때 그럴 듯한 논리로 사건이 종결되는 경우가 많은데, 상황이 급박할수록 잘 판단해야 한다는 사실을 이 사랑이 보여 준다. 이 사랑은 사랑하는 마음만으로 불충분하다. 잘못된 판단으로 사랑은 정지되었다. 서로 마음에 두고 생각하는 마음은 있으나 사랑의 대상이 사라졌다. 김현의 칼은 과연 그녀가 죽는 데 쓰여야 했을까? 순간에 이루어진 판단이지만 참 무겁다. 그럴수록 순발력 있게 지혜를 발동시켜야 한다. 사랑의 열정이 한쪽의 희생을 당연시하지 않도록 말이다.

이야기가 전하는 문헌과 관련 서사

이 이야기는 『삼국유사』 권5, 감통(感通) 제7 「김현감호」에 전한다. 이 이야기에 비견할 만한 이야기가 있다. 『삼국유사』에 호랑이 아내를 사랑한 남자가 김현 말고도 한 명이 더 있다. 신도징과 호랑이 아내의 이야기로, 「김현감호」와 함께 실려 있다.

「김현감호」는 신라 이야기이고, 신도징 이야기는 중국 당나라 이야기로 알려져 있다. 송나라 이방(李昉) 등이 찬한 『태평광기(太平廣記)』 429권 4호에도 「신도징과 호랑이 아내」 이야기가 나온다.

「신도징과 호랑이 아내」

정원(貞元) 9년에 신도징(申屠澄)이 황관(黃冠)에서 한주(漢州) 십방현위(什邡縣尉)로 임명되어 진부현(眞符縣) 동쪽 10리가량 되는 곳에 이르렀다. 눈보라와 심한 추위를 만나 말이 앞으로 나아가지 못했는데 길가에 초가집이 있어 그 안에 불을 피웠더니 매우 따뜻했다.

등불을 비춰 나아가 보니 늙은 부모와 처녀가 불을 둘러싸고 앉아 있었는데 그 처녀는 나이가 바야흐로 열네댓 살쯤 되어 보였다. 비록 머리는 헝클어지고 때 묻은 옷을 입었으나 눈처럼 흰 살결과 꽃 같은 얼굴이며 동작이 아름다웠다. 그 부모는 신도징이 온 것을 보고 황급히 일어나서 말했다.

"손님은 심한 한설(寒雪)을 만났으니 청컨대 앞으로 나와 불을 쪼이십시오."

신도징이 한참 앉아 있었는데 하늘색은 이미 어둑어둑해졌으나 눈보라는 그치지 않았다. 신도징이 말하기를

"서쪽으로 현(縣)에 가려면 아직 멀었으니 여기에서 자게 해주기를 부탁합니다."

라고 하였다. 부모가 말하였다.

"진실로 누추한 집 안이라도 미천하게 여기지 않으시다면 감히 명을 받들겠습니다."

신도징이 마침내 말안장을 풀고 침구를 폈다. 그 처녀는 손님이 바야흐로 머무는 것을 보고 얼굴을 닦고 곱게 단장을 하고는 장막 사이에서 나오는데 그 한아(閑雅)한 자태는 처음보다 오히려 뛰어났다. 신도징이 말했다.

"소낭자는 총명하고 슬기로움이 남보다 뛰어납니다. 다행이 아직 혼인하지 않았으면 감히 혼인하기를 청하니 어떠합니까?"

아버지가 답하였다.

"기약하지 않은 귀한 손님께서 거두어 주신다면 어찌 연분이 아니겠습니까."

신도징은 마침내 사위의 예를 행하였고 곧 타고 온 말에 그를 태우고 갔다.

임지(任地)에 이르니 봉록(俸祿)이 매우 적었으나 아내가 힘써 집안 살

림을 돌보아서 즐거운 마음이 아닌 것이 없었다. 후에 임기가 차서 장차 돌아가려 하니 이미 1남 1녀를 낳았는데 또한 매우 총명하고 슬기로워 신도징은 더욱 공경하고 사랑했다.

일찍이 아내에게 주는 시를 지었는데 다음과 같았다.

한 번 벼슬하니 매복(梅福)에게 부끄럽고
삼 년이 지나니 맹광(孟光)에게 부끄럽다.
이 정을 어디에 이르겠는가.
냇물 위에 원앙이 있구나.

그 아내는 종일 이 시를 읊어 묵묵히 화답하는 것 같았으나 아직 입 밖에 내지 않았다.

신도징이 관직을 그만두고 가족을 데리고 본가로 돌아가려 하니 아내가 갑자기 슬퍼하면서 말하기를

"주신 시 한 편에 화답한 것이 있습니다."

라고 하고 이에 읊었다.

금슬(琴瑟)의 정이 비록 중요하나
산림(山林)에 뜻이 스스로 깊다.
항상 시절이 변할까 걱정하였다.
백년해로한 마음을 저버릴까 허물도다.

드디어 함께 아내의 집에 찾아갔는데 사람은 없었다. 아내는 그리워 하는 마음이 커서 하루가 다하도록 울었다. 문득 벽 모퉁이의 호피 (虎皮) 한 장을 보고 아내는 크게 웃으면서 말했다.

"이 물건이 아직 있는 것을 몰랐다."

마침내 그것을 뒤집어쓰니 곧 변하여 호랑이가 되었고 으르렁거리며 할퀴고 문을 박차고 나갔다.

신도징이 놀라서 피했다가 두 아이를 데리고 그 길을 찾아 산림을 바라보고 며칠을 크게 울었으나 끝내 간 곳을 알지 못했다.

이 사랑과 관련된 유적·유물

흥륜사(興輪寺)는 신라 최초의 절로 진흥왕(眞興王) 5년(544)에 완성되었다. 신라에 불교를 전한 아도(阿道)가 창건하였다니 오래된 절이다. 고려시대 몽고의 침입으로 소실되기 전까지 흥륜사는 경북 경주시 사정동에 있었다고 한다.

9세기의 김씨녀와 조신

가난의 극심한 고통에 생존을 택하다

가난은 사람을 지치게 한다. 경제가 어려워지면 이 어려움은 가정을 가난으로 몰고 이에 파탄 나는 가정이 많아진다. 가난에 지치고 힘든 사람들은 서로 짐이 되니 헤어지기도 한다. 고전 서사에도 사랑하지만 너무너무 쪼들린 나머지 가난에 굴복한 사랑 이야기가 전한다. 9세기의 신라를 배경으로 한, 김씨녀와 조신의 사랑이 바로 그 유형이다.

이 작품은 일반적으로 종교적인 교훈과 각성을 주는 이야기로 알려져 있다. 세속적 욕망을 경계해야 함을 주제로 한다. 세속적 욕망이란, 성욕이나 결혼 같은 개인의 욕구다. 세속적 욕망의 허망함을 깨달으라는 불교적 명제가 서사적 주제를 이루는 것은 사실이다. 하지

만 사랑의 측면에서 이들의 사랑을 조망해 보자. 이들의 사랑이 과
연 허망한 욕망에 휘둘린 것인지 말이다.

> 옛날 신라가 수도였을 때 세달사[世達寺, 지금의 흥교사(興敎寺)]의 장사
> (莊舍)가 명주 내리군에 있었다. 본사에서 승려 조신(調信)을 보내 장
> 사의 관리인으로 삼았다. 조신이 장사에 와 있는 동안 태수(太守) 김
> 흔(金昕) 공의 딸에 깊이 매혹되어 있었다.
> 그는 낙산사의 관음보살 앞에 여러 번 나아가 그녀와 맺어지기를 남
> 몰래 빌었다. 그 사이 김흔의 딸은 출가하여 이미 짝이 생겼다.

신라의 고찰 흥교사는 강원도 영월에 있던 절로 알려져 있다. 장사
는 절에 딸린 밭으로 절의 재산을 뜻한다. 조신이 김흔의 딸에게 반
했다. 원문을 보면 '혹지심(惑之深)', 즉 조신이 매혹된 바가 깊었다고
표현되어 있다. 얼마나 여성의 매력에 마음이 미혹되었는지 그녀와
같이 살 수 있기를 관음보살에게 은밀히 기도했다.
관음보살(觀音菩薩)은 관세음보살(觀世音菩薩), 광세음(光世音), 또는 관
자재보살(觀自在菩薩)이라고도 불리는데 인도 범어로 아발로키데스바
라^Avalokitesvara라는 말을 한자로 번역한 말이다. 중생의 모든 괴로워하는
소리는 듣고 그 괴로움을 없애 준다는 불교의 영적 존재로 모든 중생
의 온갖 고뇌의 소리를 다 듣고 관찰하여 안다고 한다. 사람에게 나타
날 때는 여자로 나타나기도 하고 남자로도 나타난다. 「노힐부득 달달
박박」 이야기에서는 관세음보살이 젊은 여인으로 나타난다.

> 조신은 또 불당 앞에 가서 관음보살이 [자기의 소원을] 이루어 주지 않음
> 을 원망하여 날이 저물도록 슬피 울었다. 그립고 원망스러운 마음이

있었는데 그 사이 깜빡 잠이 들어 문득 꿈에 김씨의 딸이 의젓하게 문을 열고 들어서서 웃는 얼굴로 흰 이를 드러내 보이며 말하기를, "저도 일찍이 스님을 잠깐 뵙고 마음속으로 사랑하였습니다. 잠시도 잊지 못하였으나 부모의 명에 못 이겨 억지로 다른 사람을 따랐습니다. 그러나 지금은 대사님과 죽어서 한 무덤에 묻힐 부부가 되고자 이렇게 왔습니다."
라고 하였다.

관음보살이 조신의 소원을 들어주어 김씨녀가 찾아왔다. 얼마나 기뻤겠는가. 김씨녀의 발언에서 같이 살고 죽어서도 같이 묻히는 부부 생활의 개념이 정착되었음을 볼 수 있다. 또한 두 사람은 서로의 매력에 이끌려 사랑의 감정을 느끼게 된 것으로 제시된다. 이는 현대의 사랑과 다르지 않은 면모다.

조신은 대단히 기뻐하며 함께 고향으로 돌아가 사십여 년을 살고 자녀 다섯을 두었다.

행복한 사랑에 빠진 그들은 같이 살게 되었고 자녀도 두었다. 그런데 가난이 찾아왔다. 생존을 위협하는 가난이.

집은 다만 네 벽뿐이요. 나물죽으로도 끼니를 잇지 못하였다. 마침내 실의에 찬 두 사람은 서로 잡고 끌고 하며 입에 풀칠하기 위해 사방을 떠돌아다녔다. 이와 같이 십 년을 사는 동안에 두루 초야를 유람하니 입은 옷은 갈가리 찢어져 몸을 가릴 수 없었다. 마침 명주의 해현령(蟹峴嶺)을 지날 때 십오 세 된 큰 아이가 홀연히 굶어 죽었다.

통곡하며 주검을 거두어 길에 묻었다.

부부는 남은 네 자녀를 거느리고 우곡현(羽曲縣)에 이르렀다. 길가에
띠풀을 묶어 집 삼아 살았다. 부부는 늙고 또 병들고 굶주려서 일어
나지도 못하였다. 열 살짜리 딸아이가 밥을 빌러 돌아다녔는데 마을
개에게 물려 앞에 누워 아픔을 호소하니, 부모가 목이 메어 흐느껴
울며 눈물을 줄줄 흘렸다.

모두 잘, 즐겁게 살면 좋으련만 삶은 누구에게나 쉽지 않다. 조신과
김씨녀도 여느 사람들처럼 위기를 맞았다. 만남의 초기는 황홀하고
행복했는데 시간이 지나자 몸은 늙었을 뿐 아니라 병들었고 자녀를
먹이지 못할 정도로 가난했다. 심지어 가난에 이어 개에 물린 자녀의
고통을 지켜봐야 했다.

부인이 괴로워 머뭇거리며 눈물을 훔치고 나서 갑작스레 말하기를,
"내가 당신과 처음 만났을 때는 얼굴도 아름답고 나이도 젊고 옷가
지도 많고 아름다웠습니다. 맛 좋은 한가지의 음식이라도 당신과 나
누어 먹고, 얼마 안 되는 옷가지도 당신과 나누어 입으면서 함께 산
지 오십 년, 정은 더할 수 없이 깊어졌고 사랑은 얽히고 묶였으니 가
히 두터운 연분이라고 하겠습니다.

근년에 와서 노쇠와 병고가 해가 거듭될수록 심해지고 추위와 배고
픔은 날로 더욱 절박해지니, [한 칸의] 곁방살이, 한 병의 마실 것도 사
람들이 용납하여 주지 않으니, 수많은 집 문 앞에서 당하는 그 수모
는 산더미같이 무겁기만 합니다. 아이들은 추위에 떨고 굶주림에 지
쳤어도 면하게 할 수 없으니 어느 틈에 사랑함이 있어 부부의 즐거움
이 있겠습니까? 이런 때인데 부부간의 애정을 즐길 겨를이 어디에 있

겠습니까? 젊은 얼굴에 예쁜 웃음은 풀잎 위의 이슬 같고 지란(芝蘭) 같은 백년가약은 회오리바람에 날리는 버들가지 같습니다. 당신은 제가 짐이 되고 저는 당신 때문에 근심이 됩니다. 옛날의 즐거움을 곰곰이 생각해 보니, 다름 아닌 우환에 접어드는 길목이었습니다. 당신과 제가 어찌하여 이 지경이 되었는지요? 뭇 새가 함께 굶주리는 것이 어찌 한 마리 난새가 거울을 보고 짝을 그리워하는 것만 같겠습니까?

어려울 때 버리고, 좋을 때 가까이하는 일은 인정으로 차마 할 일은 아니겠습니다만, 행하고 그치고 하는 것은 사람의 뜻대로 되는 것이 아니며 헤어지고 만나는 것도 운명이 있는 것이니 청컨대 내 말을 좇아 헤어지기로 합시다."

라고 하였다.

부인이 길게 말하고 있다. 반백 년을 같이 살았으나 노쇠, 병, 추위, 배고픔, 수치… 이와 같은 견디기 어려운 고통에 도저히 부부의 애정을 즐길 겨를이 없었노라는 말이 처연하다. 그녀는 옛날의 즐거움이 실은 우환으로 접어드는 길목이었고 서로가 짐이 되었다고 표현하면서 후회하는 언사를 내놓는다. 너무나 힘드니 헤어지자고 하면서 이를 운명 탓으로 돌리고 인연을 여기서 마치자고 한다.

조신이 이 말을 듣고 크게 기뻐하여 아이 둘씩을 나누어 막 가려고 할 때 아내가 말하기를,

"저는 고향으로 가겠습니다. 당신은 남쪽으로 가시지요."

라고 하며 서로 잡았던 손을 놓고 갈라서 길을 떠나려 하였다.

창졸(倉卒)하게 내놓은 부인의 판단에 조신이 동의하였다. 원문대로 부인이 창졸히 말했다 하면 감정에 복받쳐 급작스럽게 내놓은 아이디어라 할 수 있다. 그런데 조신은 마치 기다렸다는 듯 같이 살기 힘드니 헤어지자는 부인의 제안에 오히려 기뻐하고 있다.

이때 꿈을 깼다. 쇠잔한 등불은 가물거리고 밤이 바야흐로 새려고 하였다. 새벽이 되어서 보니 [하룻밤 사이에] 머리카락이 모두 하얗게 세어 있었다. 넋 잃은 사람마냥 더 이상 인간 세상에 뜻이 없었다. 세상살이의 괴로움에 이미 염증이 난 것이 마치 백 년의 쓰라림을 겪고 난 것 같았다. 탐욕으로 얼룩진 마음도 얼음 녹듯 깨끗이 사라져 버렸다. [관음보살의] 거룩한 모습을 부끄럽게 여겨 [우러러] 대하며 참회하여 마지않았다.

엄청난 고통과 힘겨운 고생이 모두 꿈이라니 일단 다행이라고 해야 할까. 꿈으로 각성하는 이야기는 불교 서사에서 종종 효과적으로 이용되는 장치다. 17세기 고소설 「구운몽」의 주인공 성진도 꿈에서 깨어 종교적으로 대오각성하지 않았던가.
얼마나 마음고생을 했는지 조신의 머리가 하룻밤 사이에 세었을 정도였다. 이야기는 이제 조신의 종교적 각성에 초점을 맞춰 서술된다. 행복하게 시작했던 사랑이 쓰라린 고통으로 종결된 꿈을 꾸고 나서 조신은 인간 세상일[人世]에 뜻이 없어졌다. 괴로운 인생살이[勞生]는 백 년 동안의 쓴 고통[百年辛苦]이고 탐욕으로 얼룩진 마음[貪染之心]이었다고 스스로 정리한다. 꿈이긴 했어도 두 사람이 겪는 인생의 고통이 극심했다. 그리고 근저에는 가난이 있었다.

해현으로 가서 [꿈속에서] 큰 아이를 파묻었던 자리를 파보았더니 돌미륵이 나왔다. 깨끗이 씻어서 이웃 절에 봉안하였다. 서울로 돌아가 장사 관리의 책임을 벗고 나서 개인 재산을 들여 정토사(淨土寺)를 세우고, 부지런히 착한 일을 닦았다. 그 뒤 어디서 세상을 마쳤는지 알 수 없다.

각성한 조신은 꿈속에서 갔던 곳에 실제로 가보고 종교적 표징을 발견한다. 조신은 불교에 더욱 잠심하게 되고 절을 세우고 수도생활을 하다가 삶을 마쳤다.

처음에 조신은 김씨녀를 사랑하여 정신을 못 차리고 관음보살에게 만나게 해달라고 졸랐던 것처럼, 9세기 서사문학사에서는 여자를 향한 남자의 욕망이 드러나는 작품이 가시화되었다. 설화 「최치원」이 대표적인 예이다. 최치원이 젊은 나이에 죽은 두 여자의 무덤에 가서 희롱조의 시를 던졌다가 아름다운 두 여귀를 만나게 되고 그들과 하룻밤을 보낸다는 이야기인데, 여기에도 잘못된 만남이라는 주제가 들어 있다. 여성을 향한 남성의 욕망이 본격적으로 문학화되는 시점에 「조신」과 「최치원」은 이정표가 되는 작품이다.

조신과 김씨녀의 이야기에는 불교 특유의 '인생은 고해(苦海)'라는 전제가 깔려 있다. 근심과 괴로움은 욕심에서 비롯된 것이고 탐염의 마음은 헛된 것이라고 한다. 하지만 '인간은 욕망하는 존재'라 하니 욕망하는 게 당연하고 자연스럽다. 인간이 욕망을 가동하면서 삶이 지속되는 것이고, 고통으로부터 해탈하려는 의지도 결국 욕망에 다름 아니니 조신의 각성에 동의하기가 어렵다.

가난이 주는 고통은 이들의 사랑을 방해하였다. 구차한 생활, 생로병사의 고통, 사람들로부터 받는 수모 등의 처절하고 고통스러움은 사랑한다고 해서 이겨 낼 수가 없었다. 사랑은 고통을 이겨 내는 힘이 되지 않았다. 사랑으로 시작했지만 가난의 고통이 두 사람을 헤어지게 한 것으로 서사 논리가 정리된다. 고통에 사랑이 와해되었다. 김씨녀의 말 중에 "뭇 새가 함께 굶주리는 것이 어찌 한 마리 난새가 거울을 보고 짝을 그리워하는 것만 같겠습니까?"라는 표현은 곧 가족 모두 가난으로 고통 받느니 차라리 홀로 외로운 게 낫다고 보는 시각을 드러낸다. 사랑을 시작하는 무렵, 두 마음은 별처럼 반짝이며 오래오래 같이하리라고 기대했다. 가슴 벅차고 충만하던 시간이 살아가는 과정에서 가난으로 인해 사그라들었다. 이 서사에서 가난의 고통은 성공적으로 사랑을 방해하고 있다. 가난의 고통이 삶을 연속적으로 타격하자 두 사람은 이별로 인연을 종결하고 말았다.

물론 가난을 극복하는 것은 쉬운 일이 아니지만 두 사람이 문제를 해결하는 방식은 어딘가 미진한 구석이 있어 아쉬움이 남는다. 어렵다고 헤어져야 하는가? 이 작품에서 생존을 위협받는 정도의 가난이라면 사랑은 최우선이 아니라는 논리다. 생존을 더욱 우선적인 가치로 두고 있다. 그러나 독자여, 당신이 사랑하는 사람을 떠올려 보라. 콩 한 쪽도 나누어 먹고 싶지 않은가?

이야기가 전하는 문헌과 관련 서사

위 이야기는 『삼국유사』 권3, 탑상(塔像) 제4 「낙산이대성, 관음, 정취, 조신(洛山二大聖 觀音 正趣 調信)」 조에 전한다. 조신과 김씨녀의 사랑이 세속 남녀의 욕망이 허망한 것임을 드러냈다면 불교적 세계관에서 남녀의 사랑은 어떠해야 이상적인가. 불교적 세계관에 따른 이상적 부부에 대한 이야기가 『삼국유사』 권5, 감통 제7 「광덕 엄장(廣德嚴莊)」에 전한다. 광덕과 그의 처, 그리고 광덕의 친구 엄장의 삼각관계가 종교적 주제를 구현하고 있다.

「광덕과 엄장」

문무왕 대에 중 광덕(廣德)과 엄장(嚴莊)이라는 사람이 있었다. 두 사람은 서로 친하여 밤낮으로 약속하여 말하였다.

"먼저 극락으로 가는 사람은 모름지기 알려야 한다."

광덕은 분황사 서쪽 마을(혹은 황룡사에 서거방이 있었다고 하나 어느 것이 옳은지 알 수 없다)에 숨어 살면서 신 삼는 것으로 생업을 삼아 처자를 데리고 살았고, 엄장은 남악(南岳)에 암자를 짓고 살면서 나무를 불태워 힘써 경작하였다.

하루는 해 그림자가 붉은빛을 끌며 소나무 그늘에 고요히 저물어 갈 무렵 창밖에서 소리가 나면서 알리기를,

"나는 서쪽*으로 가니 자네는 잘 지내다가 곧 나를 따라오게."

라고 하였다. 엄장이 문을 밀치고 나와 그것을 살펴보니 구름 밖에 천악(天樂) 소리가 들리고 밝은 빛이 땅으로 이어져 있었다. 다음 날 그 집을 찾아가니 광덕은 과연 죽어 있었다. 이에 그 부인과 함께 시신을 거두고 무덤을 만들었다.

일을 마치자 곧 부인에게 말하기를

"남편이 죽었으니 함께 사는 게 어떻겠는가?"

라고 하니 부인이 좋다고 하여 드디어 머물렀다. 장차 밤에 잠자리를

---

* 불교의 이상향인 서방정토(西方淨土)를 뜻하는 말.

같이하고자 하니 부인이 부끄러워하면서 말하였다.

"법사가 정토를 구하는 것은 나무에 올라가 물고기를 구하는 것이라 말할 수 있겠습니다." 엄장이 놀라고 이상하여 물어 말하였다.

"광덕은 이미 하였는데 나는 어찌 꺼리겠는가."

부인은 말하였다.

"남편과 나는 십여 년을 함께 살았지만 하룻밤도 같은 침상에서 자지 않았는데 하물며 부정하게 닿아서 더럽혔겠습니까? 다만 매일 밤 단정한 몸으로 바르게 앉아 한 소리로 아미타불만 염불하였고, 혹은 16관(十六觀)˚을 만들고 관이 이미 무르익어 밝은 달이 문으로 들어오면 이때 그 빛 위에 올라 그 위에서 가부좌를 하였습니다. 정성을 다하는 것이 이와 같으니 비록 서방정토로 가지 않겠다고 마다한들 어디로 가겠습니까. 무릇 천 리를 가는 자는 첫걸음으로 알 수 있다고 하는데 지금 법사의 관은 동쪽으로 가겠습니다. 서쪽으로 가실지 아직 알 수가 없군요."

엄장은 부끄러워 얼굴을 붉히고 물러 나왔다. 곧 원효법사(元曉法師)가 거처하는 곳으로 나아가 진요(津要)˚˚를 간절히 구하였다. 원효는 정관법˚˚˚을 만들어 그를 가르쳤다. 엄장은 이에 몸을 깨끗이 하고 잘못을 뉘우쳤고 한뜻으로 관찰하는 도를 닦으니 또한 서방정토에 오를 수 있었다.

˚ 마음을 통일하여 정토를 관상하는 열여섯 가지의 방법을 일컫는 불교 용어.
˚˚ 곰사물의 요점을 일컫는 불교 용어.
˚˚˚ 『삼국유사』 이본에 따라 쟁관법(錚觀法), 정관법(淨觀法), 삽관법(鍤觀法) 등의 명칭으로 전하나 여기서는 가장 일반적인 개념인 정관법으로 번역하였다.

이 사랑과 관련된 유적·유물

흥교사(興敎寺)는 지금 남아 있지 않은데, 연구에 따르면 그 터는 강원도 영월군 영월읍 흥월리 1083번지 일원으로 태화산에서 남서쪽으로 이어지는 능선의 중단부(545~561m)에 형성된 평탄지로 추정된다. 『신증 동국여지승람』에 따르면 조선 전기까지 남아 있었다.

16세기의 귀녀와 채생
외모 지상주의의 함정

귀녀와 사랑한 사연은 계속 관심을 끌어 설화와 고소설로 창작되었다. 이 책에서만 해도 귀녀와 사랑한 작품을 세 편이나 보았다. 귀신이라는 소재가 관심을 끌고 재미를 제공했다는 뜻이다. 귀신의 존재론적 위치는 알쏭달쏭하기 때문에 호기심을 자아낼 수밖에 없다. 그래서 현대에도 귀신 서사는 계속 만들어지고 있다.

이번에 살펴보려는 작품은 의도를 가지고 창작된 서사가 아니라 경험담을 현장에서 기술한 르포^{reportage} 형식인지라 귀신에 대해 사람들이 어떤 경험담을 말해 왔는지 알아볼 좋은 기회다. 입으로 전해진 것을 기록했다는 점에서 구비문학인데 자연발생적이라는 측면에서 문학작품을 지향하지 않으면서 문학작품이 된 경우이다. '내가 귀신을 봤는데 말이야' 하는 식의 이야기인 것이다.

사람이 좋아하는 것 중 하나가 미(美), 아름다움이다. 좋아하는 것, 아름답다고 여기는 것에 눈길이 가게 마련이다. 미의 기준과 내용은 보는 이에 따라 다를 수 있지만 미 자체를 추구하지 않는 사람은 없다. 그런데 내면의 미보다는 외면의 미가 금세 눈에 띄고 사람들의 눈길을 끈다. 외적인 아름다움을 탐하는 정도가 커지면 더 아름다워지고 싶어 건강한 몸에 칼을 대기까지 하니 사람을 매혹하는 미의 힘은 참으로 마력적이다.

잘생긴 이성에 대한 관심은 인지상정일 것이다. 많은 남자가 공개적으로 미인을 이상형으로 꼽는다. '20대 남자는 예쁜 여자를 좋아하고, 30대 남자는 예쁜 여자를 좋아하고, 40대 남자는 예쁜 여자를 좋아하고, 50대 남자는 예쁜 여자를 좋아하고, 60대 남자는 고운 여자를 좋아한다'는 농담은 외모 지상주의적 관점을 보여 준다.

문학 서사에서도 아름다운 사람, 잘생긴 사람에게 사랑을 느끼는 이야기가 후대로 갈수록 더욱 많아진다. 16세기 배경의 서사 속 한 남자에게 한 미녀가 다가왔다. 정말 수려한 외모가 사랑을 담보할 수 있을까? 그들의 사랑 이야기를 따라가 보자.

근래 채(蔡)씨란 성을 가진 한 학생이 훈련원(訓練院) 가까이에 살고 있었다. 어느 날 해가 저서 어둑어둑할 무렵에, 거리에 나섰는데 길에는 행인의 발걸음이 점차 드물어지고 달빛이 어스름하여 먼 데 있는 사람의 모습은 희미하게 볼 수 있으나 얼굴을 확인할 수 없을 정도였다.

저만큼 떨어져 한 부인이 길에 서 있거늘 서로 한동안 바라보다가 채생이 천천히 다가가 보니 소복에 비녀를 나지막이 꽂았는데 얼굴은 밝고, 요염한 것이 사람에게 비쳐 왔다.

어둠이 몰려와 달빛만 어른거리는 길. 채생은 멀리서 한 여인을 발견
하였다. 가까이 지나쳐 보니 미인이었다. 채생은 여인이 죽음과 연관
된 옷, 소복을 입었음에도 괘념치 않는다. 그만큼 아름다움에 우선
적 가치를 두고 있음을 알 수 있다.

채생이 정신이 황홀하여 자신도 모르게 눈짓을 넌지시 해보고 손으
로 더듬어 보아도 여인은 놀라거나 싫어하는 빛이 없었으므로 몸을
바싹 붙이고 말하기를,
"좋은 밤 한가로운 풍경에 귀한 분을 이렇게 만나니 솟아나는 정을
스스로 억제할 수 없어 순간적으로 미친 짓을 저질렀소만 진(晉)나라
의 한수(韓壽)가 향(香)을 훔친 일이 무어 그리 죄가 되리오. 부디 조
금이나마 용서해 주시오."
라고 하였다.

마음이 동하여 그녀에게 가까이 가서 눈짓하고 손으로 만지며 유혹
하였다. 여자도 싫어하지 않는 눈치에 채생은 용기가 났다. 그 역시
미인에 약한 남자였다.

부인이 얼굴을 약간 붉히면서 나직한 목소리로,
"군자(君子)는 어떤 분이시기에 오다가다 만난 아녀자에게 이다지도
정중하신가요. 미천한 계집에게 혹시라도 뜻이 계시다면 제가 가는
곳으로 따라오시겠나이까?"
라고 말하였다.

희롱 섞인 접근을 뿌리칠 줄 알았던 여인이 도리어 만남을 제안하였다. 채생은 다음과 같이 말한다. 이는 「만복사저포기」의 양생의 태도와 다르지 않다.

> 채생은 놀랍고 즐거움이 지나쳐,
> "이것이 바로 감히 청할 수 없다는 것이요. 아직 낭자의 성씨조차 모르기에 굳게 잠긴 깊숙한 집을 상상만 하여도 발걸음이 떨어지지 않소."
> 하니, 부인이
> "이미 정을 허락한 바이온데 무슨 걱정을 하십니까."
> 라 말하고, 소매를 잡고 같이 걷는 것이었다.

이러지도 저러지도 못하는 양가적(兩價的)^{ambivalent} 모습이다. 여인을 따라가고 싶긴 한데 한편으로는 은근히 걱정하고 있음을 알 수 있다. 미인의 정체를 모르기에 두려움이 생긴 것이다. 잘 모르는 상태에서 두려워지는 것은 일반적인 심리이다. 그의 말에는 마음속 양쪽의 생각이 다 들어 있다. 어떻게 할까 고민하는데 오히려 여자가 용감해지자 채생은 끌려가듯 걸어간다.

> 골목길을 돌아 개천 하나를 건너니 큰 저택이 보이는데 흰 담장이 둘려 있었다. 채생을 잠깐 기다리게 하고 부인이 먼저 들어가고 나니 사람 소리 하나 들리지 않고 인적도 뚝 끊겼다. 채생이 주위를 배회하며 기다림에 지쳐 놀란 듯 잃어버린 듯도 하여 마음을 채 가눌 수 없었다.

기대 반, 두려움 반으로 채생은 두근거리는 마음을 겨우 가누고 있다. 두렵기도 하고 긴장했어도 자신의 집으로 가지는 않았다. 모험을 포기하지 않을 모양이다.

한참 만에 머리를 갈라땋은 한 소녀가 문을 반쯤 열고 나와 채생을 인도하여 여덟 겹 문으로 들어서니 흰 돌로 기둥을 한 누각이 솟아 있는데, 집의 짜임새와 웅장한 모습이 사람의 손으로 이루어진 것 같지 않았다. 그 옆에 깊숙하고 아늑한 방이 있는데 녹색 창과 자줏빛 발이 영롱하여 눈이 부셨다.
부인이 문 앞에 나와 맞으며,
"모두 잠들기를 기다리느라고 너무 오래 서 계시게 해서 혹시 의심이나 하시지 않았는지요."
하고 소매를 끌어 앉혔다.

기다렸던 여인이 나왔고 채생은 아름다운 방으로 인도되었다. 창은 녹색이고 발은 자줏빛이라니 화려한 방이다.

사방 벽을 살펴보니 쳐놓은 병풍과 걸린 서폭(書幅)의 색깔이 눈부시며, 수놓은 자리와 꽃방석이 아름답게 깔려 있고 화장대와 화롯불의 성대함이 모두 세간에서 볼 수 있는 것들이 아니었다. 채생의 마음이 괴이하고 눈이 현혹되어 여기가 필시 신선이 사는 진경(眞境)이 아닌가 의심하여 스스로 부끄럽고 위축되어 얼굴이 찌푸려짐을 어쩌지 못하였다.

여인의 집이 너무나도 훌륭하여 신선이 사는 곳 같았다. 그러나 채생의 양가적 심리가 또 한 번 드러난다. 좋으면서도 얼굴이 찌푸려짐을 어쩌지 못한다는 것은 뭔가 석연치 않은 점이 있어 마음에 걸린다는 것이다.

부인이 소녀에게 술을 들여오라고 명하여 주안상이 들어왔는데 모두 진기한 것들이었다. 쌍룡으로 얽혀진 귀가 달린 백옥(白玉) 잔에 술을 가득 채워 채생에게 권하면서 용모를 단정히 하고
"미천한 계집의 운명이 기구하여 어려서 부모를 잃고 자라서도 배우자를 만나지 못하여 유모에 의탁하여 살다 보니 규방(閨房)의 법도(法度)에 익숙지 못합니다. 매양 고요한 밤에 풍경을 감상하며 긴 한숨 속에 지내다 동무를 따라 길거리에 나섰는데 홀연히 치닫는 마차와 뛰는 말이 길을 메우고 달려오기에 길가로 조금 피한다는 것이 그만 길을 잃고 동무마저 놓쳐 홀로 길을 방황하던 차였습니다. 다행히 그대의 멋있는 모습을 뵙고 또한 은근한 정을 보여 주심을 알고서 저도 모르게 법도를 이같이 어기게 되었습니다. 만약 임께서 저를 천하게 여기지 않으신다면 평생을 모시어 이 몸이 닳아 없어지더라도 여한이 없겠나이다."
라고 말하였다.

여인이 스스로 자신의 정체를 밝힌다. 그리고 이 만남이 비록 법도를 어긴 것이긴 해도 자연스럽게 만나게 된 것임을 강조한다. 채생이 동의한다면 평생 모시겠다는 뜻을 털어놓는 것은 「만복사저포기」의 귀녀와 같다.
비록 두 주인공이 성적 욕망, 색욕(色慾)[lust]에 눈이 멀었어도 남자든

여자든 기쁘게 받아들이는 말은 '결혼 약속'이다. 고전 서사에서는
색욕이 추구될 때라도 결혼을 전제하는 경우가 많다.

> 채생이 일변 마시고 일변 감사하여 미칠 듯 기뻐 말문이 막혀 더듬
> 거릴 뿐, 속으로 이는 필시 하늘에서 내려준 복일 것이라고 생각하였
> 다. 이리하여 두 사람은 주거니 받거니 말을 그칠 줄 모르는데, 밤 시
> 각을 알리는 종은 이미 세 번 울렸다.

채생이 여인의 말을 듣고 미칠 듯 기뻤다고 하니 귀한 가치들, 즉 미
인과 귀, 부를 얻었다고 생각해서였을 게다. 그는 하늘이 준 복이라
고 생각했다. 과연 그러할까?

> 술은 거나하고 말소리도 끊어지니 소녀가 살며시 들어와 채생의 각
> 대(角帶)와 초립(草笠)을 받아 횃대에 걸고 금침(錦枕)을 펴고 촛불을
> 내어 간 뒤 채생이 부인을 덥석 끌어안고 두 사람이 즐기는데 벌이
> 노는 듯 나비가 춤추는 듯이 얽히기를 다한 후에도 서로들 기이한
> 상봉을 못내 기뻐하여 퉁소 불던 한 쌍이 달밤에 만나던 기쁨도 어
> 이 이 같으랴 싶었다.

그들은 즐겁게 이야기를 나누다가 술을 나누고 이제 관심은 성적 쾌
락을 향한다. 쾌락이 깊어 가고 즐거움을 누리는 밤이다.

> 시간은 새벽을 재촉하나 즐거운 흥은 아직도 멀었는데, 갑자기 천둥
> 소리가 머리를 때리듯 요란하여 놀라 눈을 뜨니 자기가 돌다리 아래
> 누워서 흙투성이 돌을 베고 떨어진 거적을 덮고 있었다. 코를 찌르

는 악취가 앞을 가리며, 벗은 초립과 각대는 다리 기둥 틈에 걸려 있었다. 아침 해가 이미 솟아 인마(人馬)가 시끄럽게 내달리고 땔나무 실은 수레 두 대가 쿵쿵거리며 다리를 건너고 있었다.

갑자기 다른 세상이 펼쳐졌다. 눈앞의 공간이 다른 공간이 되었다. 채생은 흙바닥에서 돌을 베고 거적을 덮고 누워 있었다. 여인을 만나 겨우 사랑을 시작했는데 모두 환각이라니 충격이 아닐 수 없다.

채생이 소스라쳐 놀라 미친 사람처럼 집으로 되돌아와 며칠이 지나서야 겨우 안정되는 듯하였으나 아직도 망연히 마음이 울적하여 마치 하늘에 오르다 떨어진 기분이었다.

과연 하늘이 복을 내린 결과일까? 복이 아니건대 조우의 의미는 달리 해석되어야 한다. 다시 말해 하늘의 복으로 해석한 것은 하늘의 뜻이 아니라 자신의 뜻대로 좋을 대로 해석한 것이라는 사실을 인정해야 한다. 상황을 좀 더 파악했어야 했고 여성의 정체를 모르는 상태에서 과한 관계를 단시간에 맺었음을 반성해야 하는 각성의 순간이다. 그럼에도 채생은 나약한 인간성의 한 단면을 보여 준다.

고개를 빼어 혹시나 한 번 더 만나 볼 수 있을까 초조해하였으나 곧 요귀에게 홀린 줄을 알고 무당이 굿을 하고 의원이 뜸도 뜨는 등 약물과 기도를 백방으로 하여 겨우 병이 낫게 되었다. 그 다리는 서울 안 큰 개천 하류에 있는 것으로 다리 이름은 태평교(太平橋)라 한다.

귀녀에게 매섭게 당했으면서도 채생은 기쁨의 국면만을 부각시켜 기억하면서 혹시나 하는 기대감을 떨치지 못한다. 채생은 그 만남에 큰 영향을 받았기에 쉽게 잊지 못하고 만날 수 있을까 기대한 것이다. 동시에 귀신으로부터 멀어지고자 노력했으니 채생은 이 지점에서도 양가적 정서를 유감없이 보여 준다. 그는 귀신 쫓는 구마(驅魔)의식을 치렀다. 굿을 하고 치료를 받고 기도를 하여 겨우 나았다 한다.

채생을 만나 본 어떤 사람이 그 일을 퇴재(退齋)란 분한테 상세히 얘기하니, 퇴재가 듣고 탄식하기를,
"그런 일이 있었던가. 요귀는 사람을 묘하게 홀리느니라. 추악하고 요괴로움을 꾸며 미모로 나타나고 간악하고 위장된 일을 오히려 미담(美談)으로 바꾸며, 악취를 향기롭게 하고 더러운 흙투성이를 훌륭한 궁실로 만들어 사람의 마음을 홀리고 눈을 어지럽혀 갖은 수법으로 현혹시켜 유혹하니 기개가 지극히 크고 강직한 사람이 아니라면 누군들 유혹되지 않겠는가.
채생이 계집과 만나게 된 것을 스스로 기뻐하고 있을 때 만약 옆에서 누가 귀에다 대고 요귀임을 알려 주더라도 깨닫지 못할 것이고, 또 구하여 주려고 하더라도 오히려 노여움만 사게 될 것이고, 심지어는 귀신의 힘을 빌려 해치려 하였을 것이니, 그때 만약 다리 위의 천둥소리만 없었던들 다리 밑 귀신이 되고 말았을 것이다.
천하에는 세상을 어지럽히고 민심을 문란케 하는 것이 귀신보다도 더한 일이 많으니, 채생이 그렇게 당한 유혹 정도는 이미 수없이 많았으리라. 다행히 약물과 기도로 채생의 병은 고쳤지만, 만약 어느 누가 하우(夏禹)의 솥 만들던 일을 돌이키고 우저(牛渚)의 일을 비추

어 세상의 요귀로 하여금 대낮에 그 요망스러운 짓을 못하게 하여 천
하의 뭇사람을 채생과 같은 홀림에서 풀어 줄 수 있을까."
하였다.

귀신과의 환각적 사랑 이야기를 들은 제삼자의 논평이 이어진다. 귀
신의 유혹이 대단하여 무서우나 이외에도 세상의 유혹은 수많을 터
니 이 홀린 사람들을 어떻게 하면 풀어 줄 수 있을까 탄식한다. 그들
의 만남이 사랑이 아니라 부정한 존재의 유혹에 빠져 미혹(迷惑)된
일로 정리되었다.
채생은 여인의 겉모습에 홀려 여인의 말을 모두 믿고 의심하면서도
자신의 성적 욕망을 멈추려 하지 않았다. 채생은 기뻐 미칠 것 같았
다고 했다. 이외의 의심과 생각은 모두 사라지고 그는 성관계를 맺는
데 관심이 기울었다. 결과는 참담하였으니 현실에서 진흙탕에 누운
자신의 모습을 보아야 했다. 간밤에 구름 같았던 큰 저택은 흙구덩
이고, 여인은 귀신으로 판명이 났다.
이 이야기는 겉의 모습만 보고 속의 실상은 알지 못한 만남의 위험
성을 보여 준다. 이 유형의 사랑이 두려운 것은 한 사람만 현실적 상
황을 모른다는 데 있다. 채생은 귀녀를 믿었고, 색욕을 추구했을지라
도 귀녀를 진심으로 대하였다. 귀녀는 채생을 거짓으로 대하고 희롱
한 반면 채생은 결혼을 전제로 관계를 가졌다.
귀녀와 채생의 이야기는 주인공이 귀신과 사랑한다는 점에서 「최치
원」 설화와 비슷해 보인다. 하지만 최치원은 처음부터 여인들이 혼령
인 줄 알았다. 즉 정체를 알고 이를 수용하였지만, 채생은 정체를 모
른 채 좋아하기 시작했고, 그 결과 자신의 능력으로 감당하기 어려
운 모습으로 귀환했다. 채생이 색욕에 빠져 망각한 사실들은 거부할

수 없는 형태로 돌아오는 것으로 종결된다. 쉽게 해석하지 말지어다. 하늘이 복을 내린 것이라고.

이야기가 전하는 문헌과 관련 서사

이 이야기는 조선시대 문인 김안로(金安老, 1481~1537)가 1525년에 쓴 『용천담적기(龍泉談寂記)』에 전한다. 저자는 미지의 세계를 궁금해하면서도 굉장히 두려워하는 글을 남겼다.

사람과 귀신의 사랑이야기의 연원은 오래되었다. 관련 자료로 13세기 최자(崔滋, 1188~1260)의 『보한집(補閑集)』에 수록된 귀신을 만나 사랑한 고려시대 사랑담을 옮겨 보겠다. 한글로 번역된 것을 옮긴다. 원문은 『보한집』 하권에 나온다.

귀녀와 이인보

승안 3년 무오년에 사천감 이인보가 경주도제고사로서 두루 산천에 제 올리는 일을 마치고 돌아가다가 저물녘에 부석사에 이르렀다.

그 절의 어떤 스님이 빈객으로 머무는 객우에 그를 맞이하여 들였다. 쓸쓸히 좌우에 아무도 없었는데 홀연히 어떤 여인이 문득 행랑마루 사이에 보이기에 사천감이 짐작하기로 근방의 고을 목사가 보낸 기생이려니 생각했다.

조금 있다가 그 여인이 너울너울 춤을 추면서 뜰 아래로 내려와 그에게 절을 하니 그 몸가짐이 창기 같지는 않았다. 자세히 보니 보통 속세의 사람 같지 않아 사천감이 비록 괴이히 여겼으나 하도 그 맵시가 고와서 차마 거절할 수 없었다. 이에 옷을 떨쳐입고 문을 나서서 두루 구경하는데 유독 오래되고 괴이한 한 우물을 보고 크게 놀라 주저앉아 버렸다.

이슥한 뒤에 한 사미승이 주지의 명이라며 와서 아뢰기를

"대감께서 심히 지치시고 피로하실 것이온데 다행히 지금 여기 머무시게 되셨으니 장실(스님이 거처하는 방)에 드시오면 차를 끓여 올리겠습니다."

라고 했다. 사천감이 하는 수 없이 장실로 들어가니 억지로 여자에게 시중들게 하자 두세 번 사양하니 방문을 나갔다. 주지와 함께 은근한 얘기를 나누다가 밤이 깊어서야 파하고 돌아왔다.

조금 있다가 아까 봤던 그 여인이 다시 찾아온 것을 보고는 사천감이 그녀를 가까이하여 은근한 정을 보냈다. 그 여인이 말하기를

"대관(大官)께옵서는 이미 저를 의심하지 않으셨습니다. 소첩이 거처하는 곳이 여기에서 멀지 않아 공의 높으신 뜻을 몰래 사모하여 찾아왔을 뿐이옵니다."

라고 했다. 그 여인이 사람을 맞이하여 대하는 태도가 지혜롭고 영리하며 여유 있어 보였다. 그래서 마침내 잠자리를 같이하여 그윽하고 깊은 정을 곡진하게 나누며 사흘을 머물다가 떠났다.

우정에 머물러 자게 되었는데 지난번의 그 여인이 슬그머니 찾아왔다. 사천감이 말하기를

"그대와의 관계는 이미 지난 일인데 어찌해서 다시 찾아왔는가."

라고 하니 그 여인이 대답하기를

"저는 이미 낭군의 자식을 하나 잉태하였사온데 다시 하나를 더 얻고자 찾아왔사옵니다."

라고 했다. 이에 전과 같이 잠자리를 같이하였다. 새벽에 이르러 이별

을 나누게 되었는데 운우의 정이 심히 아쉬웠다.

그러나 길을 떠나 홍주에 들어가 자려고 하는데 그 여인이 다시 찾아온지라. 사천감이 곰곰 생각하기를 만약 옛정을 못 잊어 그녀와 다시 정을 나누게 되면 후환이 두려우리라고 생각하여 마침내 그녀를 앞에 앉혀 놓고 거들떠보지도 않았다.

그 여인이 이슥도록 똑바로 바라보고 있다가 화를 발끈 내며 얼굴색을 고치며

"좋사옵니다. 이후로는 다시 보지 않는 것이 좋겠습니다."

라는 말을 남기고는 곧 문을 나서자 회오리바람이 일어 땅을 휩쓸어 청사 사이에 있는 한 사립문을 쳐서 부서뜨리고 나뭇가지 끝을 꺾어 놓으니 마치 도끼나 작두로 자른 것 같았다.

이 사랑과 관련된 유적·유물

이야기 속 태평교(太平橋)는 서울 종로5가와 을지로6가 사이 청계천에 있던 다리로, 지금은 마전교(馬廛橋 또는 馬前橋)다. 마전교라는 명칭은 조선 영조 대에 다리 옆 광장에서 말을 매매하여 붙여진 이름이다.

마전교 위에서 바라본 겨울의 청계천

IV.

외부가 된 내부, 뫼비우스의 띠
:
의심하는 사랑

외부에 있던 사랑의 방해물이 사랑하는 관계 내부에 자리 잡으면 의심이 시작된다. 사랑하는 사람의 시선^{gaze} •이 사랑을 진척시키는 게 아니라 오히려 방해물이 된다. 이러한 작품에는 사랑의 기쁨이나 고통보다는 사랑 자체, 사랑의 가능성, 사랑의 지속과 성공 여부를 의심하는 시선이 팽배하다. 외부와 내부가 뒤섞여 이 시선은 복잡하다. 어떻게 내부에 형성된 외부를 내부로부터 가려내고 극복할 것인가? 주인공들은 어떤 힘으로 내부에 포진된 외부적 요소를 제거할 것인가?

물론 이 유형의 사랑에도 전통적인 외부의 방해물이 있다. 그러나 사랑을 본격적으로 방해하는 것은 그 방해물이 아니라, 사랑을 의심하고 회의하는 주인공들의 시선이다. 사랑의 대상이 과연 나에게 쾌(快)^{pleasure}를 가져다줄 펠러스^{phallus} ••를 가지고 있는가를 의심하기 시작한다. 상대가 펠러스를 제공하지 못할 것 같으면 작품 속 인물은 사랑을 극도로 회의하기 시작한다. 아무리 핑크빛 떨림으로 온 우주를 울리며 시작한 사랑일지라도 회의와 의심의 시선으로 바라보게 시작하면 흔들린다.

사랑을 의심하는 시선은 9세기 설화 「최치원」에서 보이기 시작하여 17세기 이후 작품에 두드러지게 나타난다. 사람들이 이러한 시선을 갖게 된 이상, 사랑은 줄곧 의심스러운 대상이자 주체에게 불안을 초래하는 원인이 되었다. 이 시선은 사랑의 실패와 상실로부터 자신을 보호하려는 심리적 메커니즘에서 비롯된 것이다. 같은 이상(理想)을 가진 남녀는 일심동체(一心同體)처럼 사랑하지만, 의심하는 사랑을 하는 인물은 자기중심주의가 심화되어 사랑의 진로, 성패 여부에 대해 자신이 중심이 되어 미리 판단하려 한다. 물론 두 사람이 연합하여 세상에 변화를 일으켰던 신화적 사랑과도 거리가 멀다.

시대적으로 근대에 가까운 작품일수록 사랑은 의심을 받는다. 사랑에 대한 전폭적 믿음이나 당연하게 여겼던 사랑의 가치는 실패와 상실을 두려워하는 불안의 정서로 변화한다. 이러한 정서적 징후는 근대 이후 작품들에서 더욱 가속화된다. 그러나 사랑이 의심된다고 해서 모든 사랑이 실패작일까?

작품을 살펴보면, 의심이 곧 실패는 아니었다. 의심은 사랑의 방해물이지만, 연인에 따라 의심을 극복하고 사랑을 성장시키기도 했다. 연인의 역량에 따라 의심은 방해물이 되기도 하고, 사랑을 더욱 든든히 강화시켜 주는 보루가 되기도 한다. 팰러스를 향한 욕망보다 사랑에 집중할 때 성공하게 됨을 볼 수 있었다. 이제 사랑을 의심하는 눈초리로 바라보는 작품을 따라가면서 국면을 살펴보자.

---

* 시선은 보이는 대로 보는 눈이 아니라 욕망, 보려는 바를 따라 보는 눈이다.
** 본고는 자크 라캉의 팰러스 개념을 따른다. 정신의 영역에서 팰러스는 향락의 기표(signifier)로 기능한다.

9세기의 두 귀녀와 최치원

회수된 열정이여!

이 작품은 전 시대 작품들과 비교해서 두 가지 특징이 도드라진다. 첫째, 9세기 배경의 이 작품에 수재(秀才)와 미녀 커플이 등장한다는 사실이다. 수재는 미녀를 탐하고 미녀는 수재를 탐한다. 현대의 우리에게는 수재가 이상적인 남성상 중 하나라는 사실이 쉽게 받아들여지지만, 어느 시대나 그러했던 것은 아니다. 과거 신화적 세계관의 신성 담론에서는 신의 세계와 교류하여 신성 능력을 갖춘 자가 사회에서 주목받는 인물 유형이었다. 이 담론은 고대국가의 신분제에도 영향을 미쳐 지배층은 자신들에게 각종 신성 기표와 오라^{aura}를 입혔다. 신라의 신분제인 골품제(骨品制)를 유지한 명분도 신성 담론 안에서 이해된다. 골품제는 성골(聖骨)·진골(眞骨)의 골족(骨族)과 6~1두품의 두품층(頭品層)으로 이루어지는데, 성골만이 왕이 될 수 있었고, 두품층에서는 6두품이 가장 높은 등급이었다. 이 담론이 가능한 세계관은 신성과 인성이 연결되어 있다는 신화적 세계관이다.

골품제가 시행되던 이 시대에 신분은 낮아도 지적 능력이 뛰어난 남성이 나타나 이목을 끌었다. 최치원(崔致遠, 857~?)이 대표적인 인물이다. 점차 수재 유형의 남성이 사회의 이상적 남성상이 되기 시작했다. 그는 12세에 당나라로 건너가서 17세에 과거에 급제하고 글로 명성을 얻었다. 한마디로 당시 맥락에서 세계화된 인물이었다. 그러나 높은 관직의 길은 열리지 않았다.

최치원은 뛰어난 지력으로 자국 중심주의에서 벗어나 국제적 감각과 안목을 신라에 도입한 인물이었으나 신분제의 제한을 받아 능력을 펼치기가 어려웠다. 6두품이었던 그는 신라 17관등 중 제6관등인 아찬(阿飡)까지만 올라갈 수 있었다. 잠시 관직 생활을 했으나 그만두었다고 전한다. 이 작품도 그의 울울한 심정을 흠씬 품고 있다.

둘째, 남녀 사이의 심리적 밀고 당기기, 같이하는 즐김의 시간이 구체적으로 묘사된 점이 특징적이다. 이 서사의 전반부는 서로에 대해 알아 가고자 나누는 대화와 즐거운 시간으로 채워져 있다. 「쌍녀분(雙女墳)」 설화로도 알려져 있는 「최치원」 설화는 남주인공 최치원이 두 여자가 묻혔다는 옛 무덤을 보고 감흥이 일어 덤불을 헤치고 돌을 쓸어 내고는 시를 쓰면서 사건이 시작된다. 시는 다음과 같다.

치원이 무덤 앞에 있는 석문(石門)에다 시를 썼다.

어느 집 두 처자 이 버려진 무덤에 깃들어
쓸쓸한 지하에서 몇 번이나 봄을 원망했나.

그 모습 시냇가 달에 부질없이 남아 있으나
이름을 무덤 앞 먼지에게 묻기 어려워라.
고운 그대들 그윽한 꿈에서 만날 수 있다면
긴긴 밤 나그네 위로함이 무슨 허물이 되리오.
고관(孤館)에서 운우(雲雨)를 즐긴다면
함께 낙천신(洛川神)을 이어 부르리.

시의 전반부에는 무덤에 묻혀 세월을 보내야 했던 여인들의 고독한 심정을 이해하는 마음을 담았고, 이는 후반부의 설득을 위한 전제가 되었다. 후반부에서 주인공은 자신도 외로운 처지이니 밤에 만나 남녀 간의 성적 즐거움을 누려 보자는 은근한 제안을 던졌다. 자신의 성적 욕망과 상대의 성적 욕망을 불러일으키려는 설득이 시에 담겨 있다.

놀라운 일이 일어났다. 여귀들이 시에 감응하여 시녀를 보내 화답하는 시를 보내왔다. 낭자들의 시를 본 최치원은 몸이 달아 더욱 만나길 원하였다. 얼마나 최치원이 그들을 만나고 싶어 했는지 다음을 보라.

애타게, 만나 즐겁게 웃기를
온갖 영령과 신들께 기원하나이다.

이토록 만나기를 원한 이유는 무엇일까? 자신에게 두 여인이 쾌를 안겨 줄 것으로 기대하기 때문이다. 두 여인은 최치원에게 욕망의 원인이 되었다. 시녀가 돌아가고 나서 최치원은 여귀들이 나타나기를 오래도록 기다렸으나 소식이 없어서 짧은 노래를 읊조렸는데 마칠 때쯤 갑자기 향기가 나더니 한참 후에 두 여자가 나란히 나타났다.

너무 아름다워서 한 쌍의 투명한 구슬 같았고 두 송이 단아한 연꽃
같았다 한다.

> 치원은 마치 꿈인 듯 놀라고 기뻐 절하면서 말하였다.
> "치원은 섬나라의 미천한 태생이고 속세의 말단 관리라 어찌 외람되
> 게 선녀들이 범부(凡夫)를 돌아볼 줄 생각이나 했겠습니까? 그냥 장
> 난으로 쓴 글인데 문득 아름다운 발걸음을 드리우셨군요."

치원은 두 여귀를 선녀라고 치켜세우며 칭찬하였다. 자기 같은 말단
의 관리를 선녀들이 만나러 와주어 고맙다는 뜻을 전하였다. 그러나
그다음의 분위기는 그가 말했을까 싶을 정도로 전혀 다르다. 최치원
은 옛 중국의 에피소드를 인용하여 두 여귀를 정절을 지키지 못했던
식나라 왕의 부인[息夫人]에 비유했다.

사람이 아닌 영혼임을 알면서도 "오늘 밤 선녀들을 만나지 못한다면
남은 인생 땅속이라도 들어가 찾으리"라고 절절히 말하던 그가 정작
두 여귀를 만나자, 그들의 순결의식을 의심한다. 최치원 자신 역시
야심한 밤에 미녀를 탐하는 사람이면서도 자신의 의도는 돌아보지
않고, 혹 여인의 부정(不淨)이 자신에게 자칫 근심이 되지 않을까 의
심한다. 상대를 희구하는 시선과 상대를 물리치려는 시선이 양립하
고 있다. 이처럼 이 작품에서 최치원의 시선은 복선(複線)이다. 한편
여귀들은 단선(單線)적 시선을 갖고 있다. 여귀들은 최치원이 수재, 어
진 이[仁賢]라 좋아서 만나러 나왔다며 남성을 향한 성적 욕망을 숨
기지 않는다.

여귀는 최치원의 농담조의 빗댐에 이의를 제기한다.

이때 붉은 치마의 여자가 화내며 말하였다.

"담소를 나눌 줄 생각했더니 경멸을 당했습니다. 식규(息嬀)는 두 남편을 좇았지만 저희는 아직 한 남자도 섬기지 못했습니다."

공이 웃으면서 말했다.

"부인은 말을 잘 하지 않지만 말하면 반드시 이치에 맞는군요."

두 여자가 모두 웃었다.

그들은 서로를 조금씩 알아 가는 대화를 나누고 있다. 한마디 한마디마다 심리적 분위기를 타고 있다. 한 여귀는 정색을 하며 자신들을 식부인에 비유한 최치원의 평가에 반발했다. 두 남자를 따른 식부인 같기는커녕 자신들은 한 남자도 따라 본 적이 없다고 반론을 펼쳤다. 이에 최치원은 조금 누그러진 태도로 수긍하지만, 전폭적인 수긍이라기보다는 반쯤만 수긍하는 자세를 보이며 여전히 농담조를 유지하고 있다. 여귀들의 정체에 대해 조금 안심이 되었는지 이어 최치원은 낭자들의 사연을 물었다.

치원이 물었다.

"낭자들은 어디에 사셨고, 친족은 누구인지요?"

붉은 치마의 여자가 눈물을 흘리며 말했다.

"저와 동생은 율수현의 초성향(楚城鄕) 장씨(張氏)의 두 딸입니다. 돌아가신 아버지는 현의 관리가 되지 못하고 지방의 토호(土豪)가 되어 동산(銅山)처럼 부를 누렸고 금곡(金谷)처럼 사치를 부렸습니다. 저의 나이 18세, 아우의 나이 16세가 되자 부모님은 혼처를 의논하셨습니다. 그래서 저는 소금장사와 정혼하고 아우는 차(茶)장사에게 혼인을 허락하셨습니다. 저희들은 매번 남편감을 바꿔 달라고 하고 마음에 차지 않아 울적한 마음이 맺혀 풀기 어렵게 되었고 급기야 요절하게 되었습니다. 어진 사람 만나기를 바랄 뿐이오니 그대는 혐의를 두지 마십시오."

두 사람의 모두 마음에 들지 않는 결혼을 강요받은 데 대한 울분으로 죽게 되었다. 재력가인 부모는 딸들도 상업인과 결혼시키려 했으나 두 여귀는 어진 사람을 만나기 원했기에 짝을 바꿔 달라고 하였다. 그 마음이 사무치다 못해 요절했다는 것이다.
이제 두 여인의 사연을 이해했음에도 최치원의 질문은 여기서 멈추지 않는다. 두 여귀에게 다음과 같이 물었다.

"무덤에 깃든 지 오래되었고 초현관에서 멀지 않으니, 영웅과 만나신 일이 있을 터인데 어떤 아름다운 사연이 있었는지요?"
붉은 소매의 여자가 말했다.
"왕래하는 자들이 모두 비루한 사람들뿐이었는데, 오늘 다행히 수재를 만났습니다. 그대의 기상은 오산(鰲山)처럼 빼어나서 함께 오묘한 이치를 말할 만합니다."

그의 질문은 "나 말고 누굴 만난 적 있어?"라고 묻는 듯하다. 이 질문에는 상대로부터 "당신이 최고!"라는 찬사를 듣고 싶은 욕망이 가득하다. 여귀들도 최치원 같은 수재를 만난 적이 없노라고 치켜세워 주었다. 이렇게 인정도 받고 좋은 분위기에서 그는 두 여성과의 만남을 즐기기 시작한다.
술을 나누어 마시고 시에 마음을 담아 주거니 받거니 했다. 시녀 취금의 노래도 듣는 등 분위기는 무르익었다. 시간이 흐르자 최치원은 은근히 한 남자와 여자 둘이 관계를 맺은 옛이야기를 인용하면서 두 여인에게 인연을 맺어 보자고 떠본다. 기쁘게도 그들은 허락하였다. 그리하여 세 사람이 베개 셋에 한 이불 아래 누웠다.

한껏 즐거움을 누리고 나서 최치원은 그새 마음이 흡족하던 마음이 변하여 규방 여인을 안지 못하고 무덤의 여인을 껴안았노라고 농담을 던진다. 이에 여귀들은 시를 지어 분노를 표한다.

　　　　언니가 시를 지어 읊었다.

　　　　　　그대의 말 들으니 어질지 못하군요.
　　　　　　인연이 그렇다면 그 여자와 자야 했을 것을

　　　　시를 마치자마자 동생이 그 뒤를 이었다.

　　　　　　뜻밖에 풍광한(風狂漢)과 인연을 맺어
　　　　　　지선(地仙)을 모욕하는 경박한 말을 들었구나.

여귀들이 이렇게 분노하자 최치원은 화를 누그러뜨리고자 그녀들이 소원했던 어진 이로 같이 잠자리를 즐긴 자신은 미친 놈이 아니라 신선이었노라고 위로했다. 어느 정도 여귀들의 마음이 누그러졌을 때 달이 지고 새날 아침을 알리는 닭이 울자 여자들은 헤어질 것을 슬퍼하면서 시를 읊었다. 이 시를 보고 최치원도 눈물을 흘렸다. 그의 눈물이 진심의 눈물인지 아닌지 알 수가 없으니 작품의 결말을 보자.

두 여자가 치원에게 말하였다.

"혹시라도 다른 날 이곳을 다시 지나가게 되신다면 황폐한 무덤을 다듬어 주십시오."

말을 마치자 곧 사라졌다.

다음 날 아침 치원은 무덤가로 가서 쓸쓸히 거닐면서 읊조렸다. 깊이 탄식하고 긴 시를 지어 자신을 위로하였다.

이별의 때가 왔고, 생사가 다르니 헤어져야 했다. 두 여귀는 지나는 길에 무덤이나 다듬어 달라는 말을 남기고 사라졌다. 다음 날, 그녀들과의 만남에 미련이 남은 최치원은 무덤가를 거닐면서 시를 지어 지난 일을 기념하였다. 이 시에는 아쉬움과 슬픔이 담겨 있다. 그런데 흥미로운 건 여전히 그가 복선적 시선을 유지하고 있다는 점이다. 마지막 대목에서 그는 지난 만남을 다음과 같이 평가한다.

> 내가 이곳에서 두 여인을 만난 것은 양왕이 운우(雲雨)를 꿈꾼 것*과 비슷하도다. 대장부여! 대장부여! 남아의 기운으로 아녀자의 한을 제거한 것뿐이니 요망스런 여우[妖狐]에게 연연해하지 말라.

최치원은 여태 이별을 슬퍼하였다. 그러했던 그가 다시금 시선을 달리하여 여귀들을 요망한 여우라고 격하한다. 이는 어떤 심리에서 비롯된 평가일까? 헤어짐이 워낙 슬퍼서 마음을 다잡고자 상대를 폄하한 것일까? 한국인의 정서상 '아, 이별이 힘들었으니까 그랬겠지' 하면서 수긍하는 이들이 많을 것이다. 실제로 선행 연구의 평가를

---

* 중국 초나라 양왕이 꿈에 신녀(神女)를 만나 사랑을 나누었다는 고사.

보면 최치원의 여귀 폄하는 초탈, 탈속의 근거로 해석되어 왔다. 이는 최치원의 시선을 옹호한 결과다. 과연 사랑 차원에서는 어떠할까?

이야기의 시작 부분에서 최치원에게 여귀는 선망의 대상이었다. 귀녀를 몹시 만나고 싶어 했고, 귀녀를 통해 외로움을 달래고 싶어 했다. 그러다가 겨우 그들의 허락을 구하여 같이 즐거이 놀다가 잠자리의 기쁨까지 누렸지만, 헤어짐에 이르러서는 마음가짐이 바뀌었다. 물론 귀녀도 남성에 대한 호기심과 성적 욕망에 대한 기대감이 있었지만, 이미 언급하였듯 그들의 시선은 단선적이었다. 그런데 최치원의 경우 그 시선이 복선으로, 자기중심적이며 기능적인 해석을 하고 있다. 상대가 좋아서 만나고 교류한 것이 아니라 아녀자의 울분을 해소시켜 줬다는 명분을 들어 여귀에 대한 자신의 지난 감정과 행동을 합리화하고 있다. 앞서 열렬히 추구했던 자신의 욕망은 뒷전에 두고 상대의 욕망만 부각하는 평가를 했다. 그는 여귀들을 만나는 동안에도 이중적인 잣대로 상대를 측정하기를 잊지 않았다. 그는 자신의 욕망을 일으킨 여귀들을 원하면서도 그들을 경멸하는 시선을 멈추지 않았다. 남녀 양측 모두 성적 욕망의 만족을 추구하였는데도 말이다. 이 논리는 모순이며 논리적 사각지대를 포섭하지 못한다.

서사의 초중반에서 남주인공은 말과 행위로 여귀와 열정을 나눴지만, 종결부의 평가로 열정을 회수하였다. 아무리 열렬했어도 결국 이는 사랑은 아니었다는 자평이다. 자신의 성적 욕망을 채우고 수재로서 자존감을 느끼기 위해 여귀가 필요했던 것이지 여귀를 사랑하지는 않았기에 사랑의 열정은 회수되었다. 여귀의 매력에 빠진 자기 처신의 잘잘못을 돌아보기보다는 그들을 요망스러운 여우라고 강등시킨다. 이러한 시선을 감지한 여귀도 다시는 마음을 열지 않았다.

사랑의 기본 원리일까? 상대를 존중할 때 사랑이 이어지고 존중하지 않을 때, 사랑은 시들어 간다. 그 누가 사랑에 대한 여성의 시선이 복잡하다고 했던가? 이는 여성만의 일반적 특징은 아닌 듯하다. 최소한 설화 「최치원」에서 최치원도 그러하다.

이야기가 전하는 문헌과 관련 서사

설화 「최치원」은 『수이전(殊異傳)』에 실렸으나 지금은 이 책을 볼 수 없으며, 성임(成任, 1421~1484)의 『태평통재(太平通載)』 68권에 이야기가 전한다. 번역은 참고문헌에 제시한 『수이전 일문(殊異傳 逸文)』을 따랐다.

관련 자료로 여귀가 아닌 남귀와 여성이 죽음의 경계를 넘어 사랑한 설화 「수삽석남(首揷石枏)」을 감상해 보자. 이 작품도 『수이전』에 실렸다 한다. 『대동운부군옥(大東韻府群玉)』 8권 46면에 수록되어 있다.

「수삽석남」

신라 사람 최항(崔伉)은 자(字)를 석남(石南)이라 하였다. 사랑하는 첩이 있었으나 부모가 만나지 못하게 금지하여 몇 달을 만나지 못하였다. 이로 인하여 갑자기 죽게 되었는데, 죽은 지 8일째 되는 날 밤 다시 살아나 첩의 집에 가니 첩은 그의 죽음을 모르고 있다가 매우 반갑게 맞이하였다.

최항은 자기의 머리에 꽂고 있던 매화꽃 가지[石枏]를 첩에게 주며, 부모가 너와 동거함을 허락하였기에 왔다고 말하고 첩을 데리고 그의 집으로 돌아왔다. 그는 담을 넘어 집 안으로 들어가더니 새벽이 되도록 아무 소식이 없었다.

그 집 사람들이 첩에게 이 집에 온 까닭을 묻자 첩은 그동안의 일을 사실대로 말하였다. 그러자 그 집 사람들이 말하기를 그가 죽은 지 이미 8일이 지나 오늘 장례를 지내려는데 무슨 잠꼬대 같은 소리냐고 하였다.

이에 첩이 그가 준 매화꽃 가지로 시험해 봄이 좋겠다 하여 그의 관을 열고 보니 시체의 머리에 꽃이 꽂혀 있고, 옷은 이슬에 젖었으며, 신고 있는 신은 모두 닳아 있었다. 이에 첩이 통곡하고 졸도하자 그가 다시 살아나 20년을 함께 살다가 죽었다고 한다.

이 사랑과 관련된 유적·유물

2007년 중국 양저우(揚州)에 최치원 기념관이 세워졌다. 쌍녀분은 난징(南京)시 가오춘(高淳)현에 있다. 쌍녀분으로 가는 다리 이름이 '치원교(致遠橋)'라고 한다.

17세기의 김 진사와 운영

의심으로 사랑을 중도에 포기하다

17세기에는 고소설이 많이 창작되었다. 국문학 전공자가 아니어도 몇몇 작품은 들어 봤을 것이다. 「구운몽(九雲夢)」, 「영영전(英英傳)」, 「운영전(雲英傳)」, 「숙향전(淑香傳)」, 「주생전(周生傳)」, 「최척전(崔陟傳)」, 「김진옥전(金振玉傳)」 등 전 시대에 비해 구성 수준이 높아진 작품이 지어져 고소설의 시대를 열었다. 위 작품들에는 모두 사랑 에피소드가 들어 있어 사랑에 대한 관심이 높아졌음을 입증하고 있지만, 중심 사건이 사랑 이야기이면서 두 사람 위주로 전개되는 서사로는 「운영전」과 「영영전」 정도를 들 수 있다. 두 작품은 작가가 문학적 의도를 가지고 사랑 이야기를 창작했다는 데에 의의가 있다. 17세기에 이르러 바야흐로 연애 서사물의 시대가 열린 것이다.

두 작품은 중세 사회에서 권력자에게 속한 여자와 한 남성의 사랑이라는 점에서 비슷하며, 이런 주제는 특히 17세기 조선에서 관심을 끌었던 것으로 보인다. 「운영전」, 「영영전」이 그러한 관심을 대변한다. 두 작품을 비교해 보면 「운영전」이 「영영전」에 비해 묘사가 뛰어나고 감흥이 잘 표현되어 전달력이 있으며 정서적 떨림과 같은 예술적 미감이 잘 드러나 있다. 또한 「운영전」은 조선이 배경인 반면, 「영영전」은 당시 일반적인 고소설처럼 중국을 배경으로 하여 명나라 효종 대 젊은 유생인 김생과 회산군의 궁녀인 영영의 사랑이 전개된다.

「운영전」의 작가는 시를 감미하는 능력이 뛰어난 사람이었으리라. 작품에서 슬쩍 드러나는 소재들이 전 시대 서사 작품보다 다양해졌다. 물시계라든가 손등에 튄 먹물이라든가 거론되는 내용도 구체적이다. 「운영전」은 플롯, 인물들의 대화, 소재 등이 구체적이어서 이전 작품보다 재미있게 느껴진다. 궁녀들의 대화, 점치는 풍속, 계략을 꾸며 내는 노비, 글은 잘 읽어도 실행력은 없는 양반의 모습 등이 읽는 재미를 더해 준다. 정황을 보여 주는 감각적 묘사가 전 시대 작품보다 발전되어 있다. 주제의 측면에서는 법(法)이 두려워도 인간의 본성을 막을 수는 없다는 사실, 이를 둘러싼 계급적 갈등을 잘 포착하였다.

일반적으로 「운영전」은 두 연인의 비극적 사랑 이야기로 평가되어 왔다. 안평대군(安平大君)이 김 진사의 재주를 사모하여 궁으로 초대한 날, 주인공 운영과 김 진사가 우연히 만나 사랑에 빠지게 된다. 그러나 운영은 안평대군 댁의 궁녀인 터라 도저히 외부 남자를 만날 수 있는 처지가 아니었다. 그럼에도 불구하고 사랑이 그러하듯이, 두 사람의 사랑은 쉽게 사그라들지 않았다.

안평대군으로 알려져 있는 이용(李瑢, 1418~1453)은 세종의 셋째 아들로 형인 수양대군과 정치적인 대립관계에 있다가 나중에 세조가 내린 독약을 마시고 36세에 죽음을 맞았다. 그의 예술적 안목과 재능은 비범했다. 시문(詩文)·그림·가야금 등에 능하고 특히 글씨에 뛰어나 당대 최고의 명필로 꼽혔다. 조선 초에는 그의 서체가 크게 유행했다고 한다.

「운영전」에서는 안평대군이 자신의 궁을 짓고 궁녀들을 훈육하는 왕자로 등장하지만, 역사적 사실이라기보다는 문학적 설정이다. 안평대군의 예술적 자질이 워낙 뛰어났기에 사람들에게 회자되었을 터라 이 방면으로 뛰어난 안평대군이 궁녀들의 주군으로 설정된 것은 문학적 풍미를 돋운다.

작품을 요약하면 다음과 같다. 주인공은 안평대군의 궁녀와 젊은 문인 김 진사이다. 궁궐 담을 사이에 두고 만나지 못하니 그 사랑은 꽤나 고통스러웠다. 그러나 포기할 수 없었기에 이들의 상실감은 커지고 사랑은 점점 슬퍼진다. 어렵사리 시간과 장소를 약속하여 만남을 이어 가나 결국 안평대군에게 알려지고 이에 운영은 자신이 죄를 지었다면서 벌을 받겠다고 하다가 그날 밤 자결한다. 김 진사도 불공을 드리고는 단식하면서 삶을 포기한다.

「운영전」에 대한 기존의 연구는 전반적으로 김 진사와 운영을 긍정적으로, 안평대군을 부정적으로 해석한 경우가 대부분이다. 이러한 연구에 따르면 안평대군은 절대적인 자유를 누리는 한편, 궁녀들은 가둬 훈육한 것이 된다. 안평대군이 궁녀들을 의식(衣食)을 보장하고, 선물도 주고, 글도 가르쳐 주었지만 궁녀의 자유를 지나치게 통제했다고 보았다. 궁녀는 자신이 원해도 사랑도 결혼도 할 수 없었다. 이러한 통제에 대해 운영은 죽음으로 저항했다는 것이다. 반면 운영과 김 진사의 사랑은 일반적으로 호의를 얻었다. 이러한 시각에는 이루기 어려운 사랑에 대한 동정이 들어 있다. 두 연인의 죽음에 대해 평가는 절대 권력의 자유 박탈에 대한 저항으로 인식되었고 그 사랑은 가련히 여겨졌다.

그러나 작품을 구체적으로 들여다보면 초지일관한 사랑이 아니라 중도에 포기한 사랑이라는 면에서 사랑의 결정적인 방해물은 안평 대군으로 대표되는 사회의 금지라기보다는 운영의 포기로 보인다. 사랑이 지속되기 어려울 것이라고 판단한 운영은 중간에 이 사랑을 일방적으로 포기한다. 실제로 그러한지 작품을 감상해 보자.

「운영전」은 청파동의 유영이라는 선비가 전쟁이 막 지나간 부서진 궁궐에 술을 들고 찾아갔다가 김생과 운영을 만나 그들의 사연을 듣는 데서 이야기가 시작된다.

> 만력 신축년(1601) 춘삼월 열엿새, 유영이 탁주 한 병을 사가지고 따르는 종이나 친구도 없이 몸소 술을 가지고 홀로 궁궐 문으로 들어갔다.
>
> 진사가 운영을 돌아보며 말했다.
>
> "해가 여러 번 바뀌어 세월이 이미 오래되었는데 그때 일을 당신은 기억할 수 있겠소?"
>
> 운영이 답하여 말했다.
>
> "마음속에 쌓인 원망을 어느 날인들 잊겠어요? 첩이 그 일을 말해 볼 테니 낭군께서 곁에 계시다가 빠진 것을 보충하고 붓으로 기록해 주세요."

운영이 사연을 이야기하고 김생이 그 이야기를 받아쓰면 이 이야기를 방문객 유영이 전달하는 구조로 되어 있다. 유영이 관찰자인 셈이다. 그들의 사연에 따르면 운영은 수성궁에 살고 있었다. 그곳은 세종대왕의 셋째 아들인 안평대군의 궁[私宮]이었고 운영은 왕자인 안평대군의 총애를 받는 시녀였기에 외부 인사와의 접촉이 금지된 생활을 하고 있었다. 우연히 김 진사를 사랑하게 되었지만 만날 수 없었음은 물론이다.

> 대군은 모두를 잘 돌보셨으나 항상 궁중에 두고 다른 사람들과 대화를 하지 못하게 했습니다. 날마다 문사와 더불어 술을 마시고 문예를 다투었지만 일찍이 첩들로 하여금 한 번도 가까이하지 못하게 했으니 혹 궁 밖의 사람들이 알까 염려했던 것이지요. 항상 명령하기를 '시녀가 한 번이라도 궁문을 나서면 그 죄는 죽어 마땅할 것이요. 궁밖의 사람들이 궁인의 이름을 알아도 그 죄 또한 죽음으로 할 것이다'라고 하셨습니다.

작품 내에서 안평대군은 자신의 욕망과 의지에 따라 시녀를 훈육한다. 열 명의 시녀에게 언해, 소학부터 중용, 대학 등을 가르치고 시를 짓게 하였다. 자신에게 복종하는 말 잘 듣는 미녀를 소유하고 싶은 욕망이 엿보인다. 이러한 욕망은 이웃 나라의 권력자에게서도 엿보인다. 일본의 고전소설인 『겐지 이야기』에서도 황자(皇子) 히카루 겐지는 어린 여자아이를 어린 시절부터 훈육하여 부인으로 삼지 않았는가.

안평대군은 시를 보고서 지은 이의 심리 상태를 알아채는 민감한 인물로 한번은 운영이 이렇게 시를 짓자 이내 마음 상태를 추론해 내었다. 대체 어떤 시였을까?

멀리 푸른 연기는 아스라해지는데
미인은 깁 짜기를 그치고
바람을 대하여 홀로 슬퍼하노니
날아가 무산에 떨어지리라.

안평대군은 시가 어떻게 쓰여지는지 그 과정을 알기도 하거니와 시
속의 주체와 시를 지은 작가를 동일시하여 운영의 심리 상태를 꿰뚫
고 아래와 같이 말한다.

"유독 운영의 시에 쓸쓸하고 임을 그리워하는 뜻이 있는데 그리워하
는 이가 누구인지 알지 못하겠다."

시 속의 임이 있다니 그가 누구인지 두 연인이 처음 만난 대목을 보
자. "작년 가을 국화가 처음 피어나고 붉은 잎이 점점 시들 때" 처음
봤다고 운영이 기억하고 있다. 사랑하게 되면 주변의 모든 것이 특별
하게 감지되는 보편적인 현상을 포착한 표현이다.

대군께서 홀로 서당에 앉아 시녀들에게 먹을 갈게 하고 비단을 펼쳐
놓고 칠언사운 열 수를 쓰고 계셨어. 종이 나아와 말했지.
"나이 어린 유생 김 진사라는 이가 뵙기를 청합니다."
대군께서 기뻐하며 말씀하셨어.
"김 진사가 왔구나."
그를 맞이하여 들어오게 하였는데 베옷에 가죽 띠를 한 이가 들어
와 계단을 올라오는 것이 마치 새가 날개를 편 듯했고 절을 하고 자
리에 앉는 모습은 선인 같았어.

[…] 진사가 처음 들어왔을 때 이미 시녀와 마주쳤는데 대군께서는 진사가 나이 어린 유생이라 하여 마음에 쉽게 여기시고 우리로 하여금 피하게 하지 않으셨지.

대군께서 진사에게 말씀하시기를,

"가을 경치가 매우 좋으니 시 한 수 지어 이 집을 빛나게 해주시겠는가?"

하시니 진사가 자리를 피하며 말했어.

"허명은 실상이 아닙니다. 시의 격률을 제가 어찌 알겠습니까?"

대군께서 금련에게는 노래 부르게 하고, 부용에게는 거문고를 타게 하고, 보련에게는 피리를 불게 하고, 비경에게는 잔을 나르게 하고, 나에게는 벼루를 받들게 하셨지. 그때 나는 나이 17세로 낭군을 한 번 보고서는 정신이 흩어지고 뜻이 막혔고, 낭군 또한 첩을 보고서 웃음을 머금고 자주 눈길을 보냈어.

[…] 또 초성(草聖)*이 붓을 휘두르다가 먹물이 내 손가락에 잘못 떨어져 파리 날개 같았는데 나는 이를 영광으로 여겨 닦지 않았어.

평소 시를 좋아하는 안평대군이 재사(才士)인 김 진사를 청해 시를 짓게 하고, 시녀들은 그 자리를 시중들었다. 그때 글재주 있고 겸손한 선비 김 진사와 아름다운 17세 운영은 첫눈에 사랑에 빠졌다. 운영은 김 진사를 만난 후, 누워도 잠을 잘 수 없고 먹어도 마음의 번뇌를 덜 수 없어 어느덧 옷의 띠가 느슨해졌다고 고백했다. 운영은 자신의 마음을 알리고자 시도한다. 궁녀로서는 쉽지 않은 행동이다.

---

* 초성은 중국의 왕희지로 김 진사를 왕희지에 비유하였다.

그 후 대군께서는 진사를 자주 부르셨지만 저희와 서로 보지는 못하
게 하셨죠. 그래서 저는 매번 문틈으로 엿보았지요. 하루는 설도전
(薛濤牋)*에 오언사운 한 수를 적었습니다.

베옷에 혁대 두른 선비
옥 같은 얼굴이 신선 같네
날마다 발 사이로 엿보나
어이하여 인연이 없는가
흐르는 눈물은 물이 되고
거문고 타니 한탄이 울리네
한없는 가슴속 그리움으로
머리 들어 하늘에 호소하네.

시를 적은 종이와 금비녀를 같이 꼭꼭 여러 번 싸서 진사에게 주려
고 하였지만 전달할 방법이 없었지요.

편지를 써도 전달할 수가 없으니 애달팠을 것이다. 김 진사가 얼마나
좋았는지 그 마음을 잘 알지도 못하는 상태에서 금비녀를 내어 준다.
소유물이나마 전달하고 싶은 심리다. 마침 안평대군이 잔치를 열었
고 김 진사가 초대되었다. 이때 운영이 벽의 구멍으로 편지를 던졌다.

진사가 편지를 주워 집으로 가져가 뜯어 보았지요. 진사는 슬픔을
이기지 못해 편지를 차마 손에서 놓지 못했답니다. 사모하는 정이 전

* 중국 당나라 여성 시인 설도가 만든 붉은 물을 들인 예쁜 종이라고 한다.

보다 배가 되어서 어찌할 수가 없었답니다. 답장을 하여 부치고 싶었으나 전해 줄 청조가 없어서 홀로 한탄만 할 뿐이었어요.

김 진사는 운영의 마음을 확인하였으나 기쁨보다는 슬픔을 느꼈다. 출구가 없어 보이고 답답하니 무녀(巫女)를 찾아간다.

그러다가 동대문 밖에 사는 어떤 무녀의 소문을 들었지요. 무녀는 영험하다 소문이 나서 궁중에 드나들며 신임을 받고 있었어요.

성리학의 시대에 무녀에게 기대하는 심리는 안데르센의 유명한 동화 「인어공주」를 연상시킨다. 인어공주에게 인간의 다리를 만들어 준 심해 속 마녀가 왕자와 인어공주를 만날 수 있도록 중간 역할을 했던 것처럼, 김 진사도 조금은 무시무시한 무녀에게 자신의 한을 말하면서 도움을 청한다.

"무녀가 말하지 않아도 나 또한 알고 있네. 그러나 원한이 가슴에 맺혀 어떤 약도 풀어 주지 못한다네. 신령한 자네의 도움으로 요행히 내 편지를 전하게 된다면 난 죽어도 좋을 걸세."

그의 말을 들어 보니 배수진(背水陣)에 다름이 아니다. 사랑하는 마음이라면 죽어도 여한이 없다는 마음이 절절하다. 사랑하게 되면 어떻게 해서라도 이루려고 하는 게 인지상정이다.
이렇게 하여 김 진사와 운영은 어려움 속에서도 연락을 하며 지낸다. 어느 날 김 진사가 서쪽 담장을 넘어 운영과 잠자리를 갖고 나서는 계속 관계를 유지한다. 처음에 김 진사가 담이 높아 넘지 못하고 주

저하고 있을 때 노비 특이 사다리와 가죽신을 건넸고 이를 이용해서
담을 넘을 수 있었다. 이 일로 김 진사는 특을 신뢰한다.
이 만남이 계속될 수는 없었다. 주변 사람들은 걱정하기 시작했고
김 진사도 두려워졌다. 사랑에 드디어 방해꾼이 등장한다. 두 사람의
연약한 만남을 훼방 놓는 사람이 나타난다.

> 특이 말했어요. "그러면 몰래 업고 도망가시지요?" 진사는 옳다고
> 생각하고는 그날 밤에 특의 계교를 저[운영]에게 말해 주었어요.

방해꾼은 특. 특은 두 사람의 신뢰를 얻은 김 진사 집안의 노비였다.
김 진사와 운영은 절박한 나머지 특을 희망의 출구로 쉽게 판단했
다. 그들은 운영의 재산을 특으로 하여금 궁 외부로 옮기게 하였으나
특은 욕심이 무럭무럭 자라나 재물과 운영을 차지하고 김 진사를 죽
이려는 계획을 세웠다. 그래서 강도를 만나 재산을 잃었다고 김 진사
에게 거짓말을 했으나 이후 탄로가 나자 오히려 시중에 소문을 내고
드디어 안평대군도 이 사실을 알기에 이른다.
화가 난 안평대군은 서쪽 궁에서 지내던 시녀 다섯 명을 죽이려 불
러 모았다. 형벌을 받기 전 시녀들이 마지막 말[공초(供招)]을 남긴다.
이때 운영이 한 말은 다음과 같다.

> 주군[안평대군]의 은혜는 산과 같고 바다와 같습니다. 정절을 굳게 지
> 키지 못했으니 그 죄가 하나요, 앞서 지은 시로 주군께 의심을 받았
> 는데 끝내 바른 대로 고하지 않았으니 그 죄가 둘이요, 서궁의 죄 없
> 는 이들이 저 때문에 같이 죄를 받으니 그 죄가 셋입니다. 이 세 가지
> 죄를 지고 산들 무슨 면목이 있겠습니까. 만약 죽이길 늦추신다면

저는 자결할 것입니다. 처분을 기다립니다.

주군의 은혜를 입고 살아왔는데 죄를 지었으니 죽여 달라는 게 요지다. 죄가 많아서 살 면목이 없으니 윗사람의 처벌을 달게 받겠다는 것이다. 그것도 '바로 당장' 죽여 달라는 것이다.

대군은 화가 조금 풀어져서 저를 별당에 가두고 다른 이들은 풀어주셨어요. 그날 밤 저는 수건으로 목을 매어 죽었지요.

오히려 안평대군은 화가 누그러졌다. 하지만 운영은 그날 밤 스스로 목숨을 끊는다. 운영은 자신의 사랑을 죄로 여겨 스스로 자신을 단죄한다. 그 벌로 삶을 끊는 극단적 방법, 자결을 택했다.

무엇이 운영을 자결하게 했는가? 안평대군의 억압과 핍박인가? 그녀의 자결은 안평대군에게 속한 자신이 아직 충성하고 있음을 입증하려는 것이지, 김 진사를 향한 사랑 때문에 취한 행동은 아니다. 안평대군의 시녀로 끝까지 충성하지 못한 것을 죄로 여기고 이를 만회하려는 자기 처벌을 택한 것이다. 근래 연구에서 운영이 안평대군의 또 다른 모습이라고 해석했는데 이는 타당하다. 안평대군의 이상(理想)을 행동으로 실현하는 인물 유형이 운영이니 그렇지 않은가?

한편 김 진사에 대해 운영은 어떤 출구도 기대하지 않았다. 쾌를 제공할 김 진사의 팰러스가 더 이상 없다고 판단하면서 운영은 무의식적으로 이 사랑을 포기했다. 김 진사에게 직접 이 사랑의 포기를 선언하지는 않았고 마지막 편지에 따뜻한 말이 들어 있지만, 이 사랑에는 거는 기대는 없다. 운영은 김 진사에게 이렇게 마지막 편지를 남긴다.

박명한 첩 운영은 김랑의 발 아래 재배하며 아뢰옵니다. 첩이 보잘 것없는 자질로 불행히 낭구의 유의(留意)하심을 얻어 서로 그리워한 지 며칠이며 만난 지 몇 때입니까? 다행히 하룻밤의 기쁨을 나누었으나 바다 같은 깊은 정은 다하지 못했습니다. 인간 세상의 좋은 일을 조물주가 시기하여 궁인들이 알게 되고 주군께서 의심하시니 재앙이 조석에 닥쳐와 죽음이 있을 뿐입니다. 바라건대 낭군께서는 이 헤어짐 이후 천첩을 가슴속에 품어 마음을 괴롭히지 마시고 힘써 학업을 닦아 급제하여 관직에 올라 후세에 이름을 떨쳐 부모를 빛내시기 바랍니다. 첩의 옷과 재물은 모두 팔아 부처님께 올려 백방으로 기도하고 지성으로 발원하여 삼생(三生)의 인연이 후생에 다시 이어지게 하여 주시면 좋겠습니다! 좋겠습니다!

위 편지의 주제는 셋이다. 사랑의 진로를 찾을 수 없어 자신이 죽을 수밖에 없다는 사실, 김 진사의 미래에 대한 축원, 자신의 죽음 이후의 일을 부탁하는 것으로 글이 구성되어 있다. 이와 같은 상황 판단은 오로지 운영이 하고 있다. 여기서 김 진사가 뭔가를 도모할 여지는 없다. 운영의 죽음으로 두 사람의 사랑은 길을 잃었다. 이 대목은 선덕여왕을 사랑한 지귀의 처신을 연상시킨다. 성급히 판단하여 진로를 막고 자신을 처벌하는 모습은 우리 문화의 한 단면이기도 하다.
안평대군은 사랑을 통제한 금지자였지만, 궁극적인 방해자는 안평대군이라고 할 수 없다. 두 사람이 사랑을 나누고 싶었다면 김 진사가 계획한 대로 도망치는 게 가장 효과적이었을 것이고, 이를 실행하지 못할 바에는 궁녀 자란이 제안한 방법도 괜찮았을 것이다. 최소한 사랑의 진로를 막는 방법은 아니니까 말이다. 자란이 권한 방법은 이러하다.

즉시 자란을 불렀어요. 세 사람이 앉아서는 제가 진사의 계획을 말했지요. 자란은 크게 놀라 꾸짖었어요.

[…] "마음을 억누르고 차분하게 조용히 앉아서 하늘에 귀를 기울이렴. 네가 나이 들면 주군의 사랑이 점차 느슨해질거야. 형편을 보아 병이 들었다고 누워 버리면 반드시 고향에 돌아가도록 허락하시겠지. 그때 낭군과 같이 가서 해로하면 그만한 계획이 없지. 이것을 생각하지 못하고 되지도 않는 계획을 세우니 누굴 속이겠어? 하늘을 속이겠니?"

자란의 방법은 사랑을 포기하라는 게 아니라 차분히 기다리며 기회를 탐색해 보라는 권고였다. "환락이 오래되면 재앙을 부르지 않던가? 한두 달 사귀었으면 또한 충분하지." 자란의 말은 틀리지 않지만, 사랑하는 자라면 지키기 어려운 일이다. 무엇보다 자란은 두 사람의 고통을 이해하기보다는 비판하는 데서부터 결론을 이끌어 낸다. 그녀의 초점은 '상황을 봐서 네 소원을 추구하고 지금은 억제하라'는 것이다. "운영, 네가 도망치면 다른 사람에게 그 여파가 얼마나 크겠니?" 이 말뜻은 결국 그런 식으로 사랑을 진행시키지 말라는 훈계였다.

김 진사와 운영은 같이 탈출하지도 못하고 자란의 말처럼 기다리지도 못한, 이도저도 못한 와중에 사건이 벌어졌으니 특이 그들의 비밀스러운 사랑을 세상에 알렸다. 안타까운 사랑에 눈이 먼 김 진사는 특을 쉽게 믿고 그의 계략을 따랐다. 하지만 순진한 믿음으로 밝혀졌다. 다음은 특과 진사의 관계를 보여 주는 대목이다.

진사가 다 보지 못한 채 기운이 막혀 땅에 쓰러지자 집안사람들이 급히 구하여 겨우 소생했습니다. 특이 밖에서 들어와 말했습니다.

"궁중에서 무슨 말로 답하였기에 이같이 죽고자 하십니까?"

진사는 다른 말없이 다만

"재물을 잘 지키고 있느냐? 모두 팔아 부처님께 정성을 드려 약속을 실천하려 한다."

라고 했습니다. 특이 집으로 돌아가 생각했습니다.

'궁 안의 사람은 나올 수 없으니 그 재물은 하늘이 내게 주신 것이다.'

그러면서 벽을 향해 홀로 웃었는데 다른 사람들이 알 수 없었습니다. 하루는 특이 자기 옷을 찢고 자기 코를 때려서 그 피를 온몸에 처바르고는 뛰어 들어와 뜰에 엎어져 울며 말했습니다.

"강도에게 당했습니다요."

그러고는 다시 말을 않고 기절한 척했어요

김 진사는 특을 근거 없이 신뢰했고, 특은 이를 이용하여 자신의 이익을 도모했으며 도리어 김 진사를 간접적으로 협박했다. 김 진사는 특에게 사기를 당했고, 사랑도 누설되었으며 신변이 위태로워졌다. 자신의 일을 남에게 전적으로 맡겨 행운만을 빈 게 일을 그르치고만 주된 빌미였다. 김 진사는 시를 잘 짓는 재주를 지녔으나, 사람 보는 눈은 없고 실행력 없는 나약한 양반이었다.

다음은 김 진사가 죽기 전에 청녕사에 가서 부처에게 축원한 내용이다.

'세존께서는 운영을 환생시켜 저의 짝이 되게 해주시고 운영과 저에게 후세에서는 이 원통함을 면하게 해주십시오. 세존께서는 특을 죽여 쇠칼을 씌우고 지옥에 가두어 주십시오. 세존께서 진실로 이 기원같이 해주신다면 운영은 비구니가 되어 열 손가락을 불살라 12층 금탑을 만들 것이고 소생은 승려가 되어 오계를 지키고 세 개의 큰 사찰을 지어 그 은혜를 갚겠습니다.'

기도가 끝나자 일어나 백배하고 머리를 조아리며 나왔습니다. 7일 후 특은 함정에 빠져 죽었습니다. 이때부터 진사는 세상일에 뜻이 없어 몸을 깨끗이 씻고 새 옷을 입은 후 조용한 방에 누워 나흘 동안 먹지 않다가 길게 탄식하고서 마침내 일어나지 않았습니다.

이는 생존의 의지를 잃은 김 진사가 죽기 전 자신이 이루지 못한 소원을 말한 것이다. 자기 힘으로 벌하지 못한 특이 부처의 힘으로 벌받기를 기원하고 운영과 내세를 기원했다. 이들의 사랑은 이렇게 종결되었다.

이들은 사랑을 통해 성장하지도, 사랑의 진로에 대해 희망을 갖지도 않았다. 이 사랑의 안타까움은 궁궐로 표상되는 외부의 금지에 있는 것이 아니라, 김 진사의 판단력·실행력 부족과 운영의 중도 포기에 있다. 두 주인공은 열정적으로 사랑을 시작했으나 계속 사랑하기가 어렵자 그들 내부에 방해물이 형성되었다. 연합하는 힘은 느슨해졌다. 운영은 미심쩍은 눈초리로 사랑을 회의(懷疑)하기에 이르렀고 김 진사는 사랑을 성사시킬 안목과 실행력이 극히 부족하였다.

이야기가 전하는 문헌과 관련 서사

이 이야기는 「유영전(柳泳傳)」(이대형·이미라·박상석·유춘동 옮김, 『삼방록 (三芳錄)』, 보고사, 2013)에서 가져왔다. 이 작품은 「운영전」 또는 「유영 전」이라고 불리었으나 같은 내용의 고소설이다. 고소설은 현대소설 과 달리 제목이 유동적이다. 이 작품에는 명나라 연호인 '천계(天啓) 21년'이 쓰여 있다. 이는 서기로 1641년이다.

「운영전」과 같은 설정이면서 짝을 이루는 작품 「영영전」의 한 대목 을 옮긴다. 『삼방록』에 실려 있는 것을 인용하였다. 명나라 회산군의 궁녀인 영영의 마음을 사려는 김생과 영영의 대화가 눈길을 끄는데 영영의 대답이 지혜롭다.

「영영전」

"그대는 어찌 사람을 기억하지 못하오? 내 얼굴이 초췌하고 모습이 야위어서 지난번에 서로 볼 때와 같지 않으니 어찌 까닭 없이 그러하 겠소? 그대는 내가 아니니, 어찌 나의 마음을 알겠소?"
영영이 웃으며 말했다.
"낭군도 제가 아닌데 어찌 첩의 마음을 아시겠습니까?"

드디어 강제로 안으려 하니 영영이 옷깃을 여미고 정색하며 말했다.
"제가 목석같은 사람입니까? 낭군의 속마음을 모르겠어요? 다만 나 리[영영의 주인인 회산군(檜山君)]께서 저를 천히 여기지 않으시고 밤낮으 로 앞에서 부리며 믿고 맡겨서 절대 중문 밖도 나가지 못하게 하셨 지요. 오늘 여기 온 것은 이미 엄명을 어긴 것입니다. 만약 멋대로 법을 어긴다면 더러운 소문이 널리 퍼지게 될 거예요. 이는 죽고도 남을 죄니 비록 도련님의 뜻을 따르고 싶더라도 어찌 그럴 수 있겠어요?"

생이 무릎을 치며 탄식하여 말했다.

"내가 어찌 살 수 있겠소? 황천 사람이 될 것이오."

마침내 그 흰 손을 잡고 그 매끄러운 젖가슴을 만지며 다리를 휘감고서 마음이 하고 싶은 대로 하지 못함이 없었다. 그러나 남녀 결합만은 이루지 못했다. 생은 감정을 돋우고 정성을 다하여 온갖 말로 유혹하며 말했다.

"까마귀가 급히 날아가고 토끼가 빨리 달려 세월은 흘러가오. 붉은 꽃이 다하고 푸른 잎이 시들고 나면 나비들이 좋아하지 않소. 사람이라고 어찌 다르겠소? 얼굴은 잠깐 머리를 돌리는 사이에 고운 빛을 잃고, 머리털은 손가락을 한번 튕기는 사이에 하얗게 세어 버리오. 아침에 구름이 되고 저녁에는 비가 되가 된다는 양대의 신녀도 원래부터 마음을 정했던 것은 아니며 푸른 바다처럼 넓은 하늘에 있는 달나라의 항아도 불사약 훔친 것을 응당 후회한다오. 새와 같은 미물도 비익조(比翼鳥)*가 있고 본성이 무딘 나무도 연리지(連理枝)가 있소.

하물며 정욕이 모이는 것에 사람과 사물이 어찌 다르겠소? 봄바람에 꾼 나비의 꿈은 독수공방을 특히 괴롭게 하고, 달 뜬 밤에 두견새 우는 소리는 외로운 잠자리를 놀라게만 하니, 어찌 두목지**가 봄꽃

---

* 암컷과 수컷이 눈과 날개가 하나씩이라서 짝을 지어야 나는 새.
** 당나라 시인 두목(杜牧)이 한 미인을 보았는데 나이가 어려 인연을 맺지는 못하고 나중에 찾아오겠다 했다가 10년 되던 해에 가보니 여인이 유부녀가 되어 있었다. 전당시(全唐詩) 527권에 두목의 창시(悵詩)가 전한다.

찾는 것을 늦게 하도록 하겠는가?

위나라 우언에 '항아를 만남이 더디니 청춘의 시간을 헛되어 저버리고 공연히 무덤에 한만 남겼구나. 서릉의 푸른 나무는 적막하게 황량한 언덕에서 천 년을 서 있고, 장신궁은 유독 쓸쓸히 몇 밤이나 가을 비에 젖었던가'라는 말이 있소. 아, 내 마음이 애석하고 낭자의 무정함이 한스러우니, 살아서 무엇하리오? 죽어서 그만둘 따름이라오!"

영영은 끝내 말을 따르려 하지 않았다.

"낭군께서 천한 제게 마음이 있으시다면 훗날에 다시 만날 수 있을 겁니다."

생이 불가하다며 말했다.

"그대와 한번 이별하면 궁전 문은 여러 겹이라 소식을 보내고자 한들 전달할 방법이 없으니 기뻐하는 두 눈동자를 다시 바랄 수 있겠소?"

영영이 말했다.

"이리 말씀하시니 어찌 저를 안다고 하겠어요? 이 달 보름달 밤에 우리 나리께서 왕자와 대군들과 함께 달구경 모임을 갖기로 약속을 하셨으니 밤이 되어서야 돌아오실 겁니다. 또한 궁의 담장이 비바람으로 인하여 무너진 곳이 있는데 나리께서 집안일에는 느슨하셔서 아직 고치지 않았지요. 낭군께서 만약 이날 어둠을 틈타 오셔서 무너진 담장으로 깊숙이 들어오면 낮은 담장의 문이 있을 겁니다. 제가 그 문을 열고 기다릴 터이니 그 문으로 들어와서 계단을 따라 내려가면 동쪽 계단에서 열 걸음 가량 떨어진 곳에 따로 침실 몇 칸이 있지요. 낭군께서 잠시 이곳에 몸을 숨기고 제가 나와 맞이하기를 기다리시면 아름다운 약속이 어찌 어렵겠습니까?"

생은 자못 그리 여겨 굳게 약속하고 헤어져 돌아섰다.

이 사랑과 관련된 유적·유물

안평대군이 세운 정자 무계정사(武溪精舍)는 지금은 서울 종로구 부암동에 그 터만 남아 있다. 안평대군이 꿈에서 본 도원(桃園)의 모습과 비슷한 풍광의 자리에 정자를 짓고 글을 읽으며 활을 쏘았다고 한다. 정자 터 앞 바위에 '무계동(武溪洞)'이라는 글자가 새겨져 있는데, 안평대군의 글씨라고 전한다.

무계정사 터

18세기의 몽룡과 춘향

사랑과 불안 사이에서

18세기에 춘향 이야기가 창작된 이후 그 인기가 대단하였다. 사람들의 마음을 사로잡은 이 사랑 이야기의 이본이 쏟아졌으며 다양한 장르로 각색되어 감상되어 왔다. 애초에 판소리로 시작해서 한문으로 기록되었고 손으로 베낀 필사본이 나왔다. 목판본으로 출간되었으며 1910년대에는 활자로 간행되었다. 구활자본 연구에 따르면 구활자본 「춘향전(春香傳)」은 84책이 출간되었고 여기에 30개가 넘는 출판사가 참여했다고 한다. 고전 서사 중에 단연 대중의 사랑을 흠뻑받은 작품이다.

춘향 이야기는 여러 면에서 새로운 시대를 열었다. 표현도 새로운 경지를 열었다. 춘향 이야기는 표현이 구체적이어서 생동감을 준다. 묘사력이 뛰어난 작품이라 직접 읽어 보면 재미있다. 판소리로 노래되던 것이라 운문적 리듬감이 있다. 그러나 표현만으로 이러한 인기를 구가하기는 어려운 법이고 사람들의 마음을 산 데는 좀 더 진지한 이유가 있다.

인기를 얻게 된 작품 내적 요인으로 첫째, 사랑하는 사람의 처지와 심리가 독자가 느끼는 현실에 가깝게 설정되어 독자들이 인물과 동일시하기가 쉬웠으며, 둘째, 사랑만이 아니라 사랑을 통해 인간성을 재해석했는데 이 점이 시대정신을 사게 되어 폭발적 동의를 얻은 것이다. 사회의 소수자 계층의 여린 소녀일 뿐인 춘향은 사랑만 지켜 낸 것이 아니라 그 과정에서 사람의 인성이 무엇인지를 윤리적으로 제시하였다. 어린 춘향은 현실적 힘을 가진 사또 앞에서 정의에 대해 언급했고, 이 때문에 얻은 고통을 감수했다.

외적 요인으로는 감상층이 넓어졌고, 대중의 미적 감수성, 윤리적 지향, 사회적 위상이 이전 시대에 비해 높아졌기 때문에 이에 부합한 춘향 서사는 물고기가 물을 만난 듯 도약할 수 있었다. 그 서사의 표현 매체가 소설이든 판소리든 거기에는 글이 운용되었고, 이 글의 힘을 대중도 즐기게 되었다. 나아가 대중은 서사적 흥미, 놀이로서의 극 등의 요소를 즐기기에 이르렀다. 여기에 재주가 많은 판소리꾼과 각색자들이 있었으니 새로운 문화적 트렌드라 해도 과언이 아니다.

「춘향전」은 일반적으로 변 사또에 의해 위협받은 춘향의 사랑과 위기 극복의 과정을 담은 작품으로 알려져 있다. 그러나 사랑에 작동하는 심리적 시선은 단순하지 않고 여러 켜이다. 사랑을 믿는 시선, 사랑을 의심하는 시선… 작품을 보면서 논해 보자.

춘향전은 연구도 많이 이루어졌고, 이미 널리 알려진 작품이다. 이 글에서는 작품 줄거리를 따라가기보다는 이 사랑의 독특한 면을 포착하여 분석하고자 한다. 다만 내용을 상기하기 위해 개요만 대략 제시하면 다음과 같다.

사랑하는 두 사람이 있으니 춘향과 몽룡이다. 몽룡은 한양 삼청동 귀공자요 춘향은 전남 남원의 기생 딸로, 남원부사였던 몽룡의 아버지가 한양으로 올라가게 되면서 고난이 시작된다. 신분이 천했던 춘향은 새로 부임한 남원부사의 눈에 들어 갖은 유혹과 함께 잠자리를 요구받는데, 춘향은 유부녀라는 이유로 거부한다. 부사는 으르고 유혹하다 매질까지 하지만, 죽을 듯 심한 고통 속에서도 부사의 청을 당당히 거부한 춘향은 감옥에 갇혀 오매불망(悟寐不忘) 이 도령을 그리워한다. 춘향의 어머니 월매도 몽룡이 구원자로 나타나기를 학수고대하였다. 그러나 월매 앞에 거지가 된 몽룡이 나타났고 월매는 심한 좌절감에 몽룡을 박대했다. 춘향은 이 도령을 만나 보게 된 것을 행복하게 여겼고 그를 가련히 여겼다. 마침내 변 사또가 주변 관직자를 불러 잔치를 벌인 날, 몽룡이 암행어사로 출두하고 춘향이 풀려난다. 두 사람은 방해물 없이 서로 사랑을 이어 간다.

이 사랑의 방해물은 변 사또의 수절 요구와 폭력으로 알려져 왔으나 사랑하는 두 사람도 덥석 사랑을 받아들이지는 않았다는 점이 새롭게 주목된다. 춘향과 몽룡 모두 한 차례씩 상대의 마음이 자신을 향한 사랑인지 아닌지를 의심한다.

춘향은 아무리 몽룡이 마음에 들어도 그의 요구에 응하기보다는 자신의 이상적 자아*를 먼저 생각한다. 몽룡의 사랑을 통해 자신이 세워 온 이상적 자아가 무너지지 않기를 기대했다. 몽룡이 춘향에게 잠자리를 재촉하자 춘향은 다음과 같이 답한다.

* 이상적 자아(ideal ego), 평소 자신이 바람직하게 여기는 자신의 상(像)이다.

소첩이 비록 천한 기생이요, 시골구석의 무딘 소견이나 마음인즉 북극 천문에 턱을 걸어 결단코 남의 첩이 되는 것을 가소롭게 여기고 장화호접(墻花胡蝶)*을 원하지 않으니 말씀 간절하오시나 분부 시행 못하겠소.

잠자리 요청에 수행하지 못하겠다는 춘향의 이유는 이렇다. 비록 자신이 천한 기생의 딸이지만, 첩이나 기생이 되고 싶지 않다는 것이다. 잊히고 버려질 사랑을 하고 싶지 않다는 의지를 분명히 표명했다. 춘향의 말에 몽룡은 당장 예를 갖춰 결혼하지는 못하지만 백년해로를 하겠노라고 답한다. 이 만남은 하늘이 정해 준 연분이라며 "잡말 말고 허락하라"고 한다.

이 말은 들은 춘향이 당신 마음대로만 할 일이 아니라면서 "소첩의 뜻을 쉽사리 꺾어 마음대로 인연을 못 맺사오리이다"라고 응대한다. 나아가 기세를 올려 자신이 평소 원하던 남성상을 줄줄이 대면서 이런 남자 아니면 혼자 살겠다 한다.

> 소부·허유: 요임금이 천하를 물려주려 했으나 거절한 이들
> 범소백: 여러 계책을 써서 오나라를 멸망시킨 월나라의 신하
> 엄자릉: 왕이 된 친구가 불러 벼슬을 주었으나 받지 않고 은둔한 사람
> 이광필: 안녹산의 난과 사사명의 난을 평정한 당나라 장수
> 사안석: 마흔이 넘은 후에 중앙 정계에 나아가 공을 세운 당나라 재상
> 주공근: 적벽대전에서 조조의 군대를 물리친 오나라 사람
> 문천상: 송나라 충신

---

* 기생을 뜻하는 말.

춘향은 이런 남자들이 아니면 "백골이 진토 되어도 독숙공방하오리이다"라고 하니 몽룡이 난처해져 이렇게 말한다. "너는 어떤 집 계집아이기에 장부의 간장을 다 녹이느냐? 네 뜻이 그러하다면 나 같은 사람은 엿보지도 못하겠구나"라고 핀잔을 주면서 그러지 말고 같이 놀자고 설득한다. "우리 두 사람이 처녀총각끼리 놀아 보자." 이 말은 몽룡의 최대 관심이 성적 쾌락을 누리는 데 있음을 보여 준다.

여하튼 춘향이 언급하는 남성상을 보면 그녀의 시선이 부(富)와 사회적 지위에 있지 않음을 알 수 있다. 이는 춘향이 몽룡을 어떤 관점으로 보고 있는지를 간접적으로 드러낸다. 몽룡이 그러한 남성이 되어야 한다는 것이 아니라, 상대의 부와 귀를 우선적 가치로 평가하지 않는다는 사실이다. 이후 춘향이 옥에 갇혀 있을 때 부와 귀를 우선시하지 않는 관점이 재확인되면서 그녀의 사랑이 입증된다.

> 춘향이 다시 말하기를
> "마음속의 말을 하오리다. 도련님은 귀공자시고 소첩은 천기라. 지금은 아직 욕심으로 그리저리 하였다가 사또가 떠나신 후에 미혼이신 도련님이 아내를 거느리지 않으시오리까? 권문세가(權門勢家)*와 진신거족(縉紳巨族)**에 요조숙녀와 부부 금슬을 즐기실 때, 저를 헌 신 같이 버리시면 속절없는 나의 신세 가련히도 되겠구나. [⋯] 머나먼 길 가슴이 미어지고 정신없을 때 누구 바라고 살라 하오? 아무래도 이 분부 시행 못하겠소."

---

* 벼슬이 높고 권세가 있는 집안.
** 대대로 번창하고 문벌이 좋은 집안.

춘향이 정작 하고 싶은 말이라며 속마음을 말한다. 몽룡의 현재 심리 상태가 사랑이 아니라 한낱 잠시의 욕망이 아닌가 점검한다. 몽룡이 자신을 버리고 떠날 수 있다고 판단했기에 할 수 있는 말이다. 이 말은 춘향이 사랑의 다면적 성격을 인식하고 있었음을 뜻한다. 그녀에게 일순간의 욕망은 사랑이 아니었기에 지속될 사랑이 아니면 자신의 몸을 허락하지 않겠다고 버텼다. 그런데 위와 같은 춘향의 말은 몽룡의 청을 거절하는 게 아니라 이후 발생할 상황에 대해 대처하기 위한 심리적 설정이다.

정신분석학자 지그문트 프로이트(Sigmund Freud, 1856~1939)의 불안 개념에 따르면 춘향이 펼치고 있는, 미래에 대한 회의(懷疑)는 불안 재생이다. 불안한 상황이 올 것을 걱정하면서 오히려 불안을 반복시키는 심리적 메커니즘이고 불안은 트라우마의 심리이다. 춘향은 간접적으로 들은, 버려진 여성들의 운명을 트라우마로 간직하고 있다가 자신의 상황이 그러할까 걱정이 되자 이를 발동시키고 있다. 트라우마는 평소 잠재되어 있던 불안이 일정한 계기를 만나 현실에서 강하게 작동되는 충격적인 심리적 기제이다. 춘향의 말을 들은 몽룡은 춘향의 불안을 잠재우기 위해 이렇게 답한다.

"아무려나 그런 일은 조금도 염려 마라. 인연을 맺어도 아주 장가처*로 맺고 사또 임기가 차도 너를 두고 어찌 가리? 조금치도 의심 마라. 명주 적삼 속자락에 싸고 간들 두고 가며 […] 우리 대부인[어머니]은 두고 갈지라도 양반의 자식 되고 한 입으로 두말하랴? 데려가되 향정자(香亭子)**에 배행하여 뫼시리라."

* 정식 아내.
** 장례식 때 쓰는 기구.

춘향이 이 말 듣고 흰 이를 드러내고 밝게 잠깐 웃고 말하기를

"산 사람도 향정자 타고 가오?"

"아차, 잊었구나. 쌍가마에 모시리라."

춘향이가 버려질 것을 예상하면서 염려하니 몽룡은 걱정 말라면서 '꼭 데려가겠다' 약속한다. 몽룡이 열심히 말하는 바람에 말실수를 하자 춘향이 웃으며 정정한다. 춘향의 마음이 슬슬 풀어지기 시작한다. 춘향은 마지막으로 이런 요구를 한다.

춘향이 어쩔 수 없이 여짜오되

"도련님 굳은 뜻이 굳이 그러하실진대 변변치 못한 소첩이 황공함을 이기지 못하겠나이다. 어찌 뜻을 받들지 아니리이꼬? 다만 세상일은 측량하기 어려우니 후일 증거물이 없지 못할지라. 한 장의 문서를 만들어 소첩의 마음을 풀어 주옵소서."

몽룡의 사랑이 변할 것을 대비한 춘향 나름의 방편이다. 이 도령이 허락을 못 받을까 초조해하다가 춘향의 말을 듣고 기뻐 참을 수가 없어 다음과 같이 말한다.

천만다행으로 여겨 얼른 대답하는 말이, "그 무엇이 어려우리." [⋯] 쓰기를 마치매 똘똘 말아 춘향에게 전하니, 춘향이 받아 보고 마음속으로 크게 기뻐하여 이리 접첨 저리 접첨 접첨접첨 접어다가 가슴속에 품은 후에 [⋯]

몽룡은 당장 그 자리에서 문서를 써 춘향에게 전달했다. 문서를 접는 춘향의 행동이 귀여운 소리 언어, '접첨접첨'으로 표현되어 있다. 춘향 자신도 몽룡을 좋아했지만, 몽룡의 욕망이 식어 자신이 버려질 가능성이 있다고 보았기에 만일의 장치를 마련해 두었다. 만일의 장치란 곧 문서로, 사랑의 불확실성을 몰아내고 사랑을 유지하고 싶었던 춘향이 마련한 최소한의 대책이었다. 그녀는 사랑의 심리가 복합적임을 포착하여 사랑과 욕망을 구분하려 했다. 여기서 춘향의 의심은 사랑의 방해물이 되고 몽룡의 열정은 의심하는 눈초리의 외부에 위치한다. 이 상황에서 아직 사랑은 시작되지 않았다. 이후 몽룡의 친필 문서를 약속의 증거물로 받아 들고 춘향은 이제 진심 어린 사랑을 시작한다.

춘향이 우려했던 것처럼 사랑의 진로에 방해물이 생긴다. 상황이 바뀌어 그토록 '같이 가마' 신념에 차 있던 이몽룡이 춘향을 남원에 두고 한양으로 가야 하는 형편이 되었다. '입신양명하여 다시 돌아오마' 약속하고 춘향은 속상해서 울다가 '한번 더 속아 봅시다' 하고 기다리기로 한다.

춘향은 이전의 여인들과 다른 시각을 보여 준다. 춘향은 처음부터 사랑이 해체될 경우를 예상하고, 이에 대비하기를 사랑보다 먼저 하였다. 상대가 자신을 좋다고 하고 실은 자신도 상대가 마음에 드나 고백만으로 사랑이 유지되지는 않는다고 보았다. 이렇게 사랑은 회의되지만, 그녀는 사랑을 포기하지 않고 추구하였다. 이 점이 당시 시대정신이 되었던 춘향 정신의 위대함이다.

이후 이야기는 춘향이 유혹받으며 고생하는 사건들로 전개된다. 예쁘고 젊은 여자가 혼자 지내면서 수절하기는 어려웠다. 더욱이 서울에서 남원으로 내려오는 길에서부터 기생 생각밖에 안 한 사람이 신

관 사또였고 그는 춘향의 수절을 비웃었다. 춘향을 불러 놓고 으르
고 달래고 협박하였다.

> 네가 춘향이라 하느냐? 봄 춘 자 향기 향 자, 이름이 우선 묘하구나.
> 네 나이 몇 살이니?
> 마음에 상쾌하여 풀갓긴 뒷짐 지고* 대청에 거닐면서
> "[...] 한번 체면치레가 고이하랴. 다시는 잔말 말고 바삐 올라 수청하
> 라. 관청으로 의논하면 네 집 찬장 될 것이요. 운향고는 네 창고요,
> 목전고도 네 창고 되고, 한 마을 관리가 네 손바닥에 있으리라 이런
> 깨판 또 있느냐?"

권력 외적인, 개인의 일조차 권력자에 순응해야 하는 시대. 신관 사
또는 춘향에게 달콤한 제안을 건넨다. 춘향이가 자기 말만 들으면 춘
향에게 부와 힘을 주겠다고 꾀고 있다. 이에 춘향은 단호하게 자신의
뜻으로 답을 한다.

> "[...] 다시 분부 이러하오시니 대비정속(代婢定贖)** 하온 후는 관의
> 기생이 아니옵고 도련님 가신 후로 두문불출 수절하여 만분의 일이
> 라도 열녀의 본을 받고자 마음에 새겼사오니 분부 거행 못하겠소."

춘향은 열녀로 살겠다는 의지를 표현하지만 사랑의 방해물이 가하
는 압박은 거세어진다. '열녀'는 조선시대에 사회적으로 추앙받는 이

---

* 문맥으로 보아 뒷짐 진 자세를 형용하는 표현이나 정확한 뜻을 알 수 없다. 다만 풀갓은 초립(草笠)의 한글 표현으로 추정된다.
** 관청의 여종이나 기생이 자기 대신에 다른 사람을 사서 넣고 자신은 자유롭게 되는 일.

상적 여성상이었으나 천민이 순결을 지키겠다는 의지는 유린되었다.
사회의 공적 담론이 지니는 모순적 이중 잣대가 드러난다.

> 신관이 이 낭청 불러 하는 말이
> "계집의 한두 번 태도*는 응당 전례판**인 줄 안다? 없으면 맛이 없
> 으니."

사또는 춘향의 말을 우스운 농조로 여겼다. 요즘 말로 '여자가 자기
한테 넘어오기 전에 튕긴다'고 보았다. 신관 사또는 다시 한 번 춘향
을 유혹했다.

> "네가 그때에 아이들끼리 만나 살구 딸기 맛보듯 하여 시큼한 맛에
> 그리하나 보다마는 하룻비둘기가 재를 넘느냐? 그러하기로 저런 설
> 움을 보는구나. 네 어른의 우거짓국에 쇠옹도리뼈 넣은 듯한 웅심한
> 맛을 보아 무궁한 재미를 알 양이면 깜박 반하리라.
> 이 사람 이 낭청, 내가 평양서윤 갔을 때 금절이 년 수청 들여 삼천
> 냥 내려주고 그 외에 전후 기생 준 것은 셀 수 없는 줄 아는가? 나는
> 어찌한 성품인지 기생들을 그리 주고 싶으대."

신관 사또는 진저리나게 회유한다. 성적 쾌락과 부를 보장받을 것이
라는 유혹이다. 이에 대한 춘향의 답을 보자.

---

* 일부러 거짓으로 하는 체면치레.
** 전해 내려오는 판에 박은 내용.

"몸은 비록 천하오나 절개는 막는 법이 없사오니 물밑에 비친 달은 잡아내어 보려니와 소녀의 뜻은 이승에서 빼앗지 못하오리이다. 한 가닥 이 진심을 널리 헤아리시고 불쌍히 여기시어 풀어 주옵소서."

춘향은 절개를 지키겠다며 불쌍히 여겨 달라고, 풀어 달라고 호소한다. 이런 춘향에게 신관 사또는 어떻게 대할까? 갖은 회유를 하던 사또는 이제 폭력적으로 변한다. 이 같은 인물의 형상은 당시 피지배층의 의분을 자아냈을 것이다.

"요년 춘향이라 하는 년의 딸년아, 오르라 하면 썩 오를 것이지 무삼 잔말을 그다지 하느냐? 태도 한두 번이지 얼마 맞으면 슬플꼬? 어서 오르고지고."
저 계집아이 생각하되 '저 거동을 보아 하니 풀어 줄 리 없구나. 제 아무리 저래도 빙옥 같은 내 마음과 금석 같은 굳은 뜻이 백골이 진토 된들 훼절할 리 없다. 일이 벌써 이 지경에 이르렀으니 설마 어찌하리. 죽을 수밖에 없겠구나.'

신관 사또는 욕을 하며 슬슬 으르기 시작한다. 춘향은 이 경지에 이르러서는 죽음을 각오한다. 춘향은 이제는 죽을 수밖에 없다고 판단했다. 몸이 죽더라도 정신은 죽지 않기로 했다. 이러한 춘향의 저항적 자세는 사랑과 절개를 지키기 위해서만이 아니라 그 이상을 함축한다. 계급과 나이, 성별을 넘어 인간에 대한 예의를 요청하고 있다. 권력자의 무부별한 횡포로부터 인간성을 인정받으려 애절하게 몸뚱이 하나로 저항하고 있다. 춘향의 순결 문제는 몽룡을 향해서는 연인에 대한 존중과 의리이며 변 사또에 대해서는 인간에 대한 존엄성에 대한 처연한 요청이다.

변 사또가 바라보는 계급관, 인간관은 낡았고 어린 춘향이 보는 계급관, 인간관은 새롭다. 남성, 연장자, 권력자의 시선에서 춘향은 너무나도 가냘프고 만만한 상대이다. 천하고 어린 한낱 소녀일 뿐이다. 그 약한 자를 행정과 정치의 힘을 업고 있는 권력자가 꺾지 못할 이유가 없었다. 그러나 춘향은 그의 성적 쾌락을 위하여 개인의 숭고한 뜻을 꺾을 수는 없는, 인간 자존감과 존엄성에 대한 지향을 분명히 한다. 이렇게 춘향전에서는 한 소녀의 절개 문제를 둘러싼 논박이 벌어지고 이를 통해 인간성에 대한 새로운 해석이 이루어지고 있다.

춘향이 억울하게 매 맞고 하옥되는 고생을 하고 있는 한편 몽룡은 어떻게 지낼까? 한양에 올라와서는 슬퍼하고 한탄하고 정신을 못 차리다가 마침내 다음과 같은 각오를 한다.

> "내가 만일 병이 들면 부모에게 불효되고 춘향을 어찌 다시 보리. 학업을 힘써 공명을 이룰 양이면 부모에게 효도하고 가문을 빛낼진대 내 사랑은 이 가운데 있으리라."

자신의 사랑을 성취하고 가문을 빛낼 길이 공부에 있다고 판단한 몽룡은 밤낮으로 공부해서 마침내 장원급제를 한다. 급제 후 임금님을 알현한 자리에서 임금은 소원하는 벼슬이 무엇인지를 묻는다.

> 임금이 불러 반기시고 물으시되
> "특별히 쓰려 하니 내직 중에 무슨 벼슬, 외직 중에 어느 곳을 소원대로 아뢰어라."
> "어사를 시키시면 민간의 질고와 각 관청의 탐관오리를 잘 살폈다가

전하께 아뢰리이다."

성상이 들으시고 칭찬하시되

"기특하다 높은 벼슬 다 버리고 암행어사(暗行御史) 구한 뜻은 보국충신 네로구나."

전라어사 특차하시니 평생의 소원이라. 어찌 아니 기뻐하지 않으리?

임금의 질문에 이 도령이 머리를 조아리고 감사하며 말한다. 암행어사가 소원이라고 말한 데는 백성의 고통과 탐관오리를 살펴보겠다는 보국충정의 의지도 있었지만 사랑하는 춘향에게 달려가고 싶은 심정이 컸다. 그래서 어사로 임명되자마자, 몽룡은 바로 춘향이 사는 남원으로 출발한다.

당대 풍습에 따르면 과거시험에 급제하고 나서는 세력가의 딸을 부인으로 맞는 일이 부지기수였다. 그런데도 몽룡은 춘향을 일관되게 생각하고 바로 내려갔다. 평생의 소원이던 전라도 어사가 되었으니 춘향에게 가는 길만 남았다. 이때의 몽룡은 마치 의리를 지키려는, 사랑의 화신처럼 보인다.

남원으로 내려가는 길에 한번은 사람들로부터 춘향이 소식을 우연히 듣고 죽은 줄 오해하고 고통의 눈물을 흘린다. 한 선비가 다음과 같이 춘향 소식을 전한다.

"남원부사는 백옥 같은 춘향이를 억지 겁탈하려다가 도리어 욕을 보고 엄한 형을 내리고 무겁게 다스려 옥에 가두어 병든 지 한 해가 지나자 지난 달 초순에 죽어 이 산 넘어 저 산 넘어 장례도 제대로 못 치르고 있으니 악독하지 않은가?"

어사가 이 말 듣고 춘향이 죽은 줄을 자세히 알고 정신이 아득하고 춘향의 슬픈 이야기를 들은 몽룡은 자신도 모르게 눈물을 흘린다. 그가 춘향을 사랑했음을 다시금 확인케 한다. 그러나 이렇게 사랑하는 마음으로 내달려 간 몽룡은 거지꼴의 모습을 보임으로써 춘향을 실망시키고, 또 정작 춘향을 구할 수 있는 순간에 고통스럽게도 그녀의 사랑을 한 번 더 시험한다. 춘향을 구할 수 있는 순간에 어사로서 춘향에게 수청을 들라 요구하였다.

몽룡 역시 춘향의 감정이 사랑인지 아닌지 확인하려 들었다. 이미 거지가 되어 내려온 몽룡을 본 이후 춘향의 사랑이 달라졌을까? 혹시 몽룡에 대한 희망이 없어졌으니 죽음을 면하고자 젊은 어사의 수청을 들어 부귀과 행복을 되찾으려 하지는 않을까? 그러한 의심의 시선이 발동한 것이다. 춘향은 다음과 같이 답한다.

> "애고, 이 말이 웬 말이오. 조약돌을 면했더니 수마석(水磨石)*을 만났구나. 궤상육(机上肉)**이 되었으니 어찌 칼을 두려워하오? [⋯] 사또 분부 또한 이러하옵시니 다시 무엇이라 아뢰오리까? 얼음 같은 내 마음이 이제 와서 변할쏜가? 어서 바삐 죽여 주오."

춘향의 말은 몽룡의 의심을 잠재웠고 몽룡의 가슴에는 감동이 몰려왔다. 몽룡이 거지꼴 된 것을 춘향이 보았으니 구원되지 않을 줄 알았을 테고, 이어 힘들게 지켜 오던 절개를 포기하지 않을까 궁금

---

* 물결에 씻겨 반들반들한 바위.
** 도마에 오른 고기.

했던 터였다. 극심한 고통 중에서 춘향이 다른 선택을 하지 않을까 하는 의심이 잠재워지는 순간이다. 춘향의 응답에 몽룡은 다음과 같이 기뻐했다.

> 눈을 감고 이렇듯이 악을 쓰니, 어사가 이 말 듣고 박장대소하며 칭찬하되
> "열녀로다, 열녀로다. 춘향의 굳은 절개 천고에 무쌍이요, 아름다운 의로운 기개 고금에 으뜸이라."
> 책상을 치고 크게 칭찬하고,
> "아름답다. 절개로다. 기특하고 신통하다. 아름답고 어여쁘다. 절묘하고 향기롭다. 반갑고도 기쁘도다. 어이 저리 절묘하니? 눈을 들어 나를 보라. 내 얼굴도 이 도령과 같으니라."

이제 그들은 기쁨에 넘쳐 서로를 껴안는 일만 남았다. 춘향은 새로운 의미의 열녀가 되었고, 몽룡은 사랑을 확인한 기쁨을 누렸다. 숱한 전쟁을 치른 조선 후기에 열녀는 사회에서 칭찬받는 여성상이었다. 배우자에 대한 절개를 지키기 위해 죽음을 택한 여성들은 나라에서 공적인 상을 주어 개인만이 아니라 가문을 표창하였다. 그러나 춘향의 수절 의지는 일반적인 열녀를 넘어서는 가치를 발산하기에 더욱 넓은 사회적 의미를 형성했다. 춘향의 수절 의지는 개인과 가문의 영광을 넘어 권력가의 권력 외적 폭력에 대해 신분이 낮은 계급에 대한 인간적 예우를 요청하고, 사회에 인간성에 대한 재해석을 요구하는 뜻을 표방한 것이기에 사회적 성격을 가진다.

무엇보다도 자기 생명이 어찌될지 모르는 무서운 순간에도 사랑을 포기하지 않는 춘향의 항거는 깃발처럼 나부낀다. 변 사또로 대표되

는 관은 개인의 욕망을 실현하기 위해 막무가내로 춘향을 밀어붙였다. 개인의 육체적 욕망을 법의 이름으로 포장해 당당히 성관계를 요구하는 비윤리적인 폭력에 가진 것 없는 춘향은 온몸으로 저항한다. 그래서 춘향의 항거가 최고조로 드러나는 「십장가」 대목이 당시 인기 있었다고 한다.

피지배층으로서 춘향의 모습이 명실상부하게 드러난다. 맨몸의 춘향이 믿을 곳이라고는 앳된 몽룡뿐이었다. 사실 춘향은 떠나가는 몽룡을 붙잡아 둘 만한 아무런 힘이 없었다. 사회적으로 인정받는 배우자가 아니니 구속력이 없었으며, 그들의 사랑을 한낱 유치한 사랑으로 여기는 사회였다. 이 와중에 믿을 수 있는 건 몽룡의 사랑뿐이었다.

이전 서사의 여주인공과 달리, 춘향은 자신의 욕망을 부정하지 않는다. 그리고 신분의 고하를 떠나 인간의 자존감을 믿고 그 실현을 위해 노력했다. 이전 서사의 여성 주인공은 남성의 사회적 성공을 응원하면서 희생의 자리를 자처하는 인물이 많았다.

춘향의 사랑은 연인이 초라한 모습일 때 오히려 빛났다. 가문 좋고 잘생긴 몽룡만을 좋아했던 게 아니었다. 죽더라도 몽룡을 한번 보고 죽겠다는 것은 연인에게 인정받고자 하는 마음이다. 거지꼴이 된 몽룡이든 출세한 몽룡이든 춘향에게는 사랑하는 연인이었다. 일관되게 사랑할 수 있었던 것은 춘향이 몽룡을 신뢰했기 때문이다. 춘향은 몽룡이 고생해서 어려운 처지가 되었다는 해석을 내놓는다. 몽룡이 춘향의 집에 찾아왔을 때 몽룡을 대하는 춘향의 어머니와 춘향의 반응이 대비된다.

　　"애고, 이것이 웬일인고. 이 노릇 보게. 매우 잘 되었다. 옷 헤진 것도 정도가 있지요. 바다가 뽕나무 밭이 되고 뽕나무 밭이 바다가 된다

한들 저다지 변하였나. 잘 되었네."

춘향 어미 하는 말이
"자세히 보아라. 이놈의 자식 꼴 된 것, 뻔뻔이 아늘놈 너를 찾아왔
단다."

춘향 어미 하는 말이
"네 서방 이 도령이 너를 보러 왔단다. 바라고 믿었더니 잘 되었다. 거
룩하고 의젓하다. 네 서방도 좋음도 좋다. 이제는 무엇을 믿고 바라
야 하나?"
춘향이 이 말 듣고 옴쭉 놀라 불빛에 바라보니 팔도에 비치 못한 상
거어지가 완연하다.

자신과 춘향에게 좋을 대로 기능적으로 몽룡을 해석하는 어머니와
달리, 거지가 된 몽룡의 모습에도 춘향은 반가움을 길게 토로한다.
이어 긴 그리움에 왜 이리 오래 못 왔느냐고 투정하고 몽룡의 꼴에
실망하기에 이른다. 그럼에도 구해 달라고도 말해 본다. 그러다가 현
실을 파악한다.

"어찌하든지 날 살려 주오. 항쇄 족쇄 벗겨 주오. 걸음이나 시원히 걸
어 보세. 나의 몸을 옥문 밖에 내어 주오. 세상 구경 다시 하세. 반갑
기도 그지없고 기쁘기도 측량없네. 과연 말씀이지 서방님이 오시기
를 남정북벌(南征北伐) 요란할 때 장군같이 개국열토(開國列土) 공신(功
臣)같이 믿고 바랐더니 이제 저 몰골이 되었으니 애고 나는 죽네. 죽
으나 한이 없소."

몽룡을 본 복잡한 감회와 자기 처지에 대한 소회가 그녀의 말에 번지고 있다. 사랑하는 임의 몰골이 말이 아니어서 실망하였으나 이에 그치지 않고 마음에 남은 한이 없다고 한다. 죽기 전에 이렇게 만났으니 딱히 바라는 것이 없다면서 이제 춘향은 오히려 연인을 걱정한다.

> "저 지경으로 내려오니 남의 천대 오죽하며 춥고 배고픔이 적었을까. 불쌍하고 가련히도 되었구나."

춘향의 어머니는 몽룡이 풍채 좋고 당당한 양반의 모습으로, 또 사회적으로 성공해서 돌아와 자기 딸을 구원해 주기를 기대했다. 그런데 도대체 춘향의 구원자로 보이지 않자, 몽룡을 거지 취급했다. 반면 춘향은 사랑하는 사람에 대한 믿음을 잃지 않았다. 월매에게는 몽룡이 소유한 것, 그의 겉모습이 더 중요했고, 춘향에게는 몽룡에 대한 사랑 곧 그녀 내적인 약속이 더 중요했다. 춘향은 자기 소유의 재산을 가난해진 연인에게 쓰고 싶어 어머니에게 아래와 같이 부탁했다.

> "그것 모두 들어내어 헐값에 탕탕 팔아 서방님 통영 갓, 외올망건, 당베 도포 모시 수건 장만하여 드리고, 옻접선 한 자루 비녀궤에 들었는데 한편에는 넓은 논 위에 날아가는 해오라기 그려 있고, 또 한편에는 크고 푸른 나무에 지저귀는 꾀꼬리 그려 있으니 날 본 듯이 쥐시게 드리고 내 말대로 부디 하여 주오."

자기 죽은 후에 자기 소유물을 팔아 몽룡에게 필요한 것을 사주라고 부탁한다. 여기서 춘향의 사랑은 단지 부귀와 신분 상승을 위한 것이 아니라는 것이 증명된다. 부귀와 신분 상승이 목적이었다면 변사또의 청을 들었을 수도 있다. 또 몽룡을 사랑하기보다는 부귀와 신분 상승을 원했다면 그가 어려운 처지가 되었을 때 이처럼 다정하게 굴기는 어려웠을 것이다.

어머니가 못마땅해하자, 그녀는 아무리 몽룡의 처지가 보잘것없어졌어도 자신은 '이진정소 배은망덕(利盡情疏 背恩忘德)'* 할 수 없다며 죽어 불효할지언정 자기 뜻을 버릴 수 없다며 강력히 버틴다.

춘향의 시선은 일반적인 기생의 시선과는 다르다. 기생은 상대가 금품을 줘야 친근하게 대하지만 춘향은 마음을 주었기에 이익이 없어도 마음속 정이 사라지지 않았던 것이다. 거지꼴로 돌아온 어사를 보고 나서 잠시 죽어야 할 자기 신세를 한탄하고 슬퍼했으나 사랑을 향하는 마음이 더 컸다. 몽룡에게 저주와 악담을 하지 않고 오히려 그의 처지를 이해했으며, 나아가 과거 좋았던 기억에 대한 감사를 드러내면서 여전한 자기 마음을 보인다. 옥에서 피어난 이 향기로운 말은 인간성에 대한 윤리적 해석을 제고시킨다. 더 이상 희망이 없는 죽음 앞에서도 이렇게 높은 이상과 사랑을 품었으니 독자(혹은 감상자)는 이에 흐뭇한 마음으로 감동하였다.

몽룡과 춘향의 사랑을 정리해 보자. 그들은 서로 의심의 시선을 교환했으나 사랑하는 마음을 재차 확인하여 의심을 해소하고 변 사또의 횡포로 대변되는 외부의 방해물을 넘어 사랑을 성장시켰다. 춘향은 몽룡이 자신에게 쾌를 제공할 팰러스를 가졌는지 확인할 수 없을 때에도 놀랍게도 사랑을 포기하지 않았고 그 감정을 유지했다. 그녀의 행동은 사랑의 심리적 특성을 잘 보여 준다. 자기 욕망을 제거하

* 이익이 없어지면 정이 소원해져 그동안의 은혜를 배반하고 은덕을 잊다.

면서라도 사랑하는 사람과 하나가 되려는 환상을 유지하고 있는 것이다. 춘향은 「운영전」의 운영과 다른 태도를 취한다.

춘향 서사가 뭉게뭉게 형성되던 시기는 상대가 진정한 사랑인지 아닌지 의심하며 시험해 보려는 분위기가 있었던 것으로 보인다. 대중은 춘향과 몽룡 모두 이 시험을 잘 넘어서 사랑이 입증되기를 소망했을 것이다.

춘향의 이야기를 마치는 이 대목에서 훤칠한 그들의 따뜻한 봄날이 보고 싶어진다. 그들은 광한루가 있는 남원의 한 정원에서 만났다. 사랑의 시작은 언제나 황홀하다. 그네를 타는 춘향의 사뿐한 모습에 넋이 나간 몽룡의 모습으로 이 장을 맺는다.

저 아이 거동 보소 맹랑히도 어여쁘다. 섬섬옥수 들어다가 그네 줄을 갈라 쥐고 소스라쳐 뛰어올라 한번 굴러 앞이 높고 두 번 굴러 뒤가 높아 흰 비단 버선 두 발길로 솟아 굴러 높이 차니 뒤에 꽂은 금비녀와 앞에 지른 민죽절*은 반석(盤石) 위에 내려져서 앵그렁 댕그렁 하는 소리, 이도 또한 경치로다. 공중에서 왔다 갔다 하는 거동, 진나라의 왕녀 난새를 타고 옥경으로 향하는 듯, 무산선녀 구름 타고 양대 위에 내리는 듯.

한창 이리 노닐 적에 이 도령이 바라보고 얼굴 달호이고 마음이 취하여 정신이 산란, 눈동자가 몽롱, 의사가 호탕, 심신이 황홀하다.

"방자야! 저기 저 건너 운무 중에 울긋불긋하고 들락날락하는 것이 사람이냐, 신선이냐?"

방자 놈 여짜오되,

* 장식 없는 죽절 비녀.

춘향전도

"어디 무엇이 뵈나이까? 소인의 눈에는 아무것도 아니 뵈나이다."

이 도령 말이,

"아니 뵌단 말이 어인 말이냐? 멀리 보지를 못하느냐? 청색과 홍색을 모르느냐? 나 보는 대로 자세히 보아라. 선녀가 하강하였나 보다."

이야기가 전하는 문헌과 관련 서사

수많은 「춘향전」 이본 중에 「남원고사(南原古詞)」를 인용하였다. 관련 작품으로는 현전하는 기록 가운데 가장 오래된 「춘향가」를 살펴보려고 한다. 1754년 유진한(柳振漢)이 판소리 「춘향가」를 감상한 후 한시(漢詩)로 옮겼다. 200구의 긴 시로 제목은 「춘향가(春香歌)」이다. 한시임에도 장면을 묘사하는 방식이 판소리의 묘사력과 닮았다. 작품이 길어서 다 인용하기는 어렵고 이 중에서 두 연인이 광한루의 그네 타는 곳에서 만난 장면을 보자. 위에서 살펴본 남원고사의 내용과 비교해 보라. 한글로 번역한 것을 옮겼으니 원문을 보고 싶다면 『국역 만화집』을 참고하면 된다.

「춘향가」

> 내 나이는 열여섯 너는 지금 열다섯
> 도리화의 꽃망울도 봄빛 맞아 아양 떤다.
> 남쪽 길가 잔디밭엔 파릇파릇 새싹 나고
> 동쪽 울의 모란꽃은 자줏빛 꽃 터뜨리네.
> 물색도 번화한 곳 대방국의 옛 땅에

봄나들이 하러 가는 오늘은 삼짇날.
붉은 비단 수 논 치마 풀잎을 스쳐 가고
하얀 모시 얇은 적삼 꽃잎을 열치누나.
청계수 해질녘에 제비가 물을 차듯
벽도화 꽃그늘에 걸음마다 향기 나네.
고야산의 처녀가 향기를 일으키듯
백옥경의 선녀가 패옥을 울리는 양.
향긋한 땀방울은 금방 씻고 나온 모습
만북사 앞 봄 물결은 넘실넘실 일렁이네.
유리 같은 물가에서 그림자를 보고 웃다
하얀 살결 고운 얼굴 씻고 나서 고개 드네.
은근슬쩍 허리 아래 남이 볼까 걱정해도
물에 비친 고운 자태 연꽃처럼 어여쁘다.
푸른 버들 언덕 위엔 한 줄기 향풍 일고
그네에 다시 올라 묘한 재주 자랑하네.
푸른 난새 날아올라 자주 비단 수를 놓고
올긋불긋 그넷줄은 백 척이나 늘어졌네.
강비가 물결 차듯 한 몸이 가뿐하고
월궁 항아 구름 타듯 두발을 구른다네
조붓한 비단 버선 외씨 같은 버선코에
가지 끝의 높은 꽃잎 부딪혀서 떨어지네.
활짝 핀 복사꽃에 비단 치마 어른대니
봄날 성안 모든 눈이 다 함께 쳐다보네.
기루 출입 십 년 동안 보지 못한 미색이라
사나이의 춘정이 슬그머니 동하누나.

「춘향전」을 좀 더 즐기고 싶은데 한자어가 많아 읽기가 어렵다면 『남원고사, 19세기 베스트셀러 서울의 「춘향전」』을 추천한다. 현대 한국어에 가깝게 옮겨져 있다.

이 사랑과 관련된 유적·유물

작품에 따르면 몽룡은 그네 타는 춘향을 광한루원 (전북 남원시 천거동)에서 보았다.

광한루원

19세기의 이생과 순매

의사소통법이 회의를 불러온다고?

19세기는 고전문학의 마지막 시대이자 이 책에서 다루는 마지막 시대다. 이 시기에 이르러 내부의 분열로 사랑에 성공하지 못하는 이야기가 등장했으니 『절화기담(折花奇談)』이 대표적인 작품이다.

이 작품은 석천(石泉) 주인이라는 사람이 스무 살에 겪은 일을 친구인 남화산인(南華山人)이 편집하고 다듬었다고 전한다. 작품의 끝에 남화산인이 적어 놓은 날짜*는 환산하면 1809년 음력 5월 6일이 되니 19세기 초의 작품이다.

---

* 嘉慶 十四年 己巳 端陽後一日.

작품이 시작하는 부분의 다음 문장은 이 작품 전체의 분위기를 표현하는 문장이라 해도 과언이 아니다.

물을 따라 내려가는 꽃은 유정무정한 탄식을 얼마나 끊어 냈을꼬.

이전 시대 사랑 이야기와 달리, 이 작품은 안타깝고 애석한 사랑의 심정을 구체적이고 곡진하게 표현하였다. 또 두 사람 모두 기혼자라는 사실도 독특하다. 상대와 마음이 맞는다면 결혼했다는 사실은 큰 방해물이 되지 않았다. 이 사랑 이야기의 주인공은 순매와 이생이다.

임자년 즈음에 이생이라는 사람이 모동(帽洞)에서 잠시 살고 있었다. 이생은 준수하고 고상했으며 풍채가 빼어난 데다 시나 문장도 제법 잘했으니 당시 재주 있는 선비였다. 그러나 그는 집안 살림을 돌아보는 데는 힘쓰지 않았다. 이웃에 사는 이씨의 집에 얹혀살았는데 이웃인 이씨는 높고 유명한 집안의 사람이었다. 이 집에는 돌우물이 하나 있었는데 아침저녁으로 우물 앞에 온 동네의 여종들이 북적대며 늘 모여 있어 그 뜰에서 물을 긷는 풍경은 꽤나 볼만한 것이었다.
한 미인이 있었는데 이름은 순매(舜梅)라 하고, 나이는 이제 열일곱 살로, 얼굴을 꾸미지 않아도 온갖 자태가 부족한 데가 없었고, 몸은 단장하지 않아도 온갖 아름다움이 배어 나왔다. 버들가지 같은 가는 허리, 복숭아 빛 뺨, 앵두 같은 입술, 윤기 나는 검은 머리는 진정 절세미인이었다. 그녀는 방씨의 여종으로 시집가서 머리를 얹은 지도 벌써 몇 해나 되었다.

이생은 순매를 한 번 본 뒤 넋이 나가고 마음이 흔들려 가라앉힐 수가 없었다. 17세로 아직 어린 나이였지만 결혼한 지 몇 년 된 유부녀였다. 이생은 사랑에 빠진 여느 남자처럼 그녀를 만나려고 주변인을 동원하면서 애를 썼으나 만날 수는 없었다. 그의 말에 따르면 순매는 화려한 여인이 아니라 소박한 미를 갖춘 여인이다. 봉래산이 겹겹이 가로막은 듯 그녀를 만날 수 없었고 그녀 생각이 떠나질 않아 낙심한 가운데 그의 마음은 녹아내리는 듯했다. 이생은 여러 방법으로 순매의 마음을 얻으려고 노력했다. 한번은 우연히 얻은 그녀의 은노리개로 만남의 빌미를 얻으려고 했다.

어느 날, 종 하나가 대나무가 그려진 은노리개 하나를 가지고 와서 말했다.
"이건 방씨 집 여종이 옷고름에 매고 있던 물건입니다. 제가 이 물건을 잠시 전당 잡아 가지고 있는데, 상공께서 저 대신 상자 속에 보관해 주십시오."
이생이 속으로 뛸 듯이 좋아하며 생각했다.
'꿈에도 그리던 사람의 좋은 물건이 생각지도 않게 내 손에 들어왔구나. 혹시 이걸 빌미로 만날 약속이 이루어지진 않을까?'

순매가 우물가에 오자 이생은 이때다 싶어 은노리개를 들고 유혹하였다. 은노리개를 돌려줄 터이니 하룻밤의 기약, 즉 성관계를 요청하였다.

"뜻밖에 노리개 하나로 이미 아름다운 인연을 맺게 되었구나. 인생은 물거품 같고 풀 위의 이슬 같은 것! 청춘은 다시 오기 어렵고 좋은 일도 늘 있는 것은 아니지. 그러니 하룻밤의 기약을 아끼지 말고 삼생의 소원을 이루는 것이 어떠하냐?"

그녀는 미소만 머금고 아무런 답도 하지 않은 채 물을 긷더니 바람처럼 가버렸다. 이생은 그저 바라만 볼 뿐 어찌할 도리가 없었다. 그러나 이에 포기하지 않고 방법을 찾고자 했다.

하루는 이생이 이웃에 있는 친구와 이씨의 집에서 술을 마시고 있었다. 원래 이씨의 집에는 한 노파가 살고 있었는데 무슨 일에든 참견하길 좋아하고 말을 잘해서 사람을 소개하여 맺어 주는 일에 본래부터 노련한 솜씨가 있었다. 술잔이 몇 차례 돌자 이생이 조용히 말했다. "방씨 집의 여종을 할미도 잘 알고 있을 터. 나를 위해 소개해 줘서 하룻밤의 인연[一宵之緣]을 맺을 수만 있다면 반드시 후하게 보상하겠네."

이생은 그녀를 만나기 위해 한 노파를 매파로 동원한다. 노파에게 순매와 하룻밤을 보내게 주선해 달라고 부탁했다. 그러나 노파는 주선하기 어렵다고는 하면서 돈으로 이 사람 저사람 꾀면 방법이 있을 거라고 이생을 설득하여 돈을 얻어 낸다. 이생은 마음 졸이면서 노파가 일을 잘 해냈기를 기다리고 기다렸으나 소식이 없자 답답해졌다. 그러던 어느 날 노파가 와서는 일이 이루어질 것 같다고 했다. 자기가 잘 설득해서 순매가 이생에게 마음을 열었다는 것이다.
이어 순매가 어렵게 외출하여 왔으나 마침 이생이 출타한 사이라 두 사람은 만나지 못한다. 사랑은커녕 만남 자체가 어려웠다. 한번 만나지 못하고 세월이 지나갔다. 가을이 지나고 눈이 펄펄 오는 그믐날

저녁에야 이생은 순매가 노파의 집에서 이생을 기다린다는 전갈을 받았다. 가까스로 만난 그들의 첫만남을 인용해 본다.

> "순매야, 순매야. 어쩌면 그렇게 무정할 수가 있느냐. 내 근심 어린 간 장은 마디마디 끊어졌고 그리운 마음은 여러 번 재가 되었단다. 다 행히도 빨리 죽지 않아 오늘 이렇게 한번 보게 되니 하늘이 틈을 빌 려 주어 사람의 소원을 이뤄 주는구나. 지금 죽어도 한이 없다. 할미 의 한 가닥 기쁜 소식이 갑자기 내 안개 속같이 답답한 가슴을 탁 트 이게 해주니 마치 좋은 술이 속을 적시고 잘 드는 칼로 눈동자를 덮 은 꺼풀을 벗겨 주는 것 같더구나. 그 많은 날 그토록 그리워하던 정 을 말로 다할 수가 있을까?"

여기서 이생은 순매가 그리워 얼마나 고통스러웠는지를 토로하고 있 다. 자신이 겪고 있는 사랑의 간절함과 고통을 순매가 알아주기를 바랐다. 그러나 이생은 연인을 만나러 갈 수 있는 반면, 순매는 외출 자체가 어려웠다. 그는 이 사실을 크게 고려하지 않고 오히려 순매의 무정함을 무던히도 탓하였다. 이생은 유부남이면서도 부인의 시선 에 매이지 않았고 가정을 돌보지 않으면서도 자유로웠다. 하지만 순 매는 철저히 매인 몸이었다. 이생은 그녀의 상황에는 관심이 없었고 순매가 약속을 지키지 않아 야속하기 짝이 없다고 핀잔만 했다. 순 매는 그런 이생에게 자신의 마음을 이렇게 토로한다.

> 순매가 옷깃을 여미고 대답했다.
> "낭군께서 저를 그리워하고 잊지 않으심을 저도 알고 있었습니다. 비 록 목석같은 마음이라 해도 어찌 마음에 느껴지는 게 없었겠습니

까? 하지만 낭군께는 이미 아내가 있고 저에게도 남편이 있습니다. 그러니 나부(羅敷)*처럼 깨끗한 정절을 지키지 못하는 건 한스럽지만, 탁문군이 스스로 사마상여를 찾아갔던 일과 같은 것은 정말이지 저도 해보고 싶었습니다.

이생의 마음을 모르는 게 아니라고 운을 뗀 다음 옛날 탁문군이라는 과부가 자신을 유혹한 사마상여를 찾아갔던 일화처럼 자신도 그렇게 해보고 싶다는 욕망을 드러낸다. 순매는 또 이런 말도 했다. "지금이라도 부부로서의 의리를 끊고, 정을 베어 내고, 옛사람을 버리고 새사람을 따르고 싶답니다." 하지만 순매는 순전히 이생을 따르기에는 마음이 편하지 않다고 덧붙였다. 순매의 말이 계속된다.

> "낭군의 애타는 마음을 저버릴 수가 없어서 감히 이렇게 틈을 타서 약속을 지키러 오기는 했습니다만, 깊은 못가에 있는 듯 바늘방석에 앉은 듯 마음은 낚싯바늘에 걸린 물고기와 같고 몸은 총알에 놀란 새와 같아서 잠시도 편안하게 마음을 놓을 수가 없네요."

순매의 이러한 발언은 자신이 있으면 안 되는 자리에 있다는 인식의 발로였다. 사회적으로 유부남, 유부녀의 사랑은 남의 눈에 쉽지 않았던 것이다. 이외에도 순매는 사랑이 부정적으로 변할까 걱정하는 마음도 풀어 놓는다. 이는 「춘향전」에서 춘향이 이 도령의 유혹에 걱정을 늘어놓는 것과 같은 심리이다. 남성의 일시적 욕구에 자신은 인

---

* 중국 조나라 여인으로 남성의 구애에 '맥상상(陌上桑)'이라는 시를 지어 거절하였다.

생을 걸어야 하는 입장이라는 것이다.

"낭군에게는 하루의 사랑이 저에게는 평생의 근심이 되니, 사랑은 원망과 짝이 되고 정은 도리어 원수가 되었습니다."

하룻밤의 사랑에 대한 남녀간의 입장 차이가 드러나고 있다. 남자에게는 큰 허물이 되지 않으나 여자에게는 평생 두려운 일이라는 고민을 털어놓고 있다. 이 마음속의 짐이 사랑을 가로막고 있음을 이생이 알아야 할 터인데 이러한 마음의 짐을 그는 알지도 못하고 고려하지도 않는다. 그에게는 관계의 즐거움이 최대 목표였기 때문이다. 겨우 만난 밤, 두 사람은 관계를 맺었고 그 기쁨은 아래와 같이 표현되었다.

이부자리를 펴고 옷을 벗고 끌어안으니 마치 원앙새가 물에서 놀듯, 난새와 봉황이 꽃 사이를 누비는 듯했다. 연리지 가지 끝에는 봄빛이 유난하고, 동심대 위에는 흥취가 그윽하였다. 베갯머리에는 가쁜 숨이 쌓이고, 구름 같은 이불 사이로는 여자의 자그마한 발이 보였다. 산과 바다를 두고 맹세하니 꾀꼬리 소리처럼 소곤소곤했으며, 수줍게 나누는 사랑의 소리는 제비의 지저귐처럼 그치지 않았다. 버들 같은 허리에는 한들한들 봄기운이 무르녹고, 앵두 같은 입술로는 가는 숨을 몰아쉬었다. 초롱초롱하던 눈빛이 몽롱해지고 우윳빛 가슴이 출렁이니 온갖 요염한 자태와 갖은 몸놀림은 이루 다 쓸 수가 없었다. 이는 이른바 송옥이 신녀를 만나고, 군서가 앵앵을 만난 것과 같으리라.

그날 밤, 순매는 또 다른 어려움을 이생에게 토로한다.

> "염탐하고 막는 자들이 있고 담장에는 엿듣는 귀가 있으니, 진정 마음을 어쩔 수가 없는 형국이에요."

외부의 시선에서 자유롭지 못한 고통을 말하고 있다. 사랑의 방해꾼이 감시를 하고 있다는 걱정이다. 이생은 이에 이렇게 제안한다.

> "네 마음 또한 참으로 가련하구나. 예로부터 잘나고 예쁜 사람들 중행실을 바꾼 이들은 이루 다 기록할 수 없을 정도로 많단다. 좋은 집에 살게 해주는 것은 감히 약속할 수 없다만 내 마땅히 조촐한 초가집 정도는 마련해 주마. 네 뜻이 어떠하냐?"

이생은 순매에게 따로 나와서 살라고 제안했다. 옛정을 끊고 새롭게 시작하라는 것이다. 그렇게 되면 이생은 경제적 부담이 있겠지만 순매를 통해 성적 욕구를 충족시킬 수 있을 것이다. 이 경우 순매는 완전히 새로운 생활을 시작하게 된다. 이 제안을 순매가 받아들일까?

> "[부부의] 정은 실로 잊을 수 없고 의리는 진실로 저버리기 어려우니 [情實不忘義固難負] 이승에서의 기박한 운명도 어쩔 수 없는 것입니다. 저승에서나마 남은 원을 이루는 것이 저의 소망입니다."

처음에 순매는 외부의 시선에서 자유롭지 못함을 이유로 이생을 만나지 않았다. 유부녀로서 자신이 있어야 할 자리에 있어야 한다는 생각과 부부의 도리가 이생을 사랑하는 마음, 또 남편을 싫어하는 마음보다 컸다. 그래서 마음은 이생에게 있어도 남편과 살아야 하는 현재의 삶, 그 기박한 운명에 따르며 살겠다고 답한다. 이 말을 들은 이생은 아쉬워하면서 또 다른 제안을 한다.

> "속담에도 '준마는 어리석은 사람을 태우고 가고, 미인은 늘 못난 남자와 짝이 되어 잠든다'고 했다. 이런 까닭에 예쁜 여자는 예로부터 재앙을 부르고, 미인은 본래부터 박명한 것이지. 지금 와서 비록 한탄해도 이미 어쩔 수가 없구나. 내 너와 더불어 틈을 타서 즐거움을 맛보는 것 또한 아름답지 않은가?"

그녀가 현재의 삶을 유지하겠다는 의견을 표명하였고 이생은 그 뜻을 바꿀 수는 없으나 그녀와 만나는 즐거움을 포기하고 싶지 않았다. 그래서 한 번 더 제안한다. 틈을 타 만나자고 한다. 순매는 특별히 답은 하지 않았지만, 만남을 지속할 의지가 있었다. 그런데 이 사랑에도 방해꾼이 있어 훼방을 놓는다. 바로 순매의 이모 간난이인데, 사실 그녀는 이생에게 호의를 품고 유혹해 오다 그가 순매를 마음에 두고 있는 것을 알게 되면서 두 사람에게 화풀이 발언과 행동을 해댄다. 답 없는 질투의 화신인 것이다.

> 간난이는 계속해서 이생을 향해 사납게 소리를 질렀다.
> "상공처럼 덕이 높으신 군자가 어찌 이렇게 의롭지 못한 일을 하신단 말입니까?"

간난이는 질투심에 자신을 태우면서 비이성적으로 비난을 퍼붓는다. 이게 '못 먹는 감 찔러나 보자'는 심산인가? 그녀의 비난에 대한 이생의 논리는 이러하다.

> "너는 도리어 동쪽 서쪽도 구분하지 못하고 진짜 가짜도 모른 채 이
> 제 와서 책망하다니. 책망할 수 없는 처지에 책망하니 참으로 가소
> 롭구나."

간난이가 자기 자신을 합리화하고 옳게 여기며 나무라는 말을 해대
자 이생은 냉소한다. 예전에 자기를 유혹하던 그녀가 이제 와 순매와
의 사랑을 비난하니 가소롭다는 것이다. 이후 질투의 화신이 된 간
난이는 순매가 잠시도 문밖 출입을 못하게 엄히 감시한다. 이에 순매
는 사랑하기에 자유롭지 못한 자신의 처지를 다시 한 번 자각하고
결국 이별을 선택한다.

> 하루는 노파가 이생을 찾아와서 말했다.
> "조금 전에 순매를 만났는데, 간난이가 감시하는 것이 날로 더욱 심
> 해져서 비록 눈이 세 개고 입이 네 개고 두 몸에 여덟 날개를 달고
> 있다고 해도 잠시라도 집을 나올 틈이 없다고 합니다. 이제는 백년가
> 약이 이미 뜬구름이 되고 흘러가 버린 물같이 되었습니다. 상공께서
> 는 부디 부디 몸조심하시랍니다."

순매는 남편도 아닌 이모의 감시에 집에 묶여 꼼짝할 수 없는 신세
가 되었다. 전에는 일정한 시간까지는 외출할 수 있었는데, 감시가 시
작된 후로는 나올 틈이 없게 되었다. 사랑의 길을 찾을 수 없다고 판
단한 순매가 이별을 고하자 이생도 여기서 이 만남을 정리한다.

이생도 이제 어떻게 해볼 도리가 없었다. 이에 시 한 편을 써서 정을 보내는 글을 쓰고 영원히 이별하는 마음을 실었다. 그 시는 이러하다.

> 화려한 비단 옷 입고 자라지 않아
> 호사스러운 모습 싫어했고
> 비취 구슬 속에서 자라지 않아
> 그녀는 담박하게 머리 빗고 단장했을 뿐이라네.
> 아름다운 발걸음 사뿐사뿐 옮기니
> 예주*의 선녀 풍류가 있고
> […]
> 이 한은 풀리기 어렵고
> 세월이 흘러가도
> 이 사랑하는 마음 사라지지 않으리.

이생이 어떻게 그녀를 사랑했는지, 그녀의 어떤 모습을 사랑했는지가 시에 나타난다. 화려한 여인이 아니라 소박한 여인을 한껏 사랑했음이여. 사뿐히 다가온 친밀한 정서가 느껴진다. 비록 사랑하는 마음이 사라지지 않으리라고 표현하지만 이별의 길을 택했다. 이 논리라면 사랑은 마음으로 할 수 있는 것일까?
그의 마지막 시는 다음과 같다.

> 타고난 운명이 이미 막혀 있으니
> 조각구름 유유히 떠가는 것만 바라보네

---

* 꽃술이나 구슬로 장식한, 신선이 머무는 궁전.

스스로 인연을 끊어 영영 헤어짐을 마음 아파하고
그리움은 가없음을 탄식하노라

친구인 남화산인은 이 사랑에 대해 이렇게 표현했다.

"애석하다, 만남을 가지기 전에 매섭게 끊어 버리는 것이 나았을 것
을! 그러나 한번 만난 뒤에라도 스스로 관계를 끊었으니 다행스럽다
하겠다."

친구의 말처럼 처음부터 시작하지 말아야 했던 만남이었을지 모른
다. 친구는 당사자의 안타깝고 시린 마음을 느끼지 못하니 단호할
수 있으나 당사자는 만나 보려고 노력을 하지 않을 수 없었다. 이생
과 순매는 두려움과 그리움에 시달리면서 어느 연인 못지않게 열정
적이었다. 그러나 사랑하기 어려운 구조적 모순이 큰 방해물이었으
니 간난이는 당시 사회의 윤리적 시선을 대변하며 이 사랑을 감시했
다. 질투심에 이글거리며 순매를 감시하고 두 사람의 사랑을 비난하
는 이모는 방해물이 아닐 수 없다. 그러나 사랑의 방해물을 극복하
지 못한 이유는 간난이가 아니었다. 두 사람의 마음이 하나가 된다
면, 간난이의 방해는 피할 수 있었기 때문이다.
두 사람이 나눈 대화를 보면 열정적 마음과 달리 의사소통이 잘 되
지 않음을 알 수 있다. 열정이 없었던 건 아니었지만, 사랑을 지속하
기 어려운 틈이 좁혀지지 않았다. 어렵사리 만나 관계를 맺은 밤, 그
들이 속마음을 털어놓는 대목을 보자. 순매는 이생에게 이 사랑에
대한 입장이 어떠하며 자신의 처지가 어떠한지 말했다. 이생이 마음
에 들지만 유부녀이기에 연애하기 어려운 상황이며, 이생에게는 하

롯밤의 사랑이 자신에게는 평생 고통이 된다는 사실과 부부의 정은 끊기 어려운 것이라는 믿음을 갖고 있음을 토로했다.

이생이 순매에게 주로 말한 것은 '난 네가 너무 좋으니 앞으로도 만나서 즐겁게 지내자'는 것이었다. 이런 이생이 순매에게 사랑의 출구로 보였을 리 만무하다. 두 사람은 서로 마음은 있으나 동상이몽(同床異夢)하고 있다. 이생은 순매의 상황과 형식적 관계를 지키려는 의지를 감지해야 했다. 나아가 설득을 해야 이 사랑이 이루어질 수 있음에도 이생의 관심은 자신의 고통에 있었다. 그는 순매를 만나지 못하는 고통이 심해질 때마다 이를 해소하기 위해 매파인 노파를 들볶았다. 이 애타는 심정을 노파는 노파대로 이용하였다. 마치 「운영전」의 김 진사와 특의 관계를 연상하게 한다.

순매가 집으로 돌아가면 두 사람은 남남이 되어 만나지 못했다. 순매는 이 상황을 타개할 의지가 거의 없었고, 싫든 좋든 부부 관계를 유지하는 게 이생과 사랑의 길을 떠나는 것보다 낫다고 판단했다. 순매의 사랑은 남편과 이생 사이에서 양가적으로 놓여 있었다. 새로운 사랑을 할까 말까를 고민했다. 말로는 남편보다 이생이 좋다고 하였으나 이생과의 사랑을 포기하였다. 이생을 믿기도 어려웠지만 스스로 사랑의 출구를 찾기에는 현실적 어려움이 더 크게 느껴졌다. 이생과의 사랑은 사랑에 대한 순매의 회의감을 불식시키지 못했다.

순매는 사마상여와의 사랑을 위해 찾아갔던 과부 탁문군이 되고 싶다고 했으나, 결국 그들은 '실패한 탁문군과 사마상여'가 되고 말았다. 이생은 순매의 고통보다 사랑의 열정이 초래하는 고통에만 주의를 기울였고 순매를 설득하는 데 이르지 못했다. 물론 집을 나와 따로 살아 보라고 한번 제안해 보았으나 순매의 현실순응적 인식에 대해서는 아무런 언급도 없었고 설득도 하지 않았다. 이처럼 이생은 순매가 호소하는 고통이나 그녀가 처한 모순에 초점을 맞추지 못했다. 이에 순매는 점점 열정을 잃었다. 이생의 의사소통 방식은 열정적이긴 해도 순매의 회의에 대해 궁극적인 효력을 발휘하지 못했다.

한편 남편과의 삶이 마음에 들지 않아도 현실에 순응하며 사랑의 가능성을 회의하는 순매의 시선은 내부의 방해물이 되면서 사랑을 불발시켰다. 이 지점에 이르러 사회의 금지라는 외부의 방해물은 쉽게 이별의 구실이 되었다.

이야기가 전하는 문헌과 관련 서사

『절화기담』은 일본 동양문고 소장 한문본이 유일하다. 한글 번역본은 『19세기 서울의 사랑 절화기담, 포의교집』을 보면 된다. 이 글도 이 책의 번역을 따랐다.

관련 자료로 또 다른 19세기의 사랑 이야기 「방한림전(方翰林傳)」을 살펴보자. 두 여인이 평생 친구[지음(知音)]로서 부부가 되어 사는 고소설이다. 부인 영혜빙의 남녀관과 영혜빙이 남편이 될 방한림을 처음 만난 장면을 인용한다. 19세기 고소설에서는 사랑의 대상에 대한 다양한 상상이 이루어지는 모습을 볼 수 있다.

「방한림전」

세상 부부의 영욕을 초월같이 배척하여 말끝마다 다음과 같이 말하였다.

"여자는 죄인이다. 온갖 일에 이미 마음대로 못하여 남의 규제를 받으니 남아가 못 된다면 인륜을 끊는 것이 옳다. 그러면서 언니들의 구차함을 비웃었다. 형제들은 활발하다고 조롱하고 부모는 그 마음을 괴이하게 여겼다."

내가 보니 방씨의 얼굴이 시원스럽고 행동거지가 단엄하여 일대의 기남자다. 이런 영웅 같은 여자를 만나 일생 지기(知己)가 되어 부부의 의리와 형제의 정을 맺어 한평생을 마치는 것이 나의 소원이다. 내 본디 남자의 사랑하는 아내가 되어 그의 제어를 받으며 눈썹을 그려 아첨하는 것을 괴롭게 여기고 있었다. 금슬우지(琴瑟友之)*와 종고지락(鐘鼓之樂)**을 내가 원하지 않더니 우연히 이런 일이 있으니 어찌 우연하다 하리오? 반드시 하늘이 생각해 주신 것이다. 수건과 빗을 맡는 구구한 일보다 이것이 낫지 않으리오?

이 사랑과 관련된 유적·유물

작품과 관련된 곳을 찾기가 쉽지 않다. 두 사람이 한양 모동에서 만났는데 연구에 따르면 이는 종로3가 일대가 된다. 그러니 서울 북촌 한옥마을(종로구 계동)에 가보아도 좋을 듯하다. 북촌은 조선의 권세가들이 살던 곳이다. 북촌문화센터를 통해 안내를 받을 수 있다.

* 부부 간의 금슬이 좋아 마치 친구처럼 지내는 것.
** 종과 북을 치며 즐긴다는 뜻, 부부 사이의 화목한 정을 이르는 말.

재해석의 마무리와 사랑에 대한 전망

모든 것을 집어삼킬 듯 일어서던 파도, 금방이라도 질식시킬 듯 차오르던 수위… 한바탕의 검은 폭풍우가 지나가고 잡다한 쓰레기가 씻겨 나갔다. 푸른 옥빛이 된 정갈한 하늘과 이에 조응하듯 빛나는 바다. 흰 꽃이 흔들리는 테이블 너머로 언제 그랬냐는 듯 잔잔해진 바다가 보인다. 금빛으로 반짝이는 모래 위로 한두 사람이 바닷바람을 쐬며 여유롭게 거닌다. 상쾌하게 서늘한 공기가 4월의 봄날 같기도 하고 10월의 가을날 같기도 하다. 사랑 이야기를 한바탕 통과하고 난 나의 느낌이다.

인간이 공통적으로 경험하는 보편적 문제, 사랑! 인류가 존재하는 한, 결코 사라지지 않을 이슈다. 지속 가능한 사랑을 위해 균형을 맞추고 싶지만 혼돈지수가 높다. 사랑은 망그러지기 쉽다. 말 한마디로 상대를 무너지게 하기도 하지 않는가. 생각보다 사랑하기가 쉽지 않다. 이러한 현실적 문제에 봉착하여 누구도 주지 않았던 사랑에 대한 지침, 조언, 힌트를 스스로 얻어 보고자 과거 한국의 사랑 이야기를 찾아 읽고, 독해하고, 분석해 보았다. 이제 마무리 단계에 접어들었다.

이 책에서 다룬 사랑 이야기는 대부분 이미 뛰어난 연구자, 비평가에 의해 해석된 바 있다. 그러나 텍스트는 새롭게 해석되기에 오래도록 살아 있다. 해석을 통해 그 시대에 부합하는 의미를 얻는 것이다. 이미 해석되었다고 해서 오늘 우리가 해석할 몫이 사라지지는 않는다. 우리의 시선은 존재/대상의 다른 부분을 포착하기 때문에 이전의 해석과 같을 수 없다.

마치 도상(圖上)을 따라 검토의 시선을 유지하는 엄정한 미술사가의 시선처럼, 사랑 이야기를 읽으면서 분석적, 해석적 시선을 늦추지 않았다. 낯설지 않은 서사를 새삼 돌아본 것은, 마음먹고 꼼꼼히 독해해 보는 과정을 거쳐야 나의 사랑을 살찌울 시선을 하나라도 제대로 건질 수 있기 때문이다. 그렇게 하면서 다른 사람이 아닌 나의 시선을 교정할 수 있었다. 그 결과 결코 쉽지 않겠지만, 사랑이라는 적막하고 외로운 사막을 횡단할 만한 자세를 갖췄다. 사랑을 보는 시선이 넓은 지평을 확보했기 때문이다.

현대인의 삶은 날이 갈수록 사랑하기 까다로워지고 어려워진다. 연인, 부부는 더 이상 일심동체가 아니라 이심다체(異心多體)로 여겨지기도 한다. '내 마음 알아주는 사람도 없는데 차라리 혼자 살고 말지. 누구한테 맞추기도 괴로운 일이고. 이렇게 살게 내버려 둬!'라고 생각하기가 더 편한 세상이다. 물론 이런 자세도 사랑에 대한 한 입장이다. 그렇지만 일찍 맘 접고 문 닫아걸기 전에 충분히 생각해 보자. 그다음에 문을 닫아걸어도 늦지 않다. 당나귀 뒷발질 같은 심리적 폭풍이 나를 삼켜 버릴까 두려운가? 폭풍은 원하지 않아도 오기 마련이지만 마음의 준비가 되면 그 세기가 약하게 느껴지는 것 또한 사실이다.

기억하는가? 성장시키는 사랑의 결과는 늘 생산적이고 창조적이었다. 그 메커니즘은 시각과 시선의 문제다. 가령 "당신은 잠만 자!"라는 말과 "피곤한가 보네"라는 말은 짧은 한마디임에도 그 차이가 크다. 어떤 관점으로 상대를 규정하지 않고 열어 두는 시각은 상대를 자유롭게 하여 부정적인 감정의 소비를 줄인다. 또한 시선은 욕망의 문제다. 자기 욕망으로 상대를 제한하지 않는 심리적 기제 역시 상대가 편안하게 자신의 리듬을 타게 한다. 평강공주가 온달을 성장시킨 바탕이자 양생이 귀녀를 탓하지 않은 까닭이다.

좋은 나무가 좋은 열매를 맺듯 좋은 사랑이 좋은 결과를 낳았다. 다만 좋은 사랑을 좋은 사람으로 등치(等値)하지 않도록 주의해야 한다. 한 번에 서로에게 딱 맞는 좋은 사람을 찾는다는 것은 신화적 상상에 버금가는 것이다. 부럽게도 애써 배우자를 찾아 나설 필요가 없었던 신화시대와 달리, 우리는 한눈에 배우자를 알아보지 못한다. 아무리 주변의 칭찬이 자자한 사람을 만나 봐도 이내 허점과 결점이 눈에 들어온다. 어떻게 김수로왕과 허왕후의 사랑 이야기에는 하늘이 예정한 짝이 올 것이며 같이 새로운 질서로 세상을 창조할 거라는 순진한 믿음과 희망이 가득했을까? 유화와 해모수도 신성계의 이상(理想)으로 두 사람이 연결되어 있다. 유화는 이 이상을 실현하는 매개가 되었고 해모수의 후계자 주몽이 탄생하게 했으며 장차 새로운 길을 찾아 떠나게 하였다. 신화적 사랑은 그 나름의 완결적 세계관을 구현한다. 결연의 어려움 같은 방해는 있어도 두 사람의 관계에 모순도 결여도 없다. 서사가 시작될 때, 이처럼 온전한 사랑의 세계관을 상상했다니. 이들의 사랑을 보면 안개가 뭉게뭉게 피어오르는 골짜기에 서 있는 듯 긴장감이 든다.

신화적 세계관에 대한 믿음이 약해지면서 사랑은 본격적인 방해물을 만나 성난 파도 위 가랑잎처럼 뒤뚱거리기 시작한다. 이질적 성격의 두 힘이 작용하는 것이다. 사랑을 유지하는 힘과 방해하는 힘. 방해물은 외부에서 유입되었으므로 방해하는 힘은 외부의 것이다. 따라서 편의상 사랑을 방해하는 힘을 '사랑의 외부'로, 사랑을 유지하는 힘 곧 열정을 '사랑의 내부'로 보아 구조적으로 인식하였다.

내부가 굳건하면 두 사람이 강렬히 연합하여 방해물에 흔들리지 않고 방해물을 넘어섰다. 서로를 성장시키면서 사랑 특유의 연합적 정신력을 발휘했다. 도미 부부, 온달과 평강공주, 신혜왕후와 고려 태조, 양생과 여귀, 하생과 여인을 다시 떠올려 보라. 한 예로 왕이 제시한 부귀를 눈앞에 두고 처연히 고난의 길을 택한 도미부인은 사랑의 고통과 고결성을 함께 보여 주었다. 사랑이 한 사람을 향한 열정임을 보여 주는 사례이기도 하다.

반면 방해물에 의해 와해되는 사랑도 살펴보았다. 방해물은 사랑을 잘도 흔들어 댔고 보기 좋게 와해시켰다. 근래 소통의 중요성이 워낙 강조되어 좀 식상한 구석도 있지만, 중요한 것이 사실이다. 박제상 부부는 일찌감치 두 사람 사이의 소통의 중요성을 보여 주었다. 이들의 사랑을 방해한 것은, 긴급한 공적 업무보다는 궁극적으로 박제상의 의사 결정 방식이 관계 파괴적인 탓이라고 해석하였다. 당신의 생각은 어떤가? 미모의 선덕왕을 사랑한 지귀는 사랑에 휩싸이는 동시에 자괴감, 자책감에도 휩싸여 사랑을 잠식시켰으며, 지나친 희생을 사랑과 혼동한 김현과 호랑이 아내는 죽음의 길을 걷기도 했다. 지독한 가난에 시달리던 김씨녀와 조신은 사랑을 포기하고 생존을 위해 이별을 택했다. 한편 미모에 현혹되어 정체 모를 여성을 쫓아간 채생은 입맛에 맞는 제안에 물과 젖이 섞이듯 쉽게 따라갔지만, 이내 달콤한 쾌락도 환상이었음을 각성해야 했다. 요즘은 더욱 겉모습이 중요한 시대가 되었지만, 상대의 겉모습만 보고 사랑하는 건 여전히 문제적이다.

살펴본 서사에 따르면, 사랑의 방해물은 권력의 횡포, 의사소통의 문제, 사회의 금기, 강박적 사회윤리, 삶과 죽음의 경계, 극심한 가난, 전쟁, 부모의 반대 등이었다. 이 가운데 혹시 당신의 방해물은 없는가? 없다면 다른 방해물이 있는지 돌아보길 바란다. 작품을 분석해 보았듯 그렇게 자신의 사랑을 독해해 보길 권한다. 방해물이 잘 찾아지지 않는다면, 다음 유형의 사랑일 가능성이 농후하다.

세 번째로 본 사랑의 유형은 현대의 우리에게 익숙하다. 사랑을 희구하면서도 의심의 시선을 멈추지 못하는 이야기들이다. 이 유형에도 외부의 방해물이 존재하나, 궁극적인 방해물은 의심의 시선이었다. 그런데 어떤 의심인가? 상대가 사기꾼은 아닌가 하는 의심도 필요하겠지만, 여기서 말하는 의심은 의식적으로나 무의식적으로나 상대가 나를 쾌(快)의 상태로 만들어 줄 수 있는가를 부지런히 저울질하는 심리적 자세를 말한다. 이 의심에 빠진 사랑은 내부와 외부가 구별되지 않는 뫼비우스의 띠를 닮아 내부와 외부가 뒤죽박죽이 되기 십상이다.

주로 조선 후기 작품에 의심의 시선이 많이 반영되어 있으며, 초기 작품으로 9세기 설화 「최치원」을 들 수 있다. 남주인공 최치원을 생각해 보자. 쾌를 줄 것이라 예상할 때는 상대에게 아첨을 하다 쾌가 지속되지 않을 것 같자 사랑의 마음을 도사렸다. 여귀의 매력에 빠진 것을 부정하고 그들을 요사스러운 여우라고 강등함으로써 애초의 열정을 회수했다.

쾌의 표지는 팰러스다. 정신이 경험하는 영역에서 사랑이란, 자신에게 '없는' 팰러스를 상대에게 주는 것이라고 자크 라캉이 이론화한 바 있다. 팰러스는 쾌를 주는 실체가 포착되지 않기 때문에 상상적이다. 신화시대에는 신성으로 담보되는 능력이 그 인물됨을 온전히 입증했고 상대도 이를 믿음으로써 받아들였다. 다시 말해, 신화적 인물은 상상적 팰러스를 소유한 인물이고 사랑의 상대도 어렵지 않게 이를 받아들였다. 그러나 이후 주인공에게는 신성한 능력도, 뒷받침해 주는 신도 없어졌다. 현대에 이르러 상대를 만족시킬 팰러스를 갖고 있지 않다는 사실이 명백해졌다. 무엇으로 만족시킬 수 있을지 알기 어렵기 때문이다. 더욱이 상대가 원하는 팰러스가 무엇인지 모른다. 그리고 상대는 내가 아닌 다른 곳을 주시하기 일쑤다.

사랑에 대한 서사는 '사랑에 대한 순진한(혹은 당연한) 믿음'과 '사랑에 대한 의심'의 구도로 흘러왔다. 후대에는 보다 미세한 심리적 흐름이 포착되며 사랑을 향한 시선도 다양해졌다. 19세기, 사회가 근대화되고 근대적 세계관으로 전환되면서 그간 집단의식에 뒤쳐져 있던 개인주의가 부상하였다. 이에 따라 사랑에서도 둘보다는 나를 먼저 생각하게 되었다. 자기 보호의 기제 아래 진득한 믿음보다는 회의와 변덕, 의심과 불안이 발동하면서 사랑은 요동치며 흘러가고 있다. 현대 서사에서 사랑은 그 외부와 내부가 확연히 구분되지 않는다. 사랑의 내부에 외부가 있는 양상이 흔해졌다. 의심이 현대인의 당연한 지적 활동인 것처럼 여겨지고 또 다들 심드렁해졌다. 의심의 시선은 기본적으로 자신을 보호하고 싶은 마음이 강렬한 심리적 메커니즘에 기인한다. 자신의 존재감, 경계를 지키는 것이 사랑에 있어 기본이지만, 너무 지나치면 상대를 위험 대상으로 받아들이고 끊임없이 의심하게 된다.

춘향의 행동이 시사하는 바가 크다. 춘향은 자신을 쾌의 상태로 만들어 줄 팰러스를 향한 욕망보다 사랑에 집중했다. 몽룡의 진심을 의심하기도 했지만, 사랑의 힘을 믿었다. 의심을 무마하거나 무의미한 인내에 돌입하지 않았으며 그저 수용하지도 않았다. 그녀는 새로운 방식을 개척했다. 인간적 자존감을 담보로 변함없이 사랑하겠다는 몽룡의 약속을 받아 냈다. 둘 사이의 약속이 사회적 구속력이 있을 리 만무하지만 사람에 따라 구속력이 없는 것도 아니다. 춘향은 몽룡의 약속에 인생을 걸었다. 사랑이 환상일지라도 이에 집중할 때 성공하였다.

뜻밖의 고난과 시련이 닥쳤을 때, 춘향은 정신 상태는 어떠했을까? 사랑도 사랑이지만, 한 인간으로서 존엄성을 유지하고자 관원의 폭력에 저항했다. 이 부분은 부귀를 앞에 두고도 처연히 사랑의 길을 간 도미부인을 연상시킨다. 몽룡이 거지꼴로 나타났을 때, 자신을 구원할 수 없는 그의 처지에 절망했지만, 춘향은 사랑의 길을 포기하지 않았다. 오히려 상대를 더욱 걱정하였다. 참으로 열렬한 사랑이다.

두 사람의 사랑이 중요한 힌트를 하나 준다. 이들은 사랑을 입증하는, 자기 입증의 길을 갔다는 사실이다. 특히 춘향은 애초에 가졌던 부와 미래에 대한 전망이 갉아먹히는 것을 감수하면서 새로운 이상을 포기하지 않았다.

험난한 상황에서도 누군가를 사랑한다면, 그렇지만 안타깝게도 이러저러한 이유로 그 사랑이 수용되고 있지 않다면, 사랑을 입증하는 길을 가야 한다. 그렇다고 당장 생산적 결과가 도출되는 것이 아니며, 작품에서와 달리 현실에서 성공할 확률도 낮다. 상황과 상대에 따라 입증되기까지의 시간도 다를 것이다. 더구나 변덕이 심한 현대인의 팰러스는 쉽사리 알기 어렵다 보니 상대가 요청하는 팰러스에 대한 주의 깊은 관찰력도 필요하다. 이러저러한 불편에도 불구하고 사랑은 자기 존재를 포기하기 전에는 버릴 수 없는 것이기에 자처하여 고된 길을 가게 된다. 여기에 사랑의 고통과 애상이 자작이 넘실거리며 사랑의 열정이 상대에 대한 열정이라기보다는 종내는 자신에 대한 열정과 연결되어 있음을 보여 준다. 고통을 감내하고 극복하는 힘은 상대보다는 자신에 대한 열정에서 기본 동력을 얻는다. 그렇기에 자신을 사랑하는 사람이 타인을 사랑할 때 열정적이다.

우리의 사랑에 각종 부정적인 감정, 곧 회의, 의심, 불안 등은 없어지지 않을 것이고, 이기주의는 이 감정을 더욱 부채질할 것이며, 싱글 라이프의 재미를 포기해야 하는 결혼은 갈수록 어려워 보인다. 이러한 사회적 담론하에서 단시간에 사랑을 입증하기는 불가능에 가깝다. 그러나 사랑한다면 불가피하게 인내하며 증명해야 한다. 파괴적 결과로 이끄는 방식은 사랑이 아니다. 자신의 존재가 파괴적으로 소진되지 않는 한에서 증명하자. 사랑으로 인한 고통을 마다할 수는 없겠지만, 자신을 파괴하는 인내를 해선 안 된다. 내가 파괴되고 해체되면 사랑도 없다. 균형 맞추기 참 쉽지 않다.

현대 문학작품이나 드라마, 영화 등 문화산업의 서사에 나타나는 사랑은 이유도 많고 감정도 복잡하다. 상황은 복잡다단하게 흐르고 사랑의 내부는 더욱 공고히 외부가 되어 간다. 그만큼 현대인의 심리가 복잡해졌다는 뜻이리라.

그런데 고금을 막론하고 변하지 않는 사랑의 요소들이 있다. 팰러스보다는 상대의 존재 자체에 집중해야 사랑이 지속된다는 것, 사랑

은 자신에 대한 열정이 상대에게 투사되는 심적 활동이라 자칫 열정
이 넘쳐 이기적이기 쉽다는 것, 사랑은 혼자 하는 게 아니라 두 사람
이 한다는 것, 두 사람을 고려한 선택이 이루어지지 않을 때 사랑은
결국 소진되기 때문에 원만한 의사소통을 위한 두 사람의 노력이 필
요하다는 것. 사랑을 의심할 때에도 극복의 열쇠는 의사소통에 있었
다. 물론 긴 탁자에 마주 앉아 각자의 입장을 설명하듯 공식적, 사무
적으로 의사소통이 이루어져야 하는 것은 아니다. 소통과 설득이 시
도되고 있다는 사실이 더 중요하며 그 방법은 연인마다 다른 방식으
로 이루어질 것이다. 여하튼 의사소통이 원활히 이루어지면 믿음이
형성되고 이로써 관계가 공고해져 방해물을 극복할 수 있음을 작품
을 살펴봄으로써 알 수 있었다.

이 책을 기획하면서 기대했던 것보다 설득과 동의를 이끌어 내는 의
사소통, 이념의 일치와 같은 전통적이면서 보편적인 가치의 중요성
을 실감했다. 두 사람만의 우아하고 상쾌한 방식들을 계발해 보길
바란다. 열정적인 시작만큼 그 과정이 좋아야 사랑의 결과가 좋지
않는가.

열정이 곧 사랑이 아니라는 사실도 확인했다. 인생의 일대 사건이라
할 만한 폭발적 열정이라 해서 사랑을 보장하지 못했다. 열정의 단계
를 넘어 노력이 수반되어야만 했다. 상대에 대한 관심과 방해물에 대
한 연합적 타개책을 만들어 나가야 한다. 단, 이는 억지로 되는 것이
아니라 자발적으로, 마치 물 위에 달빛이 비치듯 자연스럽게 이루어
지는 것이다. 열정의 단계 이후 열정이 회수되거나 사랑에 대한 회의
를 이기지 못하여 중도에 포기한 사랑은 안타깝게도 출구를 찾지 못
했다. 내부의 균열을 견디지 못하고 상대를 설득하지 못하여 결국 해
체의 길을 갔다.

또한 사랑이 개인적인 영역에서 형성되는 두 사람만의 문화가 아니라 사회문화적 담론에 영향을 받으며 형성되는 문화적 현상이라는 점에 주목하였다. 주체가 사회적 담론의 영향을 받는다는 자명한 사실을 자크 라캉의 개념으로 이해하자면, 사람은 상징계^{the symbolic}를 통해서만 주체가 되므로 개인이 언어와 질서가 지배하는 상징질서를 무시하는 것은 불가능하다. 우리는 고전 서사 속 연인들을 통해 개인적 담론에 얹힌 사회적 담론을 읽어 냈다. 사회적 담론에 저항하는 사랑도 있었고, 사회적 담론에 휩쓸린 사랑도 있었다. 당연하다고 믿었던 나의 생각이 나의 생각이 아닐 때가 많다. 당연하게 사회적 담론을 받아들이기보다 자신의 생각을 돌아보고 필요하다면 평강공주처럼 사회적 담론을 횡단하길 바란다. 그 가운데 있을 쓰라린 자유를 미리 축원하고 싶다.

요즈음 사랑과 결혼을 포기하는 사람이 늘었다. 우리나라만이 아니라 여러 나라에서 발견되는 세계적 현상이다. 선진국일수록 '네버 메리드^{Never Married}'라고 자신을 소개하는 중년의 독신주의자가 많다. 대체로 독립적 삶을 누리고 싶은 마음에 결혼을 하지 않는다고 한다. 우리나라에서도 이런 이들을 심심치 않게 볼 수 있다. 개인으로 완결될 수 있다는 사고가 전제되어 있는 셈인데, 신화(神話)를 전공한 내 눈에는 신화적 세계관으로 보인다. 과연 이는 개인의 독자적인 선택일까? 문득 토이의 노래 '혼자 있는 시간'이 떠오른다. 특히 '사랑을 못해 본 사람들, 그들 틈에서 익숙한 내 모습'이라는 가사는 나를 비롯해 대다수 지인의 초상이었다. 수십 년 동안 애써 쌓아 올린 나만의 성스러운 성벽에 균열을 내고 싶지 않은 자기중심적 인성. 독신자 중에는 이런 생각을 가진 사람이 많았다. 물론 기혼자는 자기중심적 성향이 덜하다거나 십자가를 견뎌 낸 성인군자라는 뜻은 결코 아니다. 다만 많은 이가 상처 받지 않기 위해 방어막을 치고 변화를 마다하면서도 손에는 사랑을 포함한 많은 걸 쥐려고 아등바등한다는 뜻이다.

한번은 강의가 끝나자마자 한 학생이 억울하다는 듯, 고통을 토로하듯, 슬프다는 듯 내게 이렇게 물었다. "왜 드라마나 영화 속 사랑과 현실의 사랑은 다르죠? 현실에서는 조건을 따지잖아요." 이제 갓 성인이 된 학생이 기성세대, 사회 분위기를 전제하고 탓하는 모습에 놀라며, '아, 이해가 안 되네. 현실의 사랑을 사랑답게 만들면 되는 거 아닌가'라고 의아해했던 기억이 있다. 그때는 짧게 대답하기 어려워 제대로 답하지 못했는데, 오랫동안 그 말이 떠오르곤 했다. 내가 사랑하지 않으면 누가 하겠으며, 또 무슨 의미인가? 사랑 담론에 스며든 사회 담론을 뜯어보면 양가적 저울질에서 벗어날 수 있을 것이다. 그 학생에게 이제야 내 답변을 이 책으로 내놓는다.

우연히 한 여행객의 모자에 쓰인 큼지막한 문구를 보고는 실소를 터뜨렸다. SEXY & RICH. 원하는 바를 단 두 단어로 잘 표현해 놓아 웃을 수밖에 없었다. 성적 쾌락과 부, 전통적으로 많은 이들이 추구해 온 팰러스다. 세상의 한편에는 이런 사랑을 꿈꾸는 사람들이 여느 시절처럼 건재하다. 그게 뭐가 문제냐고 욕망을 숨기지 않는 이들은 반론할 것이지만, 우주 공간과 같은 무중력적 발상이다. 팰러스에만 집중한 나머지 큰 그림에서 자신의 욕망을 보지 못하고, 팰러스를 향유가 아닌 소유의 대상으로 인식하기 때문에 크고 작은 주변의 음모와 경쟁이 있기 마련이다. 이런 상황이 자신을 얼마나 옭아맬지, 자신의 욕망이 얼마나 비윤리적일지, 계속 소유하지 못할 경우 어떻게 버틸지 등의 문제는 고려되지 않기 때문이다. 그럼에도 여전히 이 같은 시각은 단순한 논리를 좋아하는 사람들의 마음을 강력하게 휘

어잡을 것이다. 그런 꿈으로 맺어진 커플이 어디 한둘인가. 내가 사회학자라면 그런 커플이 얼마나 행복한지를 연구해 보고 싶다.

이제 한반도와 지금의 중국 동북 지역에서 삶을 살아 냈던 우리 조상들의 사랑 이야기의 긴 여정을 마쳐야 할 시점에 이르렀다. 독자들이 이 책에 제시한 작품을 즐겼을 뿐 아니라, 그 역사성도 향수하였기를 바란다. 또 사랑에 대한 관점과 시선을 조율할 힌트를 얻었기를 기대해 본다. 그래서 모두들 답답해서 숨 막히는 사랑이 아니라 행복해서 숨 막히는 사랑을 하시길 바란다.

마지막으로 당신의 사랑에 대한 해석이 잘 이루어지길 기원하면서 펜을 놓는다.

윤혜신 드림

참고문헌

조현설, 「웅녀·유화 신화의 행방과 사회적 차별의 체계」, 『구비문학연구』 9집, 한국구비문학회, 1999.
문화유산 연구지식포털(portal.nrich.go.kr/kor/page.do?menuIdx=63).

2세기의 도미와 부인

박대재, 「『삼국사기(三國史記)』 도미부(都彌傳)의 세계(世界)-2세기 백제사회의 계층분화와 관련하여」,
『선사와 고대』 27, 한국고대학회, 2007.
최운식, 「충남 지역 인물 전설의 전승 양상과 활용 방안」, 「韓國民俗學」 38, 한국민속학회, 2003.

6세기의 온달과 평강공주

문일평, 평강공주, 『조선명인전(朝鮮名人傳)』 상, 조선일보사출판부, 1939.
이기백, 평강공주-신분의 벽을 넘은 여성 선구자, 『韓國史市民講座』 30집, 一潮閣, 2002.

10세기의 태조 왕건과 신혜왕후

김갑동, 「高麗 太祖妃 神惠王后와 貞州 柳氏」, 『한국인물사연구』 11호, 한국인물사연구소, 2009.
문화유산 연구지식포털(portal.nrich.go.kr/kor/page.do?menuIdx=63).

15세기의 귀녀와 양생

김시습, 『金鰲新話』 上·下, 東京 大塚彦太郎, 1884.
김시습, 심경호 옮김, 『金鰲新話: 매월당 김시습』, 홍익출판사, 2000.
심경호, 「김시습 평전」, 돌베개, 2003.
이대형·이미라·박상석·유춘동 옮김, 『要覽』, 보고사, 2013.
최남선, 「금오신화 해제」, 『계명』 19, 1927.

1세기의 김수로왕과 허왕후

민긍기, 「김해지역의 산천이름에 대하여」, 『淵民學志』 11, 淵民學會, 2004.
이행 외 편, 『신증 동국여지승람(新增 東國輿地勝覽)』 32권, 한국고전종합DB, 한국고전번역원.
정인지 외, 『고려사』 57권, 국사편찬위원회, 2015년 6월 접속.
홍보식, 「考古資料로 본 가야 멸망 前後의 社會動向」, 『韓國上古史學報』 35호, 韓國上古史學會, 2001.

1세기의 유화와 해모수

박대남, 『북한문화재 실태』, 통일부 통일교육원, 2008.

16세기의 여인과 하생

고전소설사연구반,『묻혀진 문학사의 복원』, 민족문학사, 소명출판, 2007.

신광한, 박헌순 옮김,『기재기이(企齋記異)』, 범우, 2008.

「채봉감별곡」,『활자본 고전소설전집』, 아세아문화사, 1976.

5세기의 박제상과 부인

박제상 유적, 한국민족문화대백과사전(encykorea.aks.ac.kr), 한국학중앙연구원.

이행 외 편,『신증 동국여지승람(新增 東國輿地勝覽)』, 한국고전종합DB, 한국고전번역원.

최상수,『韓國民間傳說集』, 通文館, 1954.

7세기의 선덕왕과 지귀

『법원주림(法苑珠林)』21권,『한글 대장경』, 동국대학교 불교학술원(abc.dongguk.edu).

권문해(權文海),『대동운부군옥(大東韻府群玉)』, 국회도서관, 2015년 6월 접속.

김선주,「선덕여왕의 즉위 배경과 통치적 특징」,『페미니즘연구』 9권 2호, 한국여성연구소, 2009.

이인영,『淸芬室書目, 寶蓮閣, 1968.

인권환,「心火繞塔 說話攷」,『국어국문학』41, 1968.

조용호,「志鬼說話攷-인도 및 중국 설화와의 대비 연구」,『고전문학연구』12집, 1997.

황패강,「志鬼說話 小考-『術波伽』說話와의 比較研究」,『東洋學』5, 東洋學研究所 1975.

8세기의 김현과 호랑이 아내

이방(李昉), 김장환 외 옮김,『태평광기(太平廣記)』18, 학고방, 2004.

9세기의 김씨녀와 조신

김정경,「「洛山二大聖 觀音 正趣 調信」조의 연구」,『정신문화연구』32집, 한국학중앙연구원, 2009.

김필래,「조신설화의 사회적 의미-신라 사원전(寺院田)과의 관련 양상을 중심으로」,『한성어문학』21집, 한성대학교 한성어문학회, 2002.

최태선,「영원 흥교사지의 보존과 활용방안」,『영월 흥교사의 고고 역사적 가치와 보존 및 활용방안』, 중부고고학연구소 1차 학술대회, 2013.

불교용어사전(studybuddha.tistory.com).

16세기의 귀녀와 채생

김안로,「용천담적기(龍泉談寂記)」,『대동야승(大東野乘)』, 민족문화추진회, 1971.

최자(崔滋), 이화형 옮김,『보한집(補閑集)』, 지식을만드는지식, 2011.

9세기의 두 귀녀와 최치원

권문해,『대동운부군옥(大東韻府群玉)』.

김현양·김희경·이대형·최재우 공역,『수이전 일문(殊異傳 逸文)』, 박이정, 1996.

박태상,「『태평통재』 소재 「최치원전」 연구」,『고소설연구』1권, 한국고소설학회, 1995.

성임, 이래종·박재연 주편『태평통재(太平通載)』, 학고방, 2009.

윤혜신,「에로티즘과 망각-한,중,일 고전서사에 나타난 여성을 향한 남성의 세 시선」,『호모 메모리스』, 책세상, 2014.

정출헌,「동아시아 서사문학의 지평과 나말여초 서사문학」,『새 민족문학사 강좌』, 창비, 2009.

조혜란,「남성 환타지 소설의 시작 최치원」,『여/성이론』, 여이연, 2003.

17세기의 김 진사와 운영

강상순, 「「운영전」의 인간학과 그 정신사적 의미」, 『古典
文學硏究』 39집, 2011.

「무계정사(武溪精舍)」, 인터넷 두산백과.

『비해당 소상팔경 시첩』, 문화재청, 2008.

이대형·이미라·박상석·유춘동 옮김, 『삼방록(三芳
錄)』, 보고사, 2013.

18세기의 몽룡과 춘향

설성경 편, 『춘향예술사 자료 총서』, 국학자료원, 1998.

신동흔, 「「춘향전」 주제의식의 역사적 변모양상: 완판
계열 이본을 중심으로」, 『판소리硏究』 8집, 판소리학회,
1997,

유진한, 송하준 옮김, 『국역 만화집(晩華集)』, 학자원,
2013.

이윤석, 『남원고사 원전 비평』, 보고사, 2009.

이윤석·최기숙, 『남원고사, 19세기 베스트셀러 서울의
춘향전』, 서해문집, 2008.

차충환·김진영, 「구활자본 춘향전의 출판과 서지」, 『판
소리연구』 33집, 판소리학회, 2012.

19세기의 이생과 순매

김경미·조혜란 역주, 『19세기 서울의 사랑(절화기담,
포의교집)』, 여이연, 2003.

장시광 역주, 『방한림전』, 한국학술정보, 2006.

고전에 빠지다 사랑을 붙잡다

1판 1쇄 인쇄 2016년 2월 22일
1판 1쇄 발행 2016년 2월 27일

지은이 | 윤혜신
펴낸이 | 정규상
출판부장 | 안대회
편집 | 정한나·신철호·현상철·구남희·홍민정
마케팅 | 박인봉·박정수
관리 | 오시택·김지현
외주디자인 | 좋은 땅
용지 | 화인페이퍼·화인특수지
인쇄제책 | 영신사

펴낸곳 | 사람의무늬·성균관대학교 출판부
주소 | 03063 서울특별시 종로구 성균관로 25-2
등록 | 1975년 5월 21일 제1975-9호
전화 | 02)760-1252~4 **팩스** | 02)762-7452
홈페이지 | http://press.skku.edu

ISBN 979-11-5550-151-1 03810
값 15,000원

사랑의 꽃봉오리를 틔울
모든 이들을 위한
통시적 고전 읽기

사랑 이야기는 동서고금에 넘쳐나 이제 그만 쓰여도 될 성싶어도

인류가 존재하는 한 사라지지 않을 것이다.

과거에만 쓰인 것이 아니라 앞으로도 쓰일 미래적 서사이다.

사랑으로 인해 고통 받을지라도 그에 대한 관심을

끊을 수 없는 존재인 만큼, 우리는 차분히 사랑의 서사를 돌아볼 필요가 있

- '시작하며'에서

사랑은 문학의 첫머리에 놓인 주제입니다. 우리 고전 서사에도 다양한 사랑의 모습이 표현되어 있습니다.
이 책은 신화 속 사랑 같지 않은 사랑부터 고소설 속 사랑놀음에 이르기까지 하나로 꿰어 놓은 보배입니다.
이 책을 통해 우리 고전 서사가 그려 낸 사랑을 만나 보길 바랍니다.

- 조현설(서울대학교 국어국문학과 교수)

9 791155 501511   03810

ISBN 979-11-5550-151-1 값 15,000원